Miriam Rademacher

Der Tanz des Mörders

CARPATHIA
VERLAG

MIRIAM RADEMACHER

DER TANZ DES MÖRDERS

KRIMINALROMAN

CARPATHIA VERLAG

Erstausgabe
1. Auflage 2015

Umschlagillustration: Christoph N. Fuhrer
Gesetzt aus der Linux Libertine und der Populaire
Druck und Bindung: CPI – Clausen & Bosse, Leck
Printed in Germany

ISBN 978-3-943709-05-6

www.carpathia-verlag.de

Kaum fünf Minuten waren vergangen, seit sie auf dem Beifahrersitz Platz genommen hatte, und schon bog der Wagen von der Hauptstraße ab. Er rumpelte mit viel zu hoher Geschwindigkeit über einen ausgefahrenen Waldweg. Wild wuchernde Äste junger Laubbäume schabten über Lack und Chrom. Der Wagen verlangsamte seine Fahrt nicht.

Sie unterdrückte ein aufkommendes Unwohlsein. Alles war in Ordnung, sagte sie sich. Endlich. Nicht mehr lange und ihre Suche würde ein Ende haben.

Sie sah aus dem Beifahrerfenster und beobachtete, wie das Rot der sinkenden Sonne die Stämme der Bäume in ein warmes Licht tauchte. Ein wunderschöner Abend. Der schönste, den sie seit langem erleben durfte. Ja, es würde alles gut werden.

Als der Wagen ruckartig bremste und der Motor abgewürgt wurde, fand sie sich jäh mit der Wirklichkeit konfrontiert.

Nichts war in Ordnung. Sie war in die Falle gegangen. Sie hätte ihren Instinkten trauen sollen.

Hastig und mit zitternden Fingern suchte sie den Hebel, der die Wagentür öffnen würde. Doch das metallische Klacken einer Zentralverriegelung machte ihr bewusst, dass sie zu langsam gewesen war. Langsam und unglaublich naiv. Wie schon so oft in ihrem jungen Leben. Und wenn sie dieses Auto lebend verlassen wollte, musste sie sich jetzt wehren!

Ein Schrei kam aus ihrem Mund, als sie wild um sich schlagend um ihr Leben kämpfte. Doch aus dem Laut der Verzweiflung wurde ein Laut des Schmerzes, als etwas Hartes ihren Schädelknochen über dem linken Ohr traf. Noch immer schrie sie, noch immer schlug sie um sich, doch nur wenige harte Schläge später spürte sie, wie sie sich selbst entglitt. Der Geschmack und der Geruch ihres eigenen Blutes, waren das Letzte, was sie in diesem Leben wahrnahm.

BOSSA NOVA

EINER MUSS SCHULD SEIN

»Du verlierst, Colin.«

Im *Lost Anchor*, einer winzigen Eckkneipe, zog Pfarrer Jasper Johnson mit kaum verborgenem Triumph seinen Dartpfeil aus der doppelten Zwanzig. Es sah nicht gut aus für Colin, doch der Einsatz war zu hoch, um aufzugeben. Der Pfarrer spielte mit ihm keineswegs um Geld. Nein, er spielte um Zeit.

»Du musst deine Zwanzig zumachen, Colin, sonst mache ich dich fertig, bevor wir unser erstes Bier ausgetrunken haben.«

Colin ignorierte den Spott in der Stimme des Pfarrers und warf seine Pfeile. Einmal. Zweimal. Dreimal. Es war ihm gelungen, die Zwanzig nett einzurahmen, ohne ihre Felder zu berühren. Er war erledigt und er wusste es.

Nur fünf Minuten später präsentierte der Pfarrer ihm beim zweiten Bier des Abends die Rechnung.

»Ich könnte mir einen Tanzkurs für Senioren im Gemeindehaus vorstellen«, schlug er mit diabolischem Lächeln vor und lehnte sich auf seinem Stuhl zurück.

Colin erwog kurz, seinen Kopf demonstrativ auf die Tischplatte zwischen ihnen zu schlagen, hielt sich aber zurück.

»Ich bin im Ruhestand, Jasper. Und das aus gutem Grund, wie ich dir schon mehrfach erklärt habe. Mein Rücken macht nicht mehr mit.«

»Du bist Tanzlehrer, Colin! Das ist kein Beruf, den man einfach an den Nagel hängt, das ist eine Berufung!«

»Ich unterrichte nicht mehr.« Colin verschränkte die Arme vor der Brust und sah den Pfarrer trotzig an. Dieser lächelte beschwichtigend.

»Gut. Dann eben keine Tanzstunden. Ich habe da noch ein anderes Anliegen, was dir vielleicht mehr zusagt. Es geht um Agatha Summers. Ihr gehört das Cottage oben auf dem Hügel. Sie ist ein sehr fleißiges Mitglied meiner Gemeinde, stets hilfsbereit. Vorgestern ist sie über eine Gartenwegplatte gestolpert und unglücklich gestürzt. Die Arme schillert in allen Farben des Regenbogens, kann kaum noch humpeln, und das Handgelenk hat auch was abbekommen.«

Colin riss die Augen auf und knallte das gerade erst angehobene Bierglas auf den Tisch. »Jasper! Du willst mich nicht zum Krankenpfleger einer alten Lady machen, oder? Sehe ich etwa aus wie jemand, der alte Damen füttert und ihnen Geschichten vorliest? Ich bin heilfroh, dem Seniorentanz und der damit einhergehenden Verblödung entronnen zu sein.«

»Den Löffel hält sie noch selbst! Und um die dringlichsten Dinge kümmert sich eine Krankenschwester, da mach dir mal keine Sorgen. Ich suche jemanden, der mit der alten Dame ein Schwätzchen hält, ihr die

Zeitschriften bringt, den Rasen mäht und natürlich diesen gottlosen Gartenweg ausbessert.«

»Und das soll ausgerechnet ich sein? Also viel besser als Seniorentanz klingt das nicht.«

»Außer dir spielt niemand mehr mit mir Darts!«

Colin musste wider Willen lachen. Er lebte erst seit kurzem in diesem kleinen Ort in Mittelengland und war von Jasper gleich bei seinem ersten Besuch im *Lost Anchor* zu einer Partie Cricket am Dartautomaten aufgefordert worden. Colin und der große rundliche Pfarrer hatten sich gleich gut miteinander verstanden und trafen sich seitdem mehrmals wöchentlich zum Pfeilewerfen.

Genau genommen traf sich der Pfarrer zum Dartspielen. Colin kam zum Verlieren, und der Einsatz des Matches war stets eine gute Tat.

In den letzten Wochen war Colin auf diesem Wege mit vielen Dorfbewohnern bekannt geworden, und so hatte seine Pechsträhne den angenehmen Nebeneffekt, ihm, dem Zugezogenen, jede Menge neue Kontakte zu bescheren.

Inzwischen wusste Colin, dass der Pfarrer schon große Dartturniere gewonnen hatte und im Dorf als unbesiegbar galt. Niemand, der bei Verstand war, spielte mit Jasper um Einsätze, egal um welche.

Colin wusste nicht, warum er sich noch immer auf Spiele mit dem Pfarrer einließ, es widersprach seinem klaren Verstand. Möglicherweise tat er es, weil er den Geistlichen mit dem runden Gesicht und der Nickelbrille vor den Schweinsäuglein einfach mochte. Jasper Johnson war kein Mann der Kirche, dem das Predigen zur Gewohnheit geworden war. Er wusste Wortwitz und Ironie zu schätzen. Und dass Colin keiner Konfession angehörte, war ihm völlig egal.

»Ich denke, du solltest sie morgen einfach mal aufsuchen«, sagte Jasper gerade und wischte sich den Bierschaum von der Oberlippe. »Sie ist eine nette alte Dame, du wirst sie mögen! Wie wär's mit einem Cognac zum Bier?«

Colin nickte und winkte dem Barmann. Für ihn war es sowieso zu früh, um in sein Zimmer zurückzukehren, denn die Mieterin des Nachbarzimmers blockierte des Abends stundenlang das gemeinsame Bad und sang in der Wanne Chansons. Da sie ausgesprochen schlecht sang, konnte Colin dieses zweifelhafte Vergnügen getrost aufschieben.

Der Nebel hing noch zwischen den Weiden, als Colin am darauffolgenden Morgen die Straße des Dorfes bergauf stieg. Eine schlechte Nacht lag hinter ihm. Er war erst dreiundfünfzig Jahre alt, hochgewachsen und stolz auf sein volles eisgraues Haar. Seine Jahre auf dem Tanzparkett hatten ihm eine aufrechte Haltung und einen geschmeidigen Gang beschert, aber leider auch eine stark abgenutzte Wirbelsäule, die Colin in der Mitte seines Lebens zwang, die Tanzschuhe an den Nagel zu hängen und noch einmal umzudenken. Eine hervorragende Berufsunfähigkeitsversicherung ermöglichte es ihm, dies ganz in Ruhe zu tun – als einer von zwei Untermietern einer pensionierten Lehrerin, die ein wunderschönes Cottage inmitten der grünen Hügel Englands ihr Eigen nannte.

Würden die leidigen Rückenschmerzen ihm nicht die Nächte verderben, wäre Colin mit seinem Schicksal rundum zufrieden gewesen. So aber verbrachte er Stunden in sitzenden oder stehenden Positionen, weil das Liegen im weichen Bett ihn schier um den Verstand brachte. Oft übermannte ihn der Schlaf in seinem Sessel vor dem Fernseher, wenn vor dem Fenster schon der Morgen graute.

Während Colin sich dem Cottage der verunglückten Agatha Summers Schritt für Schritt näherte, jagten Wellen des Schmerzes durch seine Lendenwirbelsäule und zwangen ihm das Tempo einer Schnecke auf. Gelegentlich hielt er an, tat, als würde er dem Gesang der Vögel lauschen und nickte den vereinzelten Fußgängern, die zumeist einen mehr oder minder hübschen Vierbeiner an der Leine führten, freundlich zu. Hätte ihn jemand gefragt, wie es ihm an diesem Morgen ging, er hätte »ausgezeichnet« geantwortet. Der Schmerz in seinem Rücken war kein Gesprächsthema für ihn. Er war da, er musste mit ihm leben, aber er lehnte es ab, sich wie ein quengelndes Kleinkind zu betragen.

Nach einem langen und langsamen Spaziergang, erreichte er ein graues Cottage mit grünen Fensterläden, das allein am Ende einer langen Auffahrt lag. Das Cottage war eingebettet in die frühsommerliche Blütenpracht eines Gartens, durch den ein schmaler Plattenweg führte. Misstrauisch besah sich Colin die unebenen Steine und setzte seine Schritte mit großer Vorsicht.

Auf sein Klopfen an der grünen Haustür erschien ein kleinwüchsiges Fabelwesen mit rosa Haaren auf der Türschwelle und piepste: »Los, zeigen Sie her und machen Sie schnell!«

Colin entfuhr ein mäßig intelligentes »Äh!«

Daraufhin wedelte die zierliche Person mit den großen Trollaugen und der Stupsnase mit ihren Händen wild vor Colins Bauch herum und rief: »Na, was haben Sie? Zeitungen, Staubsauger, Versicherungen, Äpfel? Herrgott noch eins, wenn Sie mir etwas verkaufen wollen, müssen Sie Ihre Zähne schon auseinanderbringen!«

Colin begriff und stammelte hastig eine Erklärung. »Ich habe keine Äpfel, ich habe Zeit! Ähm, ich meine...«

»Zeit? Zeit ist super! Zeit hat mir wirklich noch nie einer angeboten! Was kosten denn fünf Minuten?«

»Ähm.«

Colin versuchte seine Gedanken zu sortieren. Der kleine Troll auf der Fußmatte, bei dem es sich vermutlich um eine Frau handelte, war sicher nicht dem Märchenwald entsprungen. Auch war das Wesen trotz der eigenwilligen Haarfarbe niemand, den man üblicherweise bettelnd vor dem Bahnhofseingang sitzen sah. Es konnte sich bei ihr eigentlich nur um eines handeln.

»Sie sind bestimmt die Krankenschwester von Mrs Summers!«, stieß er rasch hervor und war ein bisschen stolz auf seine Kombinationsgabe und seinen ersten vollständigen Satz im Laufe dieser Begegnung.

Die Hand des Trollmädchens schnellte ausgestreckt in die Höhe. Colin ergriff sie und befühlte fasziniert die winzigen Finger in seiner Handfläche.

»Ich bin Norma. Ich bin klein, aber sehr stark. Ich habe schon Patienten von ganz anderem Kaliber als Mrs Summers in die Hosen geholfen, das können Sie mir glauben!«

Colin glaubte ihr alles. Normas Temperament sprühte aus ihren Augen, perlte in ihrer Piepsstimme und drang aus jeder winzigen Pore. Hätte Norma ihm erzählt, sie sei Preisboxerin, Hochseekapitän oder Model für Pariser Mode, er hätte auch das für möglich gehalten.

»Und Sie sind?«, fragte Norma, legte den Kopf schief und blinzelte Colin von unten herauf an.

»Colin. Duffot. Mein Name ist Colin Duffot.«

»Und Sie handeln mit Zeit? Das ist wenigstens mal was anderes!«

»Nein, ich bin Tanzlehrer«, entfuhr es Colin, und er hätte sich im selben Moment am liebsten selbst geohrfeigt. Er wusste, was jetzt kam.

»Tanzlehrer? Ach, wie spannend. Mrs Summers ist gerade nicht gut zu Fuß, aber ich hätte schon Interesse! Ich wollte schon immer richtig Walzer tanzen lernen.«

Colin blickte auf die Frau hinunter, die ihm kaum bis zur Brust reichte. Die Versuchung, sie wie einen Basketball um die eigenen Beine zu dribbeln, war größer, als mit ihr einen Walzer zu wagen. »Pfarrer Johnson schickt mich. Er ist der Ansicht, Mrs Summers könnte Gesellschaft brauchen.«

»Ach so, der Pfarrer. Dann kommen Sie mal rein.« Das klang enttäuscht. Einen Tanzlehrer fand Norma zweifellos interessanter als einen Gesellschafter. »Den Flur entlang, die letzte Tür und dann gleich rechts. Im Wintergarten.«

Colin hätte es lieber gesehen, wenn Norma ihn begleitet und der alten Dame vorgestellt hätte. Da sie dazu keinerlei Anstalten machte, setzte er sich in Bewegung, durchquerte mit raschen Schritten den Flur, öffnete die letzte Tür und fand sich mitten in einer Katastrophe wieder. Einer geschmacklichen Katastrophe.

Mrs Summers' Wohnzimmer war eine Renovierung in den letzten 40 Jahren erspart geblieben. Die Tapete zeigte ein wildes Muster aus großen grünen Palmwedeln, das Mobiliar war furnierte Spanplatte, und auf der braunen Cordgarnitur dösten drei fette Cockerspaniels. Colin wandte sich schnell nach rechts und trat durch eine offene Glastür in den dahinterliegenden Wintergarten.

Auf einer geflochtenen Récamiere, inmitten liebevoll angelegter Beete voller Stauden in sattem Grün, lag eine stattliche Dame mit lila getöntem Haar und blickte durch das alles umgebende Glas hinaus auf die Landschaft.

»Setzen Sie sich. Was verkaufen Sie?«

Noch so eine, dachte Colin und nahm langsam in einem leeren Korbsessel Platz. Seine Lendenwirbel schmerzten jetzt so stark, dass er sich fragte, ob er sich je wieder daraus erheben können würde.

»Ich verkaufe gar nichts. Pfarrer Johnson schickt mich. Er ist der Meinung, ein wenig Abwechslung könnte Ihnen gut tun.«

Erst jetzt wandte ihm Mrs Summers das Gesicht und ihre Aufmerksamkeit zu. Colin bemerkte einen violetten Bluterguss auf dem linken Wangenknochen der Frau. In gewisser Weise harmonierte der Fleck mit ihrem Haar.

Die linke Hand steckte in einer farbenfrohen Bandage, der Rest von Mrs Summers in einem pflaumenblauen Nickianzug.

»Jasper schickt Sie. Das ist nett von ihm. Es ist tatsächlich ein wenig eintönig hier. Norma ist ein liebes Mädchen, aber so ungebildet, dass man schreien möchte. Und die Schlampe in dem roten Ziegelbau ist verreist, ausgerechnet jetzt, wenn ich sie so dringend brauche.«

Einen Moment lang hoffte Colin, sich verhört zu haben, doch etwas in den eng beieinander stehenden Augen von Mrs Summers verriet ihm, dass dem nicht so war.

»Schlampe, Mrs Summers?«, fragte er daher und bemühte sich um einen möglichst neutralen Gesichtsausdruck.

»Ich spreche von dem kleinen Flittchen, das seit einigen Monaten diesen Zoo, der sich Dorf nennt, bereichert. Sie und ihre ständig wechselnden Bekanntschaften unterhalten mich zeitweise recht nett. Jetzt bleiben mir nur noch der alte Knicker, die Heulsuse, das Trampeltier und der Spinner.«

Ein Gefühl der Hilflosigkeit überkam Colin. Da erschien zu seiner Erleichterung Norma, ein Teetablett balancierend, an seiner rechten Seite.

»Mrs Summers! So dürfen Sie nicht über diese armen Menschen reden. Sie haben eben ihr Päckchen zu tragen, wie jeder von uns«, rief sie tadelnd, stellte das Tablett auf einem niedrigen Glastisch ab, goss Colin ungefragt Tee in eine Tasse und gab noch Milch und Zucker dazu. Colin starrte auf die weißen Wölkchen in der braunen Flüssigkeit und fühlte sich wie jemand, der ein Kino erst in der Mitte des laufenden Films betritt. Hastig, um nichts sagen zu müssen, griff er nach der Tasse und nahm einen großen Schluck.

Als die brennend heiße Flüssigkeit seinen Gaumen verbrannte, schossen ihm die Tränen in die Augen.

»Heiß«, mahnte Norma im Flüsterton. Jetzt wusste er es auch. Mit noch immer feuchten Augen sah er Norma nach, wie sie davonwuselte. Er tat es nicht mit Absicht, aber die Jahre auf dem Tanzparkett hatten sein Auge geschult. Die Menschen gaben in ihren Bewegungen oft mehr von sich preis, als sie selber ahnten. Der Pfarrer zum Beispiel bewegte sich mit der Geschmeidigkeit eines zufriedenen und ausgeglichenen Menschen. Normas Bewegungen enthielten eine gewisse Hektik und Sprunghaftigkeit, von der Colin augenblicklich auf ihr ganzes Wesen schloss.

»Es ist gewiss nicht so, dass ich diese Leute bespitzle. Nichts läge mir ferner, um ehrlich zu sein. Diese armseligen Kreaturen sind weiß Gott nicht interessant genug dafür. Aber sie sind unterhaltsam, verstehen Sie, Mr? Mr...? Ja, um Himmels willen, wie heißen Sie denn überhaupt?«

Colin öffnete den Mund und atmete einige Male stoßweise ein und aus, um seinen verbrannten Rachen zu kühlen und stöhnte dabei mehr als dass er sprach.

»Colin Duffot. Ich wohne im Ortskern bei Mrs Grey.«

»Mrs Grey, die alte Schreckschraube vermietet noch immer Zimmer? Hat sie die Schulden ihres spielsüchtigen Mannes etwa immer noch nicht abgezahlt? Hach, dabei ist der Verlierer doch schon fast ein Jahrzehnt unter der Erde.«

Colin konnte Mrs Summers, die Tee rührend dasaß und Unverschämtheiten von sich gab, immer weniger leiden. Diese Frau sollte ein wertvolles und fleißiges Mitglied von Jaspers Gemeinde sein? Kaum vorstellbar. Colin war nicht von Natur aus geduldig mit seinen Mitmenschen, sein Job hatte ihm die Geduld über Jahre hinweg aufgenötigt. Gegenüber bösartigen Menschen fiel es ihm schwer, seine Empörung zurückzuhalten, und so würde ihn dieses Gespräch auf eine harte Probe stellen, wenn Mrs Summers weiter in dieser Art und Weise über ihre Mitmenschen sprach.

Norma hatte derweil die Flucht ergriffen, Mrs Summers war in Schweigen verfallen und starrte Colin aus ihren listigen Augen an. Es war an ihm, ein neues Gesprächsthema anzustoßen. Da fiel sein Blick auf ein teuer wirkendes Fernglas, das in Griffnähe der alten Dame auf einem Beistelltischchen stand.

»Sie interessieren sich für Ornithologie?«

»Keine Spur. Damit habe ich einen besseren Blick auf die Umgebung. Sehen Sie selbst einmal hindurch, es ist ein ausgezeichnetes Glas.«

Sie reichte es dem verdutzten Colin, der es ergriff und einen Moment lang ratlos in der Hand drehte. Dann setzte er es an die Augen, wandte sich der Fensterfront zu, die den Wintergarten einfasste, und sah hinaus. Sein Blick glitt über die Rabatten in Mrs Summers' Garten und erfasste eine Reihe eng beieinanderstehender Häuser unterhalb von Mrs Summers' Grundstück. Das leistungsstarke Glas enthüllte ihm alle Details mit erschreckender Klarheit. Er sah sowohl die Gärten, als auch die Rückseiten der Häuser, konnte sogar durch einige Fenster in die Gebäude hineinblicken.

»In dem gelben Haus ganz links wohnt Deliza Norton. Ihr Sohn hat sich im letzten Winter erhängt. Sie behauptet wegen Depressionen, dabei weiß doch jeder, dass der Bengel stockschwul und darüber zu Recht völlig verzweifelt war. Verstehe gar nicht, wem sie meint, etwas über ihr missratenes Kind vormachen zu können.«

»Ihnen jedenfalls nicht«, entfuhr es Colin, und er war sich bewusst, dass seine Stimme einen eisigen Unterton bekommen hatte. Das hier würde hart für ihn und seine Selbstbeherrschung werden. Früher hatte er Menschen mit schwulenfeindlichen Äußerungen einfach aus seinem Tanzsaal verwiesen. Hier blieb ihm nur die Flucht. Hoffentlich konnte er sie bald antreten.

»Gewiss nicht. Was diesen Bengel betrifft, habe ich mehr gesehen als ich jemals wollte, das dürfen sie mir glauben.«

Mit einem Ruck setzte Colin das Fernglas ab und legte es auf den Glastisch. Ihm war klar geworden, wen Mrs Summers zu Beginn des Gesprächs mit so reizenden Umschreibungen bedacht hatte: Jene armen Menschen, die das Pech hatten, in Blicknähe ihres Hauses, nein, ihres Spinnennetzes zu leben. Hier hockte diese alte Spinne und starrte durch die Linsen ihres Fernglases direkt in das Leben anderer Leute hinein. Colin versuchte, sich statt in Ärger in Mitgefühl hineinzusteigern. Mitgefühl für eine Frau, deren eigenes Leben so langweilig war, dass sie ihre Aufmerksamkeit ganz auf ihre Nachbarn gelegt hatte. Sein sich ständig beschleunigender Puls machte ihm klar, dass es ihm nicht gelingen würde. Er saß im Netz einer Spinne. Wunderbar. Er fragte sich, ob Jasper das gemeint hatte, als er von Mrs Summers als einem fleißigen Gemeindemitglied sprach.

»Ich bin hergekommen, um Ihnen Gesellschaft zu leisten. Die Aktivitäten ihrer Nachbarn interessieren mich überhaupt nicht!« Sein Ton war etwas zu scharf, seine Stimme eine Nuance zu laut.

Mrs Summers hob erstaunt die Augenbraue auf der unverfärbten Gesichtsseite und fixierte ihn. »Ach, wirklich? Das ist ungewöhnlich. Interessieren wir uns nicht alle für die Dinge, die uns nichts angehen? Nun, vielleicht nicht mit meiner Leidenschaft, aber glauben Sie wirklich, frei von Neugier zu sein, Mr Duffot?«

Colin zog es vor, nicht zu antworten. Nur nicht provozieren lassen. Er atmete tief ein.

Mrs Summers bedachte ihn mit einem spöttischen Blick. »Dann wenden wir uns lieber anderen Dingen zu, nicht wahr? Mögen Sie Fotografien? Ich fotografiere sehr gern. Mein ganzes Leben hindurch habe ich dieses Dorf und seine Bewohner fotografiert. Wollen wir uns ein paar davon ansehen?«

Colin hatte das Gefühl, dieser Vorschlag sei nicht wirklich eine Verbesserung, aber er nickte ergeben.

Mrs Summers deutete mit ihrem Zeigefinger auf irgendetwas hinter Colin. »Im Wohnzimmer stehen ein paar Kartons in einem Wandregal. Suchen Sie uns einen aus, aber meiden Sie den grünen Karton. Er entspricht nicht Ihren Neigungen.« Sie lachte hämisch.

Wie erwartet, durchzuckte ein jäher Schmerz seine Wirbelsäule, als er sich aus dem Korbsessel erhob, doch er ließ sich nichts anmerken. Im Wohnzimmer hoben die drei Hunde träge die Augenlider. Colins Blick fiel auf ein hohes Regal, in dem sich nicht nur ein paar, sondern eine wahre Flut von Kartons angestaut hatte. Den grünen Karton rechts außen ignorierend, griff er nach einem grauen und versuchte die Aufschrift zu entziffern, als er hinter sich ein Geräusch hörte.

»Möchten Sie ein Glas kaltes Wasser zu Ihrem Tee?« Norma, der mitfühlenden rosa Seele, war der viel zu hastige Schluck aus der heißen Teetasse nicht entgangen. Dankbar griff Colin nach dem Glas und ließ das kalte Wasser über den wunden Gaumen fließen. »Nehmen Sie den rosa Karton. Darin bewahrt sie alte Fotos vom Stadtkern auf. Der Wandel im Laufe der Jahrzehnte ist leidlich unterhaltsam«, flüsterte sie rasch und blinzelte ihm zu. Colin verspürte das warme Gefühl der Sympathie für die kleine Frau, die jetzt in ihrer Jeanslatzhose und den weißen Stiefelturnschuhen davonging. Norma hatte etwas Unverfälschtes und Ehrliches an sich, wie Colin es an Menschen schätzte.

»Der rosa Karton? Wer hätte das gedacht! Hat sich der gute Julian doch zu früh aufgehängt, hm? Wäre jetzt wohl nicht mehr die einzige Schwuchtel im Ort?«

Colin war drauf und dran, dieser Person den rosa Karton um die Ohren zu schlagen und das Haus fluchtartig zu verlassen. Stattdessen nahm er sich vor, Jasper gehörig die Meinung zu geigen.

»Wenn du mir noch einmal eine derart impertinente Person zumutest, kannst du dir einen anderen Partner fürs Dartspielen suchen«, fauchte Colin und warf seinen Pfeil so wutentbrannt auf die Scheibe, dass er abprallte, durch den *Lost Anchor* schoss und gegen das halbvolle Bierglas eines unschuldigen Gastes prallte.

»'Tschuldigung! Anfänger. Noch kein Gefühl für das Spiel«, rief Jasper dem pikiert dreinblickenden Gast zu, während Colin, die heiße Röte auf seinen Wangen fühlend, eine lahme Entschuldigung stammelte. »Was hat sie dir angetan?«, fragte Jasper und warf entspannt zweimal hintereinander ins Bullseye.

»Sie hat so ziemlich über jedes Lebewesen hier im Dorf hergezogen! Sie ist die gruseligste Person, die mir je begegnet ist! Sie glaubt, dass ich schwul sei, weil ich einen rosa Fotokarton aus ihrer Sammlung ausgesucht habe!«

»Na fein! Da hat sie dir doch eine nette Schublade ausgesucht. Ich stecke in einer wesentlich peinlicheren. Hat sie dir nicht erzählt, dass ich keinen Abend nüchtern ins Pfarrhaus zurückkehre? Nein? Erstaunlich.«

Colin nahm die Pfeile aus Jaspers Hand entgegen und sah ihn einen Augenblick prüfend an. »Bist du ein Trinker?«

»Bist du schwul?«

Colin nahm die Pfeile und warf sie wesentlich zivilisierter als beim letzten Versuch. »Dann liegt sie also immer daneben mit ihren Unterstellungen?«

»Nein, nicht immer. Norma Dooley zum Beispiel, ist wirklich eine hässliche Zwergin, Lauscherin und Töpfeguckerin. Hat Mrs Summers das dir gegenüber nicht erwähnt?«

Colin wollte gerade verneinen, als ein wütendes Schnauben hinter einem Gummibaum erklang. Ein

Augenzwinkern später stand Norma zwischen ihm und der Dartscheibe und beäugte den breit grinsenden Jasper misstrauisch. »Sie haben genau gewusst, dass ich dort sitze, nicht wahr?«

»Natürlich. Und es war mir ein Bedürfnis, Sie hervorzulocken. Trinken Sie ein Bier mit uns, Miss Dooley?«

»Ich nehme einen Weißwein auf Ihre Rechnung Herr Pfarrer, und das ›hässlich‹ nehmen Sie gefälligst zurück.«

»Herr Wirt! Einen Weißwein und drei Pfeile für unsere hübsche kleine Freundin. Sie verlieren doch gegen mich, nicht wahr?« Norma zuckte mit den Schultern, was als Einverständnis gewertet wurde.

»Wie erträgst du nur Mrs Summers' Gehässigkeiten, Norma?«, wollte Colin wissen.

In der letzten halben Stunde hatte Colin eine Menge über Norma erfahren. Er wusste jetzt, dass sie ganze 151 Zentimeter groß war, die Beatles und Zuckerwatte liebte, und dass rosa Haare nur ihrer derzeitigen Stimmung entsprachen. »Wenn ich allerdings noch lange Mrs Summers pflegen muss, sind sie bald feuerrot«, hatte sie lachend verkündet. Jetzt machte sie ein ernstes Gesicht und dachte gründlich über Colins Frage nach.

»Ich höre ihr zu, mache mir aber bei jeder Klatschgeschichte bewusst, wie gering der Anteil an Wahrheit darin sein kann. Mrs Summers ist keine böse Frau. Sie ist dumm und oberflächlich, aber nicht wirklich böse.«

»Sie kümmert sich gewissenhaft um den Blumenschmuck in der Kirche«, ergänzte Jasper.

»Sie hat eine scharfe Zunge und spottet gern – und wenn schon. Es gibt Schlimmeres«, sagte Norma leichthin, doch Colin konnte ihr nicht beipflichten. In seinen Augen war Mrs Summers eine gefährliche Frau. Worte konnten tief verletzen. Ein böses Gerücht mit einem Körnchen Wahrheit ließ sich nur schwer aus der Welt schaffen. Und das Körnchen Wahrheit sammelte Mrs Summers mit Hilfe ihres Fernglases ein.

Er war schon einige Male auf Menschen wie Mrs Summers gestoßen. Es war die einzige Art Mensch, die ihn wirklich wütend machte. Dumm, geschwätzig und voller Vorurteile. Es fiel ihm schwer, in Gegenwart einer Mrs Summers ruhig zu bleiben. Argumente waren bei den Mrs Summers dieser Welt sinnlos und wurden höchstens belächelt. Aber ihre Bosheiten hängten sich wie Kletten an ihre armen Opfer und ihr Gift schwängerte noch Stunden nach ihrem Abgang jeden Raum.

»Es macht dir nichts aus, wenn sie dich öffentlich als Trinker brandmarkt?«, wandte sich Colin an Jasper.

Jasper hob sein Glas und prostete ihm feixend zu. Colin konnte nicht anders, als ihn für diese Haltung zu bewundern.

»Und dieser Junge, der sich erhängt hat? Findet ihr es in Ordnung, wenn sie über ihn spottet? Und diese Namen mit denen sie ihre Nachbarn tituliert? ›Heulsuse‹ und ›Spinner‹, und wie sie alle heißen?«

»Darüber«, antwortete Jasper und lehnte sich zurück, »können sich Heulsuse und Spinner aufregen, wenn sie möchten. Allerdings ist nicht gesagt, dass sie von diesen Kosenamen je erfahren werden. Ich weiß zumindest nicht, wie sie mich tituliert, und es hat mir auch keiner zugetragen. Mrs Summers geht wohl davon aus, dass du diese Namen nicht wirst zuordnen können.«

»Noch nicht. Aber eines Tages vielleicht. Und dann ärgert es mich mit Sicherheit noch mehr«, brummte Colin, doch Norma lachte ihn aus.

»Was hast du gedacht, als du mich heute zum ersten Mal gesehen hast?«

Colin fühlte, wie er errötete.

»Siehst du? Wir alle denken in Schubladen, es macht unser Leben einfacher. Doch manche von uns verwenden freundlichere Etiketten als Mrs Summers.«

SAMBA

NICHT DU TANZT SIE, SONDERN SIE TANZT DICH

»Nur noch einmal hat er gesagt. Bitte. In Ordnung. Einmal noch«, sagte Colin zu sich selbst, als er im Frühnebel die Straße zu Mrs Summers' Haus hinaufstieg.

Natürlich war der Pfarrer aus allen Dartspielen des vergangenen Abends als Sieger hervorgegangen. Und natürlich war Colin wieder zur Einlösung eines Spieleinsatzes verpflichtet worden. Wenigstens Norma freute sich auf seinen erneuten Besuch im Cottage. Sicher war sie schon da und half der garstigen Alten auf die Récamiere.

Colin schritt langsam und bedächtig voran. Seine Rückenschmerzen hielten sich an diesem Morgen in Grenzen, aber er wollte, dass es auch so blieb. Als das Cottage in seinem Sichtfeld erschien, wäre er am liebsten wieder umgedreht, aber »ein Mann ein Wort«, sagte er sich, schritt über den Gartenweg und klopfte an die Tür. Stille. Er klopfte erneut. Im Innern des Hauses schlug einer der drei Spaniels an. Sonst rührte sich nichts.

»Norma? Mrs Summers?«

Keine Antwort. Colin beschlich ein seltsames Gefühl. Sicher konnten die beiden Frauen ein Taxi zum nächsten Arzt genommen haben. Möglicherweise ging es der alten Dame nicht gut. Doch hätte Norma ihm dann nicht eine Nachricht hinterlassen? Eine Notiz an der Haustür?

Colin klopfte ein weiteres Mal, und als sich wieder nichts außer dem Hund regte, drückte er die Klinke nieder und stellte fest, dass die Tür unverschlossen war.

Er trat in den Flur. Sein Unbehagen wurde stärker.

»Norma? Mrs Summers?«

Die Tür des Wohnzimmers wurde aufgeschoben und ein aufgeregt mit dem Schwanz wedelnder Spaniel tapste auf Colin zu. Er ging in die Hocke und kraulte den Dicken hinter den Ohren.

»Wo sind denn Frauchen und Norma, hm?«

Der Spaniel rollte sich auf den Rücken und präsentierte Colin sein Bäuchlein.

»Nein, ich werde dich nicht weiter streicheln, ich werde mich jetzt mal hier drinnen umsehen. Irgendetwas stimmt hier nicht, ich kann es fühlen.«

Mit diesen Worten erhob er sich, stieg über den Hund hinweg und betrat das Wohnzimmer. Es sah aus wie am Tag zuvor. Auf dem Cordsofa lagen zwei faule Spaniels und zuckten mit den Lidern. Colin sah hinüber zum Wintergarten und hielt überrascht inne. Mit dem Rücken zu ihm saß in jenem Korbsessel, in dem er gestern gesessen hatte, Mrs Summers. Ihr violetter Hinterkopf ragte leicht über die Lehne und eine Hand hing kraftlos herab. Sie schien zu schlafen. Irritiert bemerkte Colin einen ungewöhnlich großen Ohrschmuck an ihrer rechten Kopfseite.

»Mrs Summers?«

Langsam trat er näher. Einer der Hunde gab ein leises Winseln von sich.

Colin hatte schon viele Krimis im Fernseher verfolgt und oft schien ihm der Moment, in dem die Leiche entdeckt wurde, schlecht umgesetzt worden zu sein. Doch jetzt spielte es sich alles genau so ab, wie er es schon aus der Zuschauerperspektive erlebt hatte. Er sah und roch das Blut, bemerkte die schreckgeweiteten, leblosen Augen und fühlte, wie sein Gehirn in einen Stand-by-Modus wechselte. Er vergaß zu atmen. Er vergaß zu blinzeln. Und in dem Moment, in dem sein Körper sich wieder seiner Pflichten erinnerte, schrie er, wie er seit Kindertagen nicht mehr geschrien hatte.

Er schrie noch eine Weile weiter, bis er begriff, dass niemand da war, um ihn fürsorglich in die Arme zu schließen und ins Freie zu führen. Irgendwann verstummte er und starrte auf das geronnene Blut auf Hals und Bluse, starrte auf die Mordwaffe, die noch immer in Mrs Summers' rechtem Ohr steckte. Der rote Zeiger stand auf Huhn. Mrs Summers' seltener Ohrschmuck war ein Bratenthermometer, das tief in ihren Schädel eingedrungen war, und die gut zehn Zentimeter lange Metallspitze kratzte vermutlich gerade an einer Gehirnwindung.

Colin fühlte Übelkeit in sich hochsteigen und endlich fielen ihm auch seine Beine wieder ein. Er rannte in Richtung Haustür, stolperte fast über den immer noch im Flur liegenden Hund und stieß frontal mit Norma zusammen, die gerade, mit Einkaufstaschen beladen, hereinkam.

»Lieber Himmel, Colin! Was hat Mrs Summers Ihnen angetan? Oder war der Tee wieder zu heiß?«

»Sie ist tot! Oh mein Gott, Norma! Sie ist tot!«

Norma schüttelte traurig den Kopf. »Ja, das ist eine schlimme Sache. Armes Ding. So grausam ermordet zu werden. Ich persönlich tippe ja auf einen Sexualmörder.«

»Was?«

»Man weiß natürlich noch nichts Genaues, aber du wirst sehen: Die Untersuchung wird mir Recht geben.«

»Was??«

»Das ist doch fast immer das Mordmotiv bei so jungen Dingern. Ich hoffe inständig, dass es niemand aus dem Dorf war.«

»Norma! Sie liegt da drinnen mit einem Bratenthermometer im Ohr und du rätselst hier seelenruhig herum, ob sie vergewaltigt wurde?«

»Wer hat ein Bratenthermometer im Ohr?«

»Mrs Summers natürlich!«

Norma starrte ihn einen Augenblick lang mit weit aufgerissenen Augen an. Dann stieß sie ihn zur Seite und rannte, die Einkaufstaschen einfach auf den Boden fallen lassend, durch die Wohnzimmertür.

Die Kartoffeln hatten noch nicht aufgehört zu rollen, als ihr Schrei durch das Cottage hallte.

Colin, der seinen Mageninhalt inzwischen wieder unter Kontrolle hatte, folgte ihr und schloss die schluchzende Norma in seine Arme, ohne auch nur einen weiteren Blick auf die tote Mrs Summers zu werfen.

»Oh Colin, wie fürchterlich! Wer kann nur so etwas Grausames getan haben?«, wimmerte sie, und Colin fühlte, wie ihre Tränen sein Hemd auf Bauchnabelhöhe durchweichten. Colin überlegte, ob es vielleicht eine Heulsuse, ein Spinner oder ein Trampeltier gewesen sein könnte, behielt diesen Gedanken aber vorerst für sich.

»Wir müssen die Polizei rufen«, schniefte Norma und machte sich von ihm los. »Hoffentlich sind die mit der anderen Leiche überhaupt schon fertig.«

»Andere Leiche? Welche andere Leiche?«

Colin fühlte sich völlig überrumpelt und überlegte, ob er sich überhaupt noch in der Wirklichkeit befand. Vielleicht war er heute Morgen einfach durch eine falsche Tür gegangen und in ein Paralleluniversum gestürzt. Der Gedanke, so albern er auch war, hatte etwas Tröstliches.

Norma hatte den Raum verlassen und Colin konnte hören, wie sie mit jemandem telefonierte. Er stand noch immer wie angewurzelt im Wohnzimmer und versuchte, ihrem letzten Satz einen Sinn zu geben.

Einer der Hunde sprang an seinem Hosenbein hoch, hechelte freundlich und brachte ihn damit zurück in die Wirklichkeit.

»Ich muss die Hunde hier herausschaffen«, murmelte er. Die Spurensicherung würde kommen, Männer gekleidet in Plastiksäcken, bewaffnet mit schweren Koffern. Sie würden ihn giftig anstarren, wenn sie hörten, dass nicht nur er, sondern auch eine Hundemeute über ihren Tatort getrampelt war.

Er schnappte sich den noch immer freundlich hechelnden Hund am Halsband und zog ihn hinter sich her in den Flur. Die zwei weiteren kamen neugierig näher und wollten mitspielen. Colin hörte Norma in einem anderen Zimmer mit Gläsern klirren. Kurz darauf war sie neben ihm, beugte sich zu ihm herunter, da er noch immer mit dem Streicheln von Hundeschnauzen beschäftigt war, und hielt ihm einen Cognacschwenker unter die Nase. Sie hatte sich und ihm reichlich eingeschenkt.

»Sehr aufmerksam. Obwohl mich diese kleinen Racker hier schon wieder auf den Boden der Tatsachen zurückgeholt haben. Ist es nicht seltsam, dass sie so fröhlich sind? Ihre Herrin ist tot. Müssten sie das nicht irgendwie spüren?«

»Im letzten Jahr habe ich einen alten Mann bei der Pflege seiner kranken Frau unterstützt. Er meinte zu mir, die Tatsache, dass ihr Lieblingshund kein Interesse mehr an ihr zeige, würde bedeuten, dass sie bald sterben würde. Und so war es auch. Nicht jeder Hund ist wie Lassie oder Struppi. Die meisten verlieren das Interesse an dem Sterbenden.«

Colin nahm einen Schluck Cognac und kraulte mit der freien Hand unablässig weiter. Es tat ihm gut. Es beruhigte seine Nerven und klärte seine Gedanken so weit, dass er die schon gestellte Frage wiederholen konnte.

»Welche andere Leiche?« Er hörte Norma über sich an ihrem Glas nippen.

»Sie haben in einem der Wäldchen vor dem Ortseingang eine Frauenleiche gefunden. Ein junges Mädchen. Zwei Spaziergänger haben sie entdeckt. Sie sind in Panik bis zum nächsten Cottage gelaufen und haben den Eigentümer gebeten, die Polizei zu rufen. Das hat er auch getan, gleich nachdem er all seine Freunde und Bekannten verständigt hatte. Das ganze Dorf weiß inzwischen von dem Mädchen. Jemand soll ihr den Schädel zertrümmert haben. Die Spaziergänger meinten, er habe ausgesehen, wie ein aufgeklopftes Frühstücksei.«

»Nette Beschreibung. Wie plastisch«, erwiderte Colin und schwankte dabei zwischen Ekel und Heiterkeit.

In der Ferne hörten sie eine Sirene. Augenblicke später zuckte ein unruhiges blaues Licht durch die Scheiben der Haustür.

»Nicht zu fassen! Wozu brauchen sie Blaulicht und Sirene, wenn sie doch schon tot ist?«, entfuhr es Norma.

Colin richtete sich auf und wischte sich die Hände an der Hose ab. Sie rochen trotzdem nach Hund.

»Vermutlich haben sie nicht allzu oft Gelegenheit, mal so richtig aufzudrehen. Da kommen noch mehr Wagen. Scheint, als würde es hier gleich voll werden.«

Colin behielt recht. In Mrs Summers' Cottage herrschte nur Augenblicke später eine Verkehrsdichte wie in London am Freitagnachmittag. Auch seine anderen Visionen trafen ein. Männer in Plastikanzügen schoben ihre gewaltigen Koffer durch enge Türrahmen und zwangen ihn, Norma und die Hunde zum Rückzug in die Küche. Fast beiläufig lehnte sich Norma an die Arbeitsplatte und zog eine Schublade nach der anderen auf. Dann sagte sie plötzlich: »Interessant.«

»Interessant? Was denn?«

»In dieser Schublade liegt ein Bratenthermometer. Mrs Summers hat also nicht ihr eigenes im Ohr. Das ist doch interessant, oder nicht?« Sie schob die Laden wieder zu. »Ich werde eine Kanne Kaffee kochen. Setz dich ruhig, du bist immer noch etwas blass um die Nase.«

Colin hatte kaum in der rustikalen Eichensitzecke Platz genommen, als die Tür sich wieder öffnete und ein junger Anzugträger mit Bürstenschnitt einzutreten versuchte, beim Anblick der drei Hunde aber im Türrahmen erstarrte.

»Hallo Mike! Käffchen?«, begrüßte ihn Norma und begann bereits mit dem Portionieren des Kaffeepulvers.

»Ich bin jetzt nicht Mike. Ich bin Detective Sergeant Dieber.«

»Und du hast deinen ersten eigenen Mordfall, weil alle alten Hasen sich bei dem toten Mädchen im Wald herumtreiben, richtig? Wie fühlt sich das an?« Norma sah ehrlich interessiert aus, doch Dieber machte einen eher unglücklichen Eindruck angesichts ihres mangelnden Respekts vor seiner Person.

»Ich möchte sämtliche Anwesende bitten, sich zur Vernehmung bereitzuhalten. Ich werde mir am Tatort zunächst einen Überblick verschaffen.«

»Mach nur, mach nur«, erwiderte Norma, schon wieder ganz die Alte. »Mit Zucker und Milch?« Anstelle einer Antwort zog Dieber rasch die Tür von außen zu, als zwei der Cocker auf Tuchfühlung mit ihm gehen wollten. Colin grinste, Norma sah dem Ermittler überrascht nach. »Eigenartig. Ich wusste gar nicht, dass Mike Angst vor Hunden hat.«

»Hat er auch nicht. Er hatte nur Angst um seine Hosen.«

»Wie kommst du denn darauf?«

»Er hat seine Sichelbeine bis zum Anschlag durchgedrückt, das Gewicht auf die Hacken verlagert und den Oberkörper leicht vorgebeugt. Er wollte verhindern, dass einer der Hunde ihn anspringt oder sich an ihm reibt. Das ist alles.«

»Wirklich? Das hast du gesehen? Erstaunlich.«

»Eigentlich nicht. Bekomme ich auch einen Kaffee?«

Draußen nahmen die Ermittlungsarbeiten Fahrt auf. Schritte hallten, Stimmen schwirrten, und irgendjemand vor dem Haus erbarmte sich und stellte endlich das Blaulicht ab.

Norma stellte eine dampfende Tasse vor Colin ab.

»Vorsicht. Heiß.«

»Ich bin lernfähig. Milch?«

Sie reichte ihm eine Literflasche. »Kann man das lernen?«

»Was meinst du?«

»Solche Dinge zu sehen?«

»Vermutlich. Zucker?«

Mit einer Spur von Ungeduld in der Bewegung schob sie ihm eine Porzellandose mit Blütenbemalung zu. »Und was siehst du, wenn du mich ansiehst?«

Colin konnte ein Lächeln nicht unterdrücken. »Eine gesunde junge Frau, sehr lebhaft, etwas zu neugierig, mit einer leichten Einwärtsdrehung des rechten Fußes. Ließe sich durch konsequentes Üben beheben und ich meine damit: Üben bei jedem einzelnen Schritt. Du haderst ein bisschen mit deinem Übergewicht, ziehst andauernd den Bauch ein, dabei steht er dir ganz gut. Du solltest das lassen, es führt nur zu Verspannungen im Brustkorb und einer falschen Atmung.«

Norma, die bis jetzt an den Tisch gelehnt vor ihm gestanden hatte, nahm ihm gegenüber in der Sitzecke Platz. »Colin, das ist eine Gabe. Du hast eine gottverdammte Gabe!«

»Nein, das ist Erfahrung und eine sensibilisierte Wahrnehmung. Jeder kann das trainieren, wenn er sich die Menschen um sich herum nur aufmerksam genug anschaut.«

»Und du hast das getan?«

»Über Jahrzehnte hinweg. Ich war einmal Tanzlehrer, schon vergessen?«

Erneut öffnete sich die Tür und Mike Dieber schob sich herein, den Blick fest auf drei wuselnde Cockerspaniels zu seinen Füßen geheftet.

Norma rollte mit den Augen. »Diese Hunde sind sauberer als gut für sie ist. Mrs Summers ließ sie fast wöchentlich von mir shampoonieren.«

In Mikes Haltung machte sich eine leichte Entspannung bemerkbar, die man auch auf seinem pickeligen Gesicht ablesen konnte. Colin warf Norma einen Blick zu, der so viel bedeutete wie: *Habe ich es nicht gesagt?*

»Sie haben das Bratenthermometer sofort bemerkt?«

»Ich hielt es für einen extravaganten Ohrschmuck.«

»Haben Sie es angefasst?«

»Nein, nur angesehen. Es stand auf Huhn.« Colin wünschte sich, er hätte den letzten Satz nicht gesagt. Dieber sah ihn an wie einen entsprungenen Irren.

»Huhn?«, entfuhr es Norma und ihre Augen weiteten sich. »Das würde ja bedeuten, dass ihre Körpertemperatur bei 80 Grad lag! Da hätte ihr aber jemand mächtig eingeheizt.«

»Möglicherweise ist es defekt«, antwortete Colin.

»Du meinst, sie war ihrem Mörder nicht einmal ein heiles Bratenthermometer wert?« Norma schüttelte schockiert den Kopf.

»Es ist möglicherweise beim Mord kaputtgegangen. So ein Kopf ist schließlich kein Schweinebraten«, mutmaßte Colin.

Diebers Blick nach zu urteilen, hielt er sie jetzt alle beide für verrückt. Er beendete den Dialog mit einer schnellen Zwischenfrage. »Und Sie kamen, um ihr Gesellschaft zu leisten?«

»Jasper, der Pfarrer, hatte mich um diesen Freundschaftsdienst gebeten.«

Um Diebers Mundwinkel zuckte es. »Wohl verloren, was?«

»Ich verliere ständig.«

»Und es war ihr zweiter Besuch bei Mrs Summers?«

»Ja, ich war gestern schon hier. Wir haben uns Fotos angesehen.«

»Fotos? Was für Fotos?«

»Vom Dorf und wie es sich über die Jahre verändert hat. Mrs Summers war eine leidenschaftliche Fotografin. Wir haben uns den rosa Karton angeschaut. Er steht im Regal.«

»Im Regal mit den Fotokartons?«

Colin war verwirrt. »Ja, sicher. In welchem denn sonst?«

»In welchem Zustand befand sich die Sammlung der Fotokartons am gestrigen Tag?«

Colins Verwirrung wuchs. »Ich verstehe die Frage nicht, fürchte ich.«

Dieber, der ihm gegenüber saß, gleich neben Norma, zog die Brauen hoch, als zweifelte er an Colins Worten. »Dann lassen Sie uns mal kurz einen Blick auf das Regal werfen.«

»Ich möchte eigentlich nicht noch einmal in das Wohnzimmer zurück«, erwiderte Colin. »Die Erinnerung an eine alte Dame mit einem Bratenthermometer im Kopf ist noch recht intensiv. Ich kann auf eine Auffrischung verzichten.«

»Dann sehen Sie eben woanders hin. Vorzugsweise in besagtes Regal.« Mit diesen Worten machte Dieber eine einladende Geste in Richtung Küchentür. Colin fand den jungen Mann zunehmend unsympathisch, folgte ihm aber in den Nachbarraum.

»Und? Was meinen Sie? Hat es gestern hier auch so ausgesehen?«

Die vorwurfsvollen Blicke des Spurensicherungsteams ignorierend, standen Dieber, Norma und Colin vor dem hohen Wandregal. Colins Blick flog zu Norma hinüber, deren Mund vor Überraschung offen stand.

»Nein«, sagte er. »Nein, gestern waren die Kartons ordentlich aufeinander gestapelt und nicht wild durcheinandergewürfelt. Auch einzeln herumliegende Fotos gab es nicht.«

Dieber nickte befriedigt. »Sie brauchen ja nicht hinzusehen, aber ist Ihnen bei ihrem ersten und einzigen Blick auf Mrs Summers nicht aufgefallen, dass sie einen Fotokarton auf dem Schoß hat und in der rechten Hand immer noch ein Foto hält?«

Colin schüttelte den Kopf. Darauf hatte er nicht geachtet und jetzt widerstand er der Versuchung, die Aussage

Diebers zu überprüfen. Er hatte nur auf das Bratenthemometer gestarrt, alle anderen Einzelheiten waren durch den grausamen Anblick verdrängt worden.

»Was zeigt das Foto in ihrer Hand?«, wollte Norma wissen.

»Darüber kann ich zum derzeitigen Stand der Ermittlungen nichts sagen«, erwiderte Dieber und schob die beiden eilig aus dem Zimmer. »Sie zwei dürfen jetzt nach Hause gehen. Nach Hause und nicht in den *Lost Anchor.* Und treten Sie bitte keine weite Reise an.«

Augenblicke später stand Colin neben Norma auf den unebenen Gartenplatten und ertrug geduldig Normas Gemecker.

»Keine weite Reise antreten, wofür hält der sich? Unglaublich, wie überheblich jemand werden kann, sobald er einen Rang bekleidet. Aber dafür habe ich ihm auch nicht gesagt, was mir sofort aufgefallen ist.«

Colin wurde hellhörig. »Was meinst du damit, Norma?«

»Aber Colin! Hast du es denn nicht bemerkt? Der grüne Karton! Er stand nicht mehr im Regal!«

»Dann wird es sich wohl bei dem Karton auf ihrem Schoss um den grünen gehandelt haben.«

»Irrtum!«, triumphierte Norma. »Das hat es nicht. Ich habe mich beim Rausgehen noch einmal mutig zu ihr umgedreht, es war einer der vielen grauen. Der grüne Karton fehlt.«

BUS STOP

ALLES SCHÖN DER REIHE NACH

»Und der Karton fehlt tatsächlich?«, fragte Jasper jetzt schon zum dritten Mal. Sein Wurf verfehlte die anvisierte Fünfzehn um mehrere Zentimeter.

»Er ist grün, Jasper, ich übersehe doch keinen grünen Fotokarton!« Norma rührte in ihrer Erdbeerbowle und sah Colin beim Verlieren zu. Diesmal ging es nicht ganz so schnell wie sonst.

Colin war Norma ins Dorf und direkt und ohne Umwege bis in den *Lost Anchor* gefolgt. Dort angekommen hatte Norma zunächst dem Wirt und dann Jasper Bericht erstattet, der hier schon am Vormittag sein erstes Bier zu sich nahm. Colin kam der Verdacht, dass Jasper vielleicht doch ein Problem mit dem Alkohol hatte. Die Tatsache, dass Jasper auch zwei Whisky später verteufelt gut die Pfeile warf, erhärtete seinen Verdacht, dass Jaspers Körper an regelmäßigen Alkoholkonsum gewöhnt war.

»Meint ihr, dass zwischen den beiden Morden eine Verbindung besteht?«, fragte Colin und traf in die doppelte Zwanzig.

»Halloho? Ist die Frage ernst gemeint? Natürlich hängen die beiden Morde zusammen! Hier ist noch nie einer ermordet worden! Glaube ich zumindest. Und dann gibt's plötzlich zwei Tote an einem Tag. Das kann doch wohl gar kein Zufall sein.« Norma sah Colin an, als befürchtete sie, er sei von einer Sekunde zur anderen schwachsinnig geworden.

Jasper schaltete sich ein. »Und der verschwundene Karton liefert doch wohl den ersten Hinweis auf ein Motiv, meint ihr nicht? Wirklich Norma, du hättest Mike von dem Karton erzählen müssen. Das ist Unterschlagung von Beweismaterial oder etwas Ähnliches.«

»Kaum, denn ich habe den Karton ja nicht geklaut. Aber wer immer ihn jetzt hat, hat wahrscheinlich kein Bratenthermometer mehr. Und was Mike angeht: Überheblichen Menschen helfe ich nicht. Er hätte ja auch mich fragen können, ob mir an dem Regal etwas auffällt, aber nein, er hat Colin gefragt. Der hat aber nur einen scharfen Blick, wenn es um Menschen geht und nicht um Dinge.«

Colin errötete unter Jaspers forschendem Blick, der jetzt auf ihm lag. Prompt verpatzte er den nächsten Wurf, womit Jasper wieder einmal als Sieger aus der Partie hervorging. Jasper grinste breit über sein rundes Gesicht und blinzelte zufrieden durch die Nickelbrille. Colin und Norma zuckten die Achseln, sie hatten nichts anderes erwartet. Sie nahmen an einem runden Kaffeetisch mit zerkratzter Marmorplatte Platz, der im *Lost Anchor* ein wenig deplatziert wirkte, aber dem Dartautomaten am nächsten stand. Jasper drehte einen der schäbigen Stühle herum und setzte sich breitbeinig, das

Kinn auf die Lehne gestützt, darauf. Colins Stuhl knarrte bedrohlich, als er sich zurücklehnte, hielt aber durch.

»Ist das wahr, Colin? Hast du einen Blick für Menschen?« Jaspers kleine Äuglein waren fest auf Colin gerichtet, der sich, um nicht antworten zu müssen, einen großen Schluck seines Bieres genehmigte. Hätte er bloß nie ein Wort darüber verloren. Er hielt es nicht für eine Gabe, sondern für eine nützliche kleine Spielerei, die ihm in seinem Berufsleben oft geholfen hatte.

Menschen waren schwierig. Insbesondere, wenn sie ihre erste Tanzstunde bei einem fremden Tanzlehrer hatten. Für manche war das unangenehmer als ein neuer Arzt. Mit der Zeit wurden Colins Studien der Körpersprache ein wichtiges Hilfsmittel. Er sah, er spürte, wie er mit wem umgehen durfte, wen er berühren konnte, wer von sich selbst überzeugt war, wer seinen eigenen Körper kaum spürte und wann er jemanden überforderte, noch bevor dieser es richtig mitbekam. Das hatte einen wesentlichen Teil seines Erfolges in der Branche ausgemacht.

»Und wie er das hat. Komm, Colin, zeig es Jasper mal. Sieh dir doch mal die Frau da hinten an. Die, die gerade zu den Toiletten geht. Was siehst du?«

Colin drehte den Kopf in die von Norma angedeutete Richtung. Ein junges Mädchen ging mit beschwingten Schritten auf die Toilettentür für Damen zu. Ein ungewöhnliches Mädchen. Sie trug ein himmelblaues Kleid, wie es Mitte der Fünfzigerjahre in Mode gewesen sein dürfte, mit Blusenkragen, breitem Gürtel und Petticoat. Das blonde Haar war zu einem Pferdeschwanz gebunden, die weißen Lackschuhe waren zierlich, die

Absatzhöhe war moderat. Als sie die Klinke der Tür hinunterdrückte, sah sie sich kurz im Schankraum um. Colin wandte sich hastig ab und traf auf die neugierigen Blicke seiner Gegenüber. Er hörte, wie sich die Toilettentür hinter dem Mädchen schloss. Colin seufzte.

»Fein, wenn es euch so viel Spaß macht. Die Kleine bewegt sich sehr elegant und sehr grazil. Sie könnte Tänzerin sein, ist sie aber nicht, und das trifft eigentlich schon den Kern der Sache.« Er nahm einen Schluck aus seinem Glas und ließ seine Zuhörer einen Augenblick lang zappeln. Dann fuhr er fort: »Ihre Bewegungen sind einstudiert, sie kontrolliert sich selbst, als würde sie andauernd vor einem Spiegel stehen. Sie hat sich eine hübsche Fassade aufgebaut und unterstreicht sie gekonnt durch gefällige Kleidung, die aber nur ein Kostüm darstellt. Für manche ist ihre Kleidung ein Statement, doch nicht für sie. So will sie von ihrer Umwelt gesehen werden. Es gehört zur Show. Sie streckt nicht einmal die Hand zur Türklinke aus, ohne darüber nachzudenken. Sie ist eine Schauspielerin, die immer auf der Bühne steht. Gelegentlich vergewissert sie sich, ob sie Publikum hat. Findet sie einen Zuschauer in der Menge, bestätigt sie dies nur in ihrem Gefühl, dass sie ständig beobachtet wird und immer präsent und kontrolliert sein muss. Das arme Mädchen braucht meiner Meinung nach dringend etwas Selbstbewusstsein. Dann könnte sie sich ein wenig entspannen. Ein Verehrer wäre sinnvoll, aber ich kann leider keinen aus der Tasche zaubern. Ihr vielleicht?«

Einen Augenblick lang herrschte Schweigen am Tisch der drei. Norma warf Jasper einen triumphierenden

Blick zu, als habe sie soeben eine besondere Leistung vollbracht. Dann winkte sie die beiden Männer dichter zu sich heran. Die Köpfe der drei berührten sich fast über dem Tisch.

Norma flüsterte mit Verschwörerstimme: »Ihr Name ist Vivian Small. Das Kind wird von seinen ehrgeizigen Eltern gnadenlos in allen Bereichen der Kunst gefördert, ob sie will oder nicht. Ihre Eltern hoffen, dass sich auf diese Weise irgendein besonderes Talent entdecken lässt, und Vivian fürchtet permanent, sie könnte ihre Eltern enttäuschen und sich als absolut durchschnittlich entpuppen. Das Mädchen ist chronisch überfordert und hat nur selten Zeit für sich. Alle im Dorf wissen, dass sie für den jungen Dan von der Tankstelle schwärmt, aber der wäre ihren Eltern niemals gut genug für ihr Goldkind. Also ist Vivian ein braves Mädchen und betet Dan nur aus der Ferne an.«

Mit einem leichten Räuspern verschaffte sich jetzt auch Jasper Gehör. Auch er verfiel unbewusst in einen rauen Flüsterton. »Ihre große Schwester starb bei einem Badeunfall, als Vivian noch ganz klein war. Die Familie hat den Verlust nie verwunden und fokussiert sich auf Vivian. Ihre Mutter besucht jede Woche meine Kirche. Immer, wenn ich mich mit der armen Frau unterhalte, kreist ihr ganzes Denken um Vivian und ihre Ausbildung. Das Mädchen konnte in der Schule nie besonders glänzen, sie ist nicht von der hellsten Sorte. Also sucht man ihre Stärken woanders. Nach dem, was du gerade in ihren Bewegungen gelesen hast, tut man dem Kind damit keinen Gefallen. Der Druck unter dem sie lebt, muss enorm sein. So etwas ist auf Dauer nicht gesund.«

»Ha!«, entfuhr es Norma, und sie warf sich mit triumphierendem Blick in ihrem Stuhl zurück. »Dafür hätte unser Detective Sergeant Dieber doch Wochen gebraucht!«

Colin sank seinerseits auf dem Stuhl zurück und spürte schmerzhaft die harte Lehne in seinem leidenden Rücken. Er unterdrückte jegliche Reaktion darauf und hob stattdessen fragend die Brauen. »Warum sollte sich der Sergeant denn für Vivian interessieren?«

Norma sah ihn mitleidig an. »Dieber interessiert sich natürlich nicht für Vivian. Er sucht einen Mörder. Oder eine Mörderin, wer weiß das schon. Wäre es da nicht sehr nützlich, wenn er nur einen Blick auf seine Mitmenschen werfen müsste, um dann in einer wahren Fülle von Informationen zu schwimmen? Stattdessen bringt er es nicht einmal fertig, die richtigen Leute nach den richtigen Dingen zu fragen.«

Colin machte sich in Gedanken eine Notiz über Norma. Sie war nachtragend. Eine kleine Schwäche, die man im Umgang mit ihr berücksichtigen musste.

Jasper ritzte mit den Fingernägeln im Holz der Stuhllehne vor sich herum und murmelte: »Diebers naheliegendstes Problem ist wohl eher sein Nichtwissen in Bezug auf das Fehlen eines gewissen Kartons. Wüsste er von dem Karton, könnte er etwas über seinen Inhalt in Erfahrung bringen, und erst das würde ihn zu verdächtigen Personen führen.«

»Ha, aber wir kennen den Inhalt des Kartons«, rief Norma laut und schüttelte sich ein paar rosa Ponyfransen aus der Stirn.

»Ach wirklich?« Colin war amüsiert. »Schließ doch bitte nicht von dir auf andere, Norma. Ich habe keine

Ahnung, was Mrs Summers in besagtem Karton versteckte. Und nach allem, was sie selbst darüber sagte, weiß ich auch nicht, ob ich den Inhalt kennen möchte. Danach würde ich wahrscheinlich völlig geschockt das Dorf verlassen und nie mehr zurückkehren.«

»Ja, das sähe dir ähnlich. Aber bevor du aus meiner Gemeinde tänzelst, klärst du mich bitte noch auf. Was hast du gegen den grünen Karton und seinen dir unbekannten Inhalt vorzubringen?« Jasper amüsierte sich augenscheinlich köstlich. Seine Augen funkelten und seine Nägel gruben sich mit einer wahren Besessenheit immer tiefer in die Stuhllehne. Colin klärte ihn auf. Warum auch nicht? Schließlich war Jasper sowieso an allem schuld.

»Nachdem du mich zu dieser Gewitterziege auf ihren Berg gejagt hast und sie sich so schmeichelhaft über all ihre Nachbarn ausgelassen hat, habe ich mit einer leichten Missbilligung reagiert. Daraufhin meinte sie, dass der Inhalt des grünen Kartons für mich ungeeignet sei. Ich solle lieber einen anderen wählen. Ich wählte einen, den Norma mir empfahl, und so blieb mir vermutlich ein Karton voller dokumentierter Peinlichkeiten erspart.«

Jasper pfiff durch die Zähne. »Heiße Ware, ja? Belastende Fotos, aufgenommen von einer bösartigen alten Dame? Das klingt wirklich nach einem Mordmotiv. Nach einem richtig guten, wenn ihr mich fragt.« Jasper hörte auf, den Stuhl zu malträtieren und erwählte an Stelle seiner einen weichen Bierdeckel als nächstes Opfer. »Was aber ist auf diesen Bildern zu sehen?«, sinnierte er, und erste Krümel gelber Pappe rieselten zu Boden.

Norma hob die Hand wie ein Schulmädchen, während sie versonnen auf den schrumpfenden Bierdeckel starrte. »Das kann ich beantworten. Wenn ich auch keine Details kenne. Mrs Summers sprach gern und oft über ihre Sammlung. Im grünen Karton befinden sich ausschließlich Fotos, die Mrs Summers aus dem Wintergarten heraus oder innerhalb ihres Gartens geschossen hat.«

»Stillleben?«, fragte Jasper pikiert. »Bilder von verwelkenden Rosen und dürstenden Pflanzen? Das ergibt wenig Sinn. Sie wird ja nicht von einer Würgepflanze attackiert worden sein. Auch kann ich mir nicht vorstellen, wie die Chrysanthemen sich eines Bratenthermometers bemächtigen konnten.«

Colin kicherte, doch Norma sah kein bisschen amüsiert aus.

»Ich hoffe sehr, dass Du im Beichtstuhl nicht die gleiche Begriffsstutzigkeit an den Tag legst, mein Lieber. Sie hat keine Pflanzen fotografiert. Wenigstens nicht vorwiegend. Sie hat alles festgehalten, was man aus diesem Blickwinkel sehen konnte! Und dabei handelte es sich…? Na? Um was?«

Sie warf Colin einen auffordernden Blick zu und der reagierte prompt: »Um die Häuser und Gärten von ›Heulsuse‹, ›Trampeltier‹, ›Spinner‹ und ›Schlampe‹. Diese unerträgliche Person hat ihre Nachbarn nicht nur durch ihr Fernglas bespitzelt. Sie hat auch ihren Alltag auf Fotopapier gebannt!«

Jasper erdolchte seinen Bierdeckel mit dem Daumen. »Wenn das wahr ist, dann haben Heulsuse, Trampeltier, Spinner und Schlampe ein großes Problem, sobald Dieber vom Inhalt des Kartons erfährt.«

»Ihr habt den ›alten Knicker‹ vergessen. Der lebt auch in dieser Häuserzeile«, ergänzte Norma.

»Tja, nur schade, dass niemand weiß, wer eigentlich wer ist und welche der Personen wusste, dass sie beobachtet wurde«, sagte Colin und schlug sich auf die Schenkel, um zu signalisieren, dass er sich bald auf den Heimweg machen wollte. Seine Rückenschmerzen wurden penetranter, und er sehnte sich nach seiner Wärmflasche und seinem weichen Sessel.

»Und ob eine dieser Personen genug zu verbergen hatte, um einen Mord zu begehen«, ergänzte Norma und erhob sich.

»Oder zwei«, verbesserte Jasper. »Vergesst die zweite Leiche nicht. Norma, soll ich dich nach Hause begleiten?«

»Warum das denn?«, fragte Norma und warf dem Pfarrer einen überraschten Blick zu.

»Weil in diesem Dorf ein Mörder frei herumläuft, der bereits zwei Frauen getötet hat. Für den eher unwahrscheinlichen Fall, dass er dich für eine hält, sollte ich…«

Normas Augen wurden schmal. »Vorsicht, Herr Pfarrer. Alle Frechheiten lasse ich Ihnen nicht durchgehen.«

Colin verbiss sich ein Lachen. Die winzige Norma mit den rosa Haaren und der Latzhose konnte aus einiger Entfernung tatsächlich leicht mit einem Kind oder einem Fabelwesen verwechselt werden. Doch er würde sich hüten, jetzt Jaspers Partei zu ergreifen. Stattdessen würde er die beiden jetzt sich selbst überlassen, umso schneller würde er in seinem Zimmer ankommen. Er zahlte, winkte den beiden, zwischen denen eine Diskussion über Wahrheit und Höflichkeit entbrannt war, noch kurz zu und trat hinaus auf die Straße. Feiner Nieselregen fiel aus einer dichten grauen Wolkendecke auf ihn herab. Heute würde es nicht mehr aufklaren. Der perfekte Tag für ein gutes Buch.

HUSTLE

EINS FÜHRT ZUM ANDEREN

In seinem Zimmer herrschte aufgrund des trüben Tages bereits leichtes Dämmerlicht. Colin schaltete die altmodische Stehlampe mit dem Messingfuß und dem an Elefantenhaut erinnernden Lampenschirm an und lächelte beim Anblick des in goldenes Licht getauchten Raumes.

Colin liebte dieses Zimmer. Er liebte das großformatige Motiv der Tapete aus den frühen Siebzigern, die altmodischen Ohrensessel mit ihrem ockerfarbenen Samtbezug und das klobige Bett mit dem aufwändig geschnitzten Kopfende. Jedes Möbelstück hier drinnen hatte seinen eigenen Charakter, seine Geschichte. Keine dieser Geschichten war abendfüllend oder würde die Welt verändern, aber sie alle hier drinnen in diesem warmen Licht anzutreffen, gab dem Raum Charakter und machte ihn liebenswert.

Colin ging in die winzige Kochnische und stellte den Wasserkessel auf eine der beiden Elektroplatten. Lange bevor das Wasser kochte, nahm er den Kessel herunter und füllte den Großteil seines Inhalts in seine

Wärmflasche. Den Rest des Wassers ließ er weiter kochen. Es war der perfekte Tag für heißen Tee.

Nebenan wurde ebenfalls das Wasser aufgedreht. Seine Nachbarin bereitete ihr allabendliches Bad vor. Colin sah auf die Uhr. Es war gerade erst Nachmittag. Doch auch seine Nachbarin schien beschlossen zu haben, dass der heutige Tag früher in den Abend übergehen durfte als üblich. Colin hörte das Wasser in den Rohren gluckern, untermalt von einem fröhlichen Summen. Er seufzte, denn er wusste, dass es gleich in enthusiastisches Singen übergehen würde. Und da kam es auch schon. Diesmal kein Chanson. Es war *The Ballad of Bonnie und Clyde.* Großartig. Jetzt verhunzte sie mal eben rasch eine seiner Lieblingsballaden. Einen wundervollen und ausdrucksstarken Slow Foxtrott. Er würde doch mal ein ernstes Gespräch mit ihr führen müssen. Eines, das über *Guten Tag* und *Guten Abend* hinausging.

Der Wasserkessel pfiff. Colin goss Tee auf einen Teebeutel, trug Tasse, Wärmflasche und einen angefangenen Roman zum Ohrensessel hinüber und machte es sich so bequem wie es eben ging. Sein Rücken reagierte freundlich auf die wohlige Wärme, und in der folgenden Stunde gelang es Colin, sich trotz der schauerlichen Sangesdarbietung aus dem Badezimmer auf sein Buch zu konzentrieren.

Laute Stimmen auf dem Flur vor seiner Zimmertür weckten ihn. Er musste eingenickt sein. Ein Blick zum

Fenster verriet ihm, dass es mittlerweile wirklich Abend geworden war. Der Gesang nebenan war verstummt.

Colin lauschte und versuchte gleichzeitig, wieder in die Realität zurückzufinden. War etwas geschehen? Warum wurde nebenan nicht mehr gesungen?

Eine unschöne Vision von einer nackten Frauenleiche mit einem Bratenthermometer im Ohr inmitten knisternden Badeschaums, der sich stellenweise dezent rot färbte, trieb ihn aus dem Sessel. Kaum war er in der Senkrechten angekommen, schalt er sich selbst einen Idioten. Zwei Morde bedeuteten nicht zwangsläufig eine ganze Serie von Morden. Er hielt inne und lauschte erneut. Mit einer gewissen Erleichterung erkannte er draußen vor der Tür die Stimme seiner Zimmernachbarin.

»Aber er ist doch wirklich so niedlich. Schauen Sie doch nur! Diese lustigen Öhrchen!«

Öhrchen? Colin stutzte.

»Die Öhrchen sind mir völlig egal! Es ist nicht erlaubt und dabei bleibt es.« Das war zweifellos die Stimme seiner Vermieterin gewesen. Mrs Grey schien ernsthaft erbost.

»Wenn es aber doch ein Notfall ist. Wo soll der Kleine denn sonst hin? Meine Haushälterin verbietet mir, mehr als einen bei mir aufzunehmen. Haben Sie doch ein Herz für die arme Waise, Mrs Grey.« Colin riss überrascht den Mund auf, als er die dritte Stimme erkannte. Jasper? Was tat Jasper in seiner Pension?

Mit drei schnellen Schritten war Colin an der Zimmertür und riss sie auf. Vor ihm auf dem Treppenabsatz standen drei Personen. Doch vier Augenpaare sahen ihn an. Jasper fröhlich, Mrs Grey äußerst verärgert und die Dame im Frotteebademantel aus dem anderen Zimmer sichtlich amüsiert. Das vierte Augenpaar gehörte einem karamellfarbenen Cockerspaniel auf Jaspers Arm.

»Mr Duffot. Sagen Sie Ihrem Freund, dass das nicht geht. Ich dulde keine Hunde in den Zimmern meiner Mieter!«

Colin glaubte, die Situation erfasst zu haben. Er schenkte Mrs Grey ein Lächeln von ganz besonderer Qualität. »Das verstehe ich natürlich, Mrs Grey. Ich würde doch auch keinen Hund wollen. Ich denke nur, da es sich um ein vorrübergehendes Ereignis handelt, können wir beide ja großzügig sein.« Er kam sich recht geschickt vor und strahlte in die Runde.

Doch sein Lächeln erstarb, als Mrs Grey antwortete. »Wieso vorrübergehend? Wollen Sie etwa ausziehen?«

»Ähm. Nein. Aber der Hund ist doch nur ein Gast. Wenn der Pfarrer geht, wird er den Hund wieder mitnehmen.«

»Mitnichten«, mischte sich Jasper ein, und drückte dem völlig überraschten Colin den glücklich sabbernden Cocker in den Arm. »Das ist Huey. Er gehört jetzt dir. Ich habe Dewey bei mir im Pfarrhaus, und Louie habe ich soeben bei Norma abgegeben. Wo sollen die armen Tiere denn sonst hin, jetzt, wo Mrs Summers tot ist?«

Trotz der feuchtwarmen Hundezunge, die ihm durchs Gesicht fuhr, wurde Colin kalt. Das konnte doch unmöglich Jaspers Ernst sein.

»Komm schon, Colin. Du hast heute Abend gegen mich verloren und wir hatten noch gar keinen Einsatz ausgemacht. Nun, ich habe den Fehler nachträglich korrigiert. Huey war der Einsatz und du hast ihn gewonnen.«

»Ich habe doch verloren!«

»Eben.«

Colin fühlte instinktiv, dass es dieser Antwort an Logik mangelte. Er versuchte es auf einem anderen Wege. »Selbst wenn ich wollte, Mrs Grey ist dagegen. Das musst du akzeptieren.«

»Ach kommen Sie schon, Mrs Grey«, verlegte Jasper sich nun aufs Betteln und fand auch gleich Unterstützung in Form der Badewannendiva.

Beide sahen die zierliche Witwe so flehend an, dass diese verunsichert murmelte: »Aber er will den Hund doch gar nicht.«

»Siehst du, Colin? Es liegt doch nur an dir«, rief Jasper triumphierend und wandte sich zu ihm um.

Colin unterdrückte einen Fluch. »Vielen Dank, Mrs Grey. Ich hätte nicht gedacht, dass sie mir in den Rücken fallen. Gut, bleibt der Hund eben hier, aber Sie, junge Dame«, er deutete mit dem Finger auf seine amüsierte Mitbewohnerin, »Sie gehen morgens die erste Runde mit ihm. Mal sehen, wie süß sie ihn an einem windigen Regentag noch finden.« Den Hund auf dem Arm trat Colin den Rückzug an und ließ Mrs Grey und die andere Frau einfach stehen. Jasper machte jedoch einen unerwarteten Hopser über seine Türschwelle und lud sich damit selbst ein. Netterweise übernahm er auch das Schließen der Tür.

»Das hast du großartig gemacht, Colin. Du bist auch noch ein echter Stratege, Hut ab.«

»Ich? Das bist du gewesen und das weißt du ganz genau! Was sind das überhaupt für alberne Namen, Huey, Dewey und Louie? Du willst mir doch nicht ernsthaft weismachen, dass eine Frau wie Mrs Summers ihre drei Spaniels nach Donald Ducks Neffen benannt hat!«

»Natürlich nicht.« Jasper ließ sich mit einem Lächeln in Colins Sessel sinken, wobei er die Wärmflasche kommentarlos zu Boden gleiten ließ. »Aber wolltest du allen Ernstes ›Attila‹ Asyl gewähren? Oder ›Hector‹? ›Ajax‹ fand ich auch nicht wirklich besser. Das sind die Namen, die auf ihren Fressnäpfen stehen. Dieber hat sie zusammen mit den Hunden bei mir abgeliefert. Er meinte, da das nächste Tierheim meilenweit entfernt wäre, sei die Kirche für die armen Hundeseelen zuständig. Was für eine Logik. Und dieser Mensch will einen Mörder fangen?«

»Ziemlich kriegerische Hundenamen, sogar für Mrs Summers. Aber ob Huey eine Verbesserung darstellt?« Colin setzte den Hund auf den in Orangetönen gemusterten Teppich. »Huey? Huey, komm her, Kumpel!« Der Hund schoss freudig in seine Arme. »Funktioniert. Na gut, wenn du es so haben willst. Dann eben Huey.«

Colin ließ sich neben Huey auf dem Teppich nieder und kraulte seinen neuen Gefährten zwischen den Ohren. Der Hund schloss fast augenblicklich die Augen, sank auf dem Teppich nieder und schlug ein paar Mal mit dem Schwanz.

Auch Colin schien es, als hätte das Streicheln des Fells eine beruhigende, fast meditative Wirkung auf ihn. Um ein Haar hätte er es versäumt, Jasper zuzuhören.

»Ich habe über unser Gespräch im *Anchor* eine ganze Weile nachdenken müssen, und ich finde, Norma hat Recht.«

Colin hielt im Kraulen inne und wartete darauf, dass Jasper fortfuhr. Doch es wurde still im Zimmer. Dumpf hörte er die Nachbarin ein Liedchen trällern.

»Wirklich, Jasper, ich gebe mir die größte Mühe, aber ich habe keine Ahnung, was du meinst.«

»Wir sollten den Mörder überführen, Colin. Wir könnten es. Und wir würden nicht nur einen Verbrecher seiner gerechten Strafe zuführen, wir würden auch alle Unschuldigen von Verdächtigungen befreien und den Frieden im Dorf wahren.«

»Wer bist du? Pater Brown?«

Jasper glitt aus dem Sessel und setzte sich Colin gegenüber auf den Fußboden. Auge in Auge saßen sich die Männer gegenüber. Ein alternder Tanzlehrer und ein übergewichtiger Pfarrer. Für einen kurzen Moment hob Huey ein Augenlid an und schien auf etwas zu warten. Dann gab er ein Schnauben von sich und klappte das Auge wieder zu. Auch Jasper strich dem Cocker über das weiche Fell. »Colin, es fängt schon an. Als ich ins Pfarrhaus kam, hatte meine Haushälterin die Liste aller potentiellen Mörder bereits mit Klebeband an den Kühlschrank geheftet. Und hinter jedem Namen steht eine völlig absurde Begründung für ihren Verdacht! Als ich mir einen Joghurt holen wollte, erfuhr ich auf diese Weise, dass Bäcker Jones Brot vom Vortag als frisches verkauft! Das mag ja nicht nett sein, aber macht es den Mann zu einem Mörder?«

»Ich bin sicher, dass deine Haushälterin ein Einzelfall ist.«

»Das kann man nur hoffen, aber eigentlich weißt du es besser. Schon heute Abend werden im *Anchor* die ersten Wetten abgeschlossen, und gleich am nächsten Sonntag werden erste Verleumdungen noch vor Beginn des Gottesdienstes über den Kirchhof schwirren wie Hummeln in einem Lavendelfeld!«

»Und was um alles in der Welt hat das mit mir zu tun?«

»Es geht um dein Talent, Colin. Deine Gabe!«

»Blödsinn! Eine Menge kluger Menschen haben sich mit Körpersprache beschäftigt! Es gibt Bücher darüber in jeder Buchhandlung. Ganze Regalreihen voll! Und in jedem dieser Bücher steht mehr, als ich darüber weiß!«

»Auch Blödsinn! In diesen Büchern werden Thesen aufgestellt aufgrund einer Sitzhaltung, einer Handstellung oder dem Wippen einer Augenbraue. Sie schließen daraus auf die Gemütslage der Person. Du aber siehst viel mehr als nur eine Stimmung. Du hast Vivian Small ganze zehn Sekunden betrachtet und hast viel mehr gesehen als ihre Gemütsverfassung. Du hast ihr Leben gesehen!«

»Ich hätte mich genauso gut irren können.«

»Das hast du aber nicht.« Jasper lächelte plötzlich. »Nein, das hast du nicht. Im Gegenteil. Normas Dorfklatsch und mein Hintergrundwissen über die Familie passten perfekt zu deinen Beobachtungen. Willst du es denn nicht begreifen, Colin? Gemeinsam können wir das Puzzle zusammensetzen.«

»Es wird kaum ausreichen, ein bisschen Dorfklatsch, ein paar Krümel Beichtgeheimnisse und einige Beobachtungen in einen Topf zu werfen. Damit fängt man doch keinen Mörder!«

»Eher als jemand, der verwaiste Hunde im Pfarrhaus abgibt, oder jemand, der den Bäcker im Visier hat.«

Colin wusste nicht, was er sagen sollte. Er fühlte sich unwohl bei der Geschichte. Seine Beobachtungsgabe zu nutzen, damit jemand sich in seiner Tanzstunde wohl fühlte, war eine Sache. Damit aber jemanden des Mordes überführen zu wollen, eine völlig andere.

»Das ist eine riesige Verantwortung. Was ist, wenn ich mich irre? Stell dir das nur mal vor: Jemand gerät unter Mordverdacht, weil ich ihn zum Mörder gestempelt habe! Stell dir weiter vor, dieser Mensch wird diesen Stempel nie wieder los, selbst wenn er sich als unschuldig erweist. Was habe ich denn dann angerichtet? Ich könnte eine Existenz zerstören, wenn alle mir so blind vertrauen würden wie du und Norma!«

»Wir würden natürlich nie jemanden beschuldigen, wenn wir von seiner Schuld nicht völlig überzeugt wären. Erst müssten Beweise her.«

»Ach? Das auch noch? Und wie? Willst du in Gebüschen lauern oder in Wohnungen einbrechen? Jasper, ich will dich nicht kränken, aber wie willst du dich denn im Ernstfall tarnen oder verstecken? Du bist nicht gerade eine zarte Elfe, die sich unters Bett oder in einen Kleiderschrank flüchten kann.«

»Darüber müssen wir uns unterhalten, wenn es soweit ist. Möglicherweise taugt Norma zur Elfe. Irgendetwas Weltfremdes hat sie an sich, findest du nicht? Zunächst brauchen wir aber einen Schlachtplan. Wir treffen uns morgen zur Mittagszeit im *Anchor.*« Jasper machte Anstalten aufzustehen und Colin hielt ihn nicht zurück. Er kraulte weiter Hueys Schlappohren.

»Was sagt denn überhaupt Norma dazu?«

»Soll das ein Witz sein? Es war doch ihre Idee! Sie ist hellauf begeistert und hat vollstes Vertrauen in deine Fähigkeiten, genau wie ich.«

»Ich aber nicht! Hast du überhaupt ein Wort von dem gehört, was ich zu dir gesagt habe?«

»Morgen. Zur Mittagszeit. Im *Lost Anchor.* Schlaft gut, ihr zwei.«

Colin blickte auf Huey hinab und stellte fest, dass dies zumindest auf einen schon zutraf. Jasper entfernte sich mit schweren Schritten und gleich darauf klappte die Zimmertür.

Als Colin sich ein paar Stunden später in seinem Bett hin und her wälzte, um eine halbwegs angenehme Schlafposition zu finden, spürte er plötzlich etwas Feuchtes an seinem Fuß. Vorsichtig ertasteten seine Zehen eine Hundenase.

»Das nicht dein Ernst, oder?«

Doch da hatte sich Huey schon mit einer ruckartigen Bewegung unter die Decke geschoben und robbte sich gnadenlos weiter aufwärts. Colin erwog kurz, den Hund an seinen Ohren zu packen und schwungvoll aus dem Bett zu werfen, doch als sich der warme, weiche Körper wie ein Schmerzpflaster in seinen Rücken drückte und die Körperwärme des Tieres ihre Wirkung entfaltete, unterließ er es.

»Großartig. So ersetzt der Cockerspaniel im Bett das wohltuende Lammfell. Nun, ein Versuch schadet nicht«, sagte Colin in die Dunkelheit hinein. Bald darauf schlief er ein.

BACHATA

ALLES KOMMT IN BEWEGUNG UND DIE LUFT WIRD SCHWÜL

Ein penetrantes Klopfen weckte ihn noch vor seinem Bettgenossen. Colin warf einen Blick auf den schlafenden Hund, dann einen auf den Wecker, der direkt am Bett stand. Halb sechs. Das war keine Zeit für einen Tanzlehrer. Colin war es durch die langen Jahre im Freizeitgewerbe gewohnt, spät schlafen zu gehen, und die ersten Stunden des Tages gepflegt zu ignorieren. Wenn er nicht gerade Besorgungen zu erledigen hatte oder seine Spieleinsätze vom Dartspielen abarbeitete, konnte Colin auch ganz problemlos den gesamten Vormittag ignorieren. Wer immer da vor seiner Tür stand, hatte einen völlig anderen Lebensrhythmus.

Das Klopfen hielt weiter an. Colin spürte, wie er ärgerlich wurde. Er schwang die Beine aus dem Bett, was Huey dazu veranlasste, sich zu räkeln und hinter den Ohren zu kratzen, und marschierte zur Tür. Energisch riss er sie auf und sah in zwei unschuldig dreinblickende wasserblaue Augen.

»Hallo. Ich komme, um Huey für seinen Morgenspaziergang abzuholen. Haben wir schon eine Leine für ihn?«

»Wir?« Irritiert versuchte Colin sich einen Reim auf die Situation zu machen. Vor ihm stand, vollständig angezogen mit einem luftig-leichten taubenblauen Leinenkleid, das in modischer Sackform bis über ihre Knie hing, seine Nachbarin. Ihr Haar war hochgesteckt und sie duftete nach Rosen. Vermutlich noch eine schwache Note ihres Badezusatzes.

»Sie haben doch gestern gesagt, dass ich den Morgenspaziergang mit Huey übernehmen soll. Nun, hier bin ich. Und ich habe sicherheitshalber den Gürtel von meinem Morgenmantel dabei. Aber über kurz oder lang werden wir eine Leine für Huey brauchen. Wir könnten ja zusammenlegen, was meinen Sie? Ich denke, grün würde ihm gut stehen.«

Colin blinzelte mit seinen immer noch nicht ganz wachen Augen und besah sich sein Gegenüber genauer: Das hellblonde Haar war bewusst unordentlich auf dem Kopf zusammensteckt worden, so dass weiche Strähnen sich gelöst hatten und den schlanken Hals umspielten. Das herzförmige Gesicht war dezent aber sehr gut geschminkt, nur der Lippenstift erstrahlte in einem leicht grellen Rot. Das Sackkleid wurde vorn geknöpft und die obersten Knöpfe standen offen. Colin gewahrte einen weißen Spitzen-BH. Er konnte es nicht glauben. Diese Frau, kaum älter als Mitte zwanzig, versuchte ihn anzumachen! Ihn! Einen alten Knacker mit grauem Haar und angegriffener Gesundheit! War die Kleine blind oder blöd?

Hinter ihm trabte Huey heran, schob sich an seiner Wade vorbei und wedelte beim Anblick der jungen Frau fröhlich mit dem Schwanz.

»Ach, da bist du ja.«

Schon sank sie vor ihm in die Hocke, streckte die Arme nach Huey aus und gewährte Colin einen Einblick bis hin zu ihrem gepiercten Bauchnabel. Sackkleider hatten durchaus ihren Reiz.

Während Colin noch immer verwirrt auf die hübsche Aussicht blickte, wurde Huey an den Frotteegürtel geknotet. Sie richtete sich wieder zu voller Größe auf und strahlte ihn an.

»Wir sind dann in etwa einer halben Stunde zurück.«

»Wer ist wir?«

»Huey und ich?«

»Und wer ist ich?«

Sie lachte glockenhell. Hätte Colin noch irgendeinen Zweifel an ihren Absichten gehabt, dieses Lachen hätte sie augenblicklich ausgeräumt.

»Wie dumm von mir. Ich habe mich gar nicht vorgestellt. Dabei wohnen wir hier fast Tür an Tür und benutzen das gleiche Bad! Nicht zu fassen, oder?« Sie streckte ihm ihre kleine weiße Hand entgegen. »Ich bin Lucy.«

»Colin.«

»Ich weiß.« Sie lächelte kokett und wandte sich in Richtung Treppe, den ratlos auf Colin starrenden Huey hinter sich herziehend.

Colin studierte ihre zielstrebigen kleinen Schritte und die rollenden Hüftbewegungen und wusste, dass er gegen sie nur verlieren konnte. Wenn diese Frau sich in den Kopf gesetzt hatte, ihn zu erobern, würde sie es auch tun.

Er atmete tief durch. Was für ein herrlicher Morgen.

Im Bad brauchte Colin an diesem Tag länger als gewöhnlich. Er scheitelte das volle ergraute Haar mit Hingabe, föhnte es mit einer leichten Welle zurück, zog probehalber vor dem an der Innenseite der Tür befestigtem Spiegel den Bauch ein, war leidlich zufrieden und beschloss den Kauf eines neuen Rasierwassers.

Die halbe Stunde war fast vorbei, als er hastig in eine legere Jeans und ein dunkelblaues Hemd sprang. Noch während der Suche nach seinen Schuhen klopfte es wieder energisch an der Zimmertür.

Colin fuhr in die Slipper, stürmte zur Tür und riss sie auf. Lucy strahlte ihn an und reichte ihm den Griff einer nagelneuen roten Hundeleine, an deren anderem Ende ein völlig erschöpft aussehender Huey hing.

»Ich habe ein Schnäppchen gemacht. Mit passendem Halsband. Steht es ihm nicht gut?«

»Oh ja, und es ist so grün.«

Lucy lachte und zeigte ihm eine Reihe perlweißer Zähne. »Ich muss jetzt zur Arbeit. Morgen früh komme ich wieder.«

»Wir freuen uns drauf«, erwiderte Colin und schleifte den auf der Schwelle zusammengesunkenen Huey ins Zimmer.

Lucy schritt davon und hinterließ nur eine süßliche Parfümwolke wilder Rosen.

»Na Huey, alter Kumpel? Ob wir zwei uns mit dem Mädel wohl etwas zu viel zumuten?«

Als Antwort gab Huey ein Schnaufen von sich.

Nachdem Huey und Colin gefrühstückt hatten, begann Colin die fällige Runde kleinerer Besorgungen beim Bäcker.

Er spürte die Veränderung, als er den Laden betrat. Im gleichen Augenblick, in dem über ihm das Glöckchen bimmelte, wandten die Damen hinter und vor dem Tresen ihm den Kopf zu und starrten ihn schweigend an. Colin versuchte es mit einem vorsichtigen *Guten Morgen* und erhielt statt einer Antwort nur ein knappes Nicken mit unbewegten Mienen.

Verunsichert bat er um ein halbes Graubrot und zwei Devonshire Dreams und verließ den Laden zügig wieder.

Auf dem Bürgersteig band er Huey vom Fahrradständer los, drehte sich um und blickte zurück. Die Damen starrten ihn durch die Glasscheibe weiterhin an. Eine Gänsehaut überlief ihn und die Haare auf seinen Armen stellten sich auf. Mit schnellen Schritten passierte er die Dorfstraße und betrat die Drogerie.

Der Alptraum schien sich wiederholen zu wollen. Das Glöckchen über der Ladentür bimmelte, als er eintrat, und alle Gespräche im Laden verstummten, alle Köpfe wandten sich nach ihm um. Colin begann sich zu fragen, was er heute Morgen falsch gemacht hatte. Klebte ihm Zahnpasta auf der Stirn oder hatte er etwas an der Nase?

Rasch und ohne jeden Enthusiasmus wählte er ein Aftershave, das jugendliche Frische versprach und brachte es zur Kasse. Hier wurde der Fluch für einen kurzen Moment gebrochen, als die Kassiererin ihren starren Blick um eine kurze und wenig freundlich klingende Frage bereicherte.

»Wer sind Sie überhaupt?«

Colin versuchte es mit Ehrlichkeit. »Colin Duffot? Der Mieter von Mrs Grey?«

»Das meine ich nicht. Wo kommen Sie denn überhaupt her?«

Colin wusste, dass nicht nur ihre Augen unbeweglich auf ihn gerichtet waren. Jeder Kunde im Laden schien nur ihn anzustarren. Anstelle einer Antwort legte er einen Geldschein auf den Tresen, murmelte etwas wie »stimmt so« und verließ fluchtartig das Geschäft. Draußen wagte er dieses Mal keinen Blick zurück. Er schleifte Huey am *Lost Anchor* vorbei und fragte sich, ob es für ein Bier wohl noch zu früh war. Doch es fehlte ihm tatsächlich an Mut, auch nur zu testen, ob die Tür schon aufgeschlossen war.

Stattdessen floh er zurück in die Behaglichkeit seines Zimmers, wo er sich zunächst im Spiegel einer genauen Musterung unterzog. Das Ergebnis war befriedigend und enttäuschend zugleich. Er sah aus wie immer. Er setzte sich in seinen Sessel, zog Huey auf seinen Schoß und versuchte, das Hochgefühl vom frühen Morgen zu rekonstruieren. Es gelang ihm nicht. Dann ließ er das seltsame Verhalten seiner Mitmenschen Revue passieren und fand trotz intensiven Grübelns keine Erklärung. Hatte er einen Fehler gemacht? Oder lag es vielleicht an Huey?

Er musterte den schlafenden Cocker auf seinem Schoß. Nein, Huey war genauso in Ordnung wie er selbst. Etwas anderes musste sich verändert haben. Es mussten die anderen sein. Die alteingesessenen Dorfbewohner. Sie hatten sich verändert. Aber warum?

Immer wieder blickte Colin auf seine Uhr. Die Zeiger wanderten träge über das Zifferblatt und ließen sich von seiner Unruhe nicht anstecken.

»Um die Mittagszeit im *Lost Anchor*«, hatte Jasper gesagt. War halb zwölf zu früh für die Mittagszeit? Es war fast elf. Wenn er ganz langsam ging, fast kroch, würde er den *Anchor* gegen halb zwölf erreicht haben. Er erhob sich, ließ Huey, der ihn nur kurz ungläubig anstarrte und dann weiterschlief, auf den Sessel gleiten und machte sich auf den Weg.

Beim Betreten des *Lost Anchor* fiel Colin ein Stein vom Herzen. Zum einen, weil sich nicht augenblicklich eine Grabesstille über den Raum senkte, als er ihn betrat, zum anderen, weil Norma und Jasper bereits wieder an dem runden Kaffeetisch mit der zerkratzten Marmorplatte hockten und ihm fröhlich zuwinkten. Erleichtert ließ er sich auf einen Stuhl fallen.

»Gott sei Dank. Ich hatte schon Angst, in einem schlechten Gruselfilm gelandet zu sein.«

»Was meinst du?«, fragte Norma und bedeutete dem Wirt, er möge Colin ein Bier bringen.

»Ich meine so etwas wie *Die Körperfresser kommen* oder *Das Dorf der Verdammten* oder was sonst noch unter diese Rubrik fällt, such es dir aus.«

Noch während er sprach, bemerkte Colin auf Jaspers Gesicht einen selbstgefälligen Ausdruck, der ihm nicht angemessen erschien.

»Was gibt's denn da zu grinsen? Ich hatte einen absolut fürchterlichen Morgen. Alle haben mich angestarrt wie einen Außerirdischen. Ich weiß gar nicht, wann ich mich das letzte Mal so unwohl gefühlt habe.«

»Dann hatte ich also Recht. Es geht schon los. Ich wusste ja, dass sie nicht lange brauchen würden, um sich ein paar Opfer zu erwählen.«

»Opfer?« Colin bemerkte kaum das Bier, das gerade vor ihm abgestellt wurde. »Ich bin ein Opfer?«

»Natürlich bist du das. Und du bist eine verdammt gute Wahl. Du bist ein Fremder, noch nicht lange im Dorf, hast keine Familie, und niemand weiß, warum du überhaupt hier bist.«

»Weil es hier schön ist, verdammt nochmal!«

»*War*, Colin. Schön *war*. Bis zu diesen beiden Morden. Früher hat es hier nämlich keine Morde gegeben. Aber jetzt. Jetzt, wo du hier lebst. Verstehst du es jetzt endlich, Colin? Meine schöne Gemeinde mutiert gerade zum Hexenkessel.«

Colins Hand fand das Bierglas, hob es mechanisch an, traf den Mund und ersparte es sich so, antworten zu müssen. Er konnte es einfach nicht glauben. Und doch: Aus Jaspers Mund klang es logisch. In den Augen des ganzen Dorfes war er soeben zum potentiellen Gewaltverbrecher befördert worden. Norma tätschelte ihm den Rücken.

»Sei nicht traurig. Du bist nicht der Einzige, dem diese zweifelhafte Ehre zuteil geworden ist. Es gibt noch ein paar weitere Verdächtige in den Augen der Leute. Aber du stehst natürlich sehr hoch im Kurs. Zumal du Mrs Summers gefunden hast.«

»Lucy«, entfuhr es Colin, und er hätte es gern zurückgenommen, als er Jaspers unergründlichen Blick auf sich spürte. Stattdessen ergänzte er: »Sie ist auch fremd hier. Wird sie auch verdächtigt?«

»Lucy ist nicht fremd hier. Jeder kennt sie. Sie ist im Nachbardorf aufgewachsen«, sagte Norma und wandte sich zum Tresen um. »Wir hätten gerne drei Portionen Bratkartoffeln!«, rief sie quer durch den Schankraum. Irgendwo am anderen Ende wurde dies mit einem Grunzen beantwortet.

Colin sprach die Frage aus, die ihm auf der Seele brannte. »Wenn sie aus dem Nachbardorf stammt, warum wohnt sie dann bei Mrs Grey? Hat sie keine Familie?«

»Oh, doch. Und viel davon. Viel mehr, als sie verkraften kann. Aber das ist eine andere Geschichte«, meinte Jasper. Colin hätte die Geschichte gern gehört, vertagte dieses Gespräch aber auf unbestimmte Zeit, als Jasper sich jetzt vorbeugte und nach seiner Hand griff. »Wir müssen es beenden, Colin. Wir müssen den Mörder finden und Unschuldige wie dich vor dem Mob bewahren.«

»So weit wird es ja wohl nicht kommen. Dies hier ist Mittelengland und nicht der Wilde Westen. Niemand wird mich am nächsten Baum aufknüpfen.«

Er wollte lachen, doch Norma und Jasper blickten ihn so ernst an, dass es ihm verging. Er schluckte. Er dachte nach. Er dachte an die vergangenen Wochen, in denen er hier eine wirklich angenehme Zeit verbracht hatte. Er dachte an die Freundlichkeit der Dorfbewohner, die über Nacht verschwunden war. Und irgendetwas sagte ihm, dass er es auch nicht schlimmer machen konnte, als es schon war.

»Gut. Was werden wir also tun?«

Norma unterdrückte einen Jubelschrei und Jasper schlug vor Begeisterung mit der Faust auf den Tisch. Dann flüsterte er Colin über denselben hinweg zu: »Wir werden machen, was du am besten kannst. Wir werden tanzen.«

MERENGUE

EINFACH MITMACHEN, ES LÄUFT WIE VON SELBST

Colin fragte sich, ob andere dieses Gefühl völliger Ratlosigkeit auch so gut kannten wie er selbst, oder ob es sich ausgerechnet bei ihm um ein ausgesprochen dämliches Exemplar der Gattung Mensch handelte.

»Tanzen?«

»Ja, tanzen!«, jauchzte Norma und sprang jetzt tatsächlich auf ihre kleinen Füße und wippte vor und zurück. Dabei riss sie die Arme in die Höhe, um sich in dieselben eines imaginären Partners zu stürzen und rief: »Weißt du noch, Colin? Damals? Als die Jungs heiß und die Mädchen geheimnisvoll waren? Als wir uns nachts heimlich von Zuhause fortschlichen, um wieder in den Tanzsaal zurückzukehren, den wir gerade wegen unseres zarten Alters verlassen mussten?«

»Nein, Norma. Mein Vater hatte eine Tanzschule in unserem Haus. Es wäre sehr albern gewesen, sich von dort wegzuschleichen, um tanzen zu gehen.« Colins Worte erzeugten bei Jasper einen Lachanfall, den dieser aber schnell überwand, um ebenfalls ins Schwärmen zu geraten.

»Sie hieß Jessica und war meine erste große Liebe. Auf dem Abschlussball habe ich sie zum ersten Mal geküsst. Zum allerersten Mal überhaupt geküsst! Ich schwöre, ich wollte sie heiraten, allein deshalb, weil sie so unglaublich gut roch.«

Colin entspannte sich ein wenig. Er befand sich eindeutig auf vertrautem Terrain. Er kannte sie. All diese Erinnerungen, die sein Beruf in anderen wachrief. Sie alle unterschieden sich im Wesentlichen nicht voneinander. Es ging dabei immer um den ersten Kuss, die erste Liebe, die ersten tollpatschigen Schritte hinein in die Welt der Erwachsenen. Nur wusste er nicht, wie das bei der Suche nach einem Mörder helfen sollte.

Am Tresen begann der Wirt einen Walzer zu summen oder etwas, was er dafür hielt, woraufhin Norma ein paar schwebende Schritte durch den Raum machte und selig lächelnd mit dem Dartautomaten kollidierte.

»Ich verstehe es nicht.«

»Jessica hat es auch nicht verstanden.«

Colin sah Jasper verblüfft an. Offensichtlich hatte er Teile seines Monologes verpasst. »Jasper, ich rede nicht von deiner verflossenen Liebe, sondern von Mord. Mrs Summers hatte ein Bratenthermometer im Ohr und dieser Frau im Wald ist weiß Gott was widerfahren…«

»Fleischklopfer«, warf Norma ein und humpelte leicht erhitzt zum Tisch zurück. »Es war ein Fleischklopfer, sagt der Pathologe.«

Colin starrte sie entgeistert an. »Woher hast du das denn?«

»Bin ich hier die Krankenschwester, oder was?«

»Du hast den Pathologen ausgehorcht? Du bist wirklich gut.«

Norma schüttelte den Kopf. »Nein, Colin, so läuft das nicht. Der Pathologe hat mir gar nichts erzählt, so was tun die nicht. Aber die Schreibkraft, die seine Berichte schreibt, ist eine Bekannte von mir. Sie hat eine Kopie gemacht und diese gegen eine Fußmassage am nächsten Wochenende bei mir eingetauscht. Und nicht nur den Bericht von der Kleinen im Wald haben wir. Wir haben auch den vorläufigen Bericht von Mrs Summers.«

»Die Welt ist korrupt«, meinte Colin lächelnd. »Dann hätten wir jetzt gern ein paar Details.«

»Vor dem Essen? Na gut Jungs, aber ihr seid selber schuld, wenn euch schlecht wird.« Norma lehnte sich zurück und schloss die Augen. »Die Kleine war noch keine zwanzig, ihre Identität scheint noch nicht geklärt, denn der Pathologe hat ihr das Pseudonym ›Püppchen‹ verpasst. Jemand hat ihr den Schädel mit einem Fleischklopfer zermalmt, und dieser Jemand wollte ganz sichergehen, dass sie auch wirklich tot ist, so oft wie er zugeschlagen hat. Sie muss vorgestern gegen Abend gestorben sein, die genaue Uhrzeit konnte er noch nicht angeben. Er vermutet, irgendwann zwischen sechs und zehn.«

Colin stellte sich ein junges Mädchen vor, das in einem einsam gelegenen Waldstück zu Tode geprügelt wurde. Schnell verscheuchte er die brutalen Bilder vor seinem geistigen Auge wieder. »Ist sie, ich meine, wurde sie…«

»Nein. Wurde sie nicht. Und wenn sie sich gewehrt hat, dann nicht stark und nicht lang, denn es deutet nichts darauf hin. Keine Hautreste unter den Fingernägeln, keine Fasern fremder Kleidung, gar nichts.«

»Der Mörder hat sicher schnell zugeschlagen und schon der erste Schlag hat sie betäubt«, mutmaßte Jasper.

»Möglich«, meinte Norma. »Jedenfalls starb sie vor Mrs Summers, die etwa drei bis vier Stunden nach ihr abtrat. Irgendwann zwischen zehn und zwei Uhr morgens.«

»Also mitten in der Nacht. Da läuft ein gefährlicher Küchenutensilienmörder durch unser Dorf und begeht zwei Morde nacheinander, die nichts miteinander zu verbinden scheint.« Jasper nahm dem Wirt die dampfenden Teller ab und verteilte sie auf dem Tisch.

Colin stellte fest, dass sein Appetit die Darstellung der Morde überdauert hatte. Doch bevor er seine Gabel in die fettigen Bratkartoffeln bohren konnte, musste er noch einen Gedanken loswerden. »Und das ist doch ein sehr interessanter Punkt. Warum tötet jemand mit so seltsamen Gerätschaften?«

»Wie meinst du das?«, fragte Norma und schaufelte eifrig drauflos.

»Das Bratenthermometer stammte nicht aus Mrs Summers' Küche, richtig? Und auch den Fleischklopfer wird der Mörder ja nicht rein zufällig im Wald gefunden haben. Er hat die Sachen also mitgebracht. Vorzugsweise aus der eigenen Küche.«

»Das wissen wir nicht!«

»Die eigene oder eine fremde, völlig egal. Warum bewaffnet sich jemand mit solchem Kram? Warum hat er nicht einfach ein Messer eingesteckt? Oder gibt es etwa Küchen ohne Messer? Würdet ihr mit einem Bratenthermometer losziehen, wenn ihr jemand umbringen wollt?«

Am Tisch herrschte einen Augenblick lang Schweigen. Gabeln wurden gesenkt und drei Portionen Bratkartoffeln dampften ratlos vor sich hin.

Norma war die erste, die wieder sprach. »Vielleicht wollte der Mörder mit den Gegenständen gar nicht morden.«

»Nein, jeder nimmt ein Bratenthermometer mit, wenn er Mrs Summers besucht. Und ich trage auch immer meinen Fleischklopfer spazieren«, kommentierte Jasper trocken.

Norma zog eine Grimasse und wurde wieder ernst. Dann sagte sie: »Und wenn es eine Art Botschaft ist?«

Colin musste grinsen. »Wenn das eine Botschaft ist, habe ich sie nicht verstanden. Irgendetwas mit Vegetariern vielleicht? Und um noch einmal auf meine Rolle bei diesem Fall zu sprechen zu kommen: Wie soll uns Tanzen weiterbringen?«

»Alle Menschen tanzen. Auch Mörder. Wir werden sie zu dir bringen. All unsere potentiellen Verdächtigen. Und du wirst sie tanzen lassen. Und dann wirst du uns sagen, was du siehst.« Colin starrte Jasper an, als sei der verrückt geworden.

»Und dann werden wir unsere Informationen dazugeben. Alles, was wir über die Personen wissen. Und dann haben wir ein, na, wie nennt man das doch gleich, ein Profil! Wir können einen nach dem anderen ausschließen, weil er einfach nicht zum Mörder taugt.« Jetzt sah Colin Norma fassungslos an.

»Und ich dachte immer, das mit dem Profil läuft andersherum. Man erstellt eines vom Mörder aufgrund der Tat und schaut dann, wer dazu passt.«

»Man lässt uns aber nicht an den Tatort, Colin. Deswegen versuchen wir es auf diese Weise. Wir gucken uns die möglichen Täter genauer an. Gucken hinter ihre Fassade. Wir erstellen von *ihnen* das Profil.« Jasper schenkte seinen Bratkartoffeln wieder seine ganze Aufmerksamkeit.

Colin spürte, wie er ungeduldig wurde. »Und wer sind unsere potentiellen Verdächtigen? Soll etwa das ganze Dorf bei mir vortanzen? Was wird das, ein psychoanalytisches Casting? *A Chorus Line* mit Sherlock Holmes im Publikum?«

»Oh Colin, nun denk doch mal mit!« Norma wurde ebenfalls ungeduldig. »Welcher Karton ist verschwunden?«

»Der grüne Karton.«

»Und wer hatte ein Motiv, ihn verschwinden zu lassen?«

»Pff… Wer hatte keins, wäre wohl die bessere Frage«, entgegnete Colin, doch noch während er dies sagte, klickte es in seinem Kopf. »Die Häuserzeile unterhalb ihres Gartens. Der Spinner, das Trampeltier und all die anderen«, entfuhr es ihm.

»Jetzt hast du es.« Jasper nickte befriedigt.

»Gut und schön, aber wie wollt ihr die alle in eine Tanzstunde schleppen? Und wo wollen wir tanzen?«

»Ersteres kannst du getrost mir überlassen, und für Letzteres habe ich auch schon einen Plan«, nuschelte Jasper, den Mund voller Kartoffelpampe.

Sich im Halbdunkel vorantastend stolperte Colin fast über ein Hindernis, bei dem es sich vermutlich um einen Stuhl handelte.

»Warte doch mal! Ich mach' erst einmal Licht.« Colin konnte Jasper hören, aber nicht sehen.

»Gibt es hier denn keine Fenster?«

»Dohoch! Lass mir einen Augenblick Zeit!« Jasper hatte sich zweifellos weiter von ihm entfernt.

Colin rieb sich das schmerzende Schienbein und wartete geduldig. Einen Augenblick später erklang ein elektrisches Summen und an den Wänden rund um ihn herum begann es zu rappeln.

»Elektrische Jalousien. Es lebe der Fortschritt. Ich lasse sie zu dieser Jahreszeit tagsüber immer unten. Sonst würde es hier an Sommertagen knallheiß werden.«

Lichtstreifen erschienen, schoben sich gemächlich über einen grauen Linoleumboden, streiften an die Wände gerückte Tische und Stühle. Nur ein Stuhl stand verlassen im heller werdenden Raum. Der, mit dem Colin kollidiert war.

»Typisch. Ein Hindernis im ganzen Saal und ich finde es«, murmelte Colin.

Da hörte er auch schon Normas spöttische Stimme neben sich, die bisher geschwiegen hatte. »Da hast du es wieder, Colin. Du hast ein besonderes Talent dafür, die Nadel im Heuhaufen zu finden.«

Sonnenlicht durchflutete den rechteckigen Raum und enthüllte hölzerne Wände und eine ebensolche Dachkonstruktion, von der langweilige Hängelampen herabbaumelten. Noch immer summte der Motor der Jalousien. Immer größer wurden die Fensterfronten auf allen Seiten. Colin stand in einem Saal von etwa fünfzig Quadratmetern, umgeben von Glas und Holz.

»Nun? Wie findest du unser Gemeindehaus?«, fragte Jasper.

»Hübsch. Hübsch hell.«

»Ja, ich weiß. Der Bodenbelag ist nur Linoleum und kein Parkett. Da bist du natürlich besseres gewohnt.«

»Nein«, erwiderte Colin und hob beschwichtigend die Hände. »Linoleum ist toll. Völlig ausreichend. Zehnmal besser als Fliesen. Das Schlimmste, was einem passieren kann, sind Fliesen.«

»Und schau mal hierher! Es gibt eine Anlage! Mit ganz tollen Boxen! Und sogar ein Mikrofon!« Norma war über alle Maßen begeistert.

»Mit Mikrofon arbeite ich nur, wenn es sich gar nicht vermeiden lässt. Ist einfach zu unpersönlich«, meinte Colin und Jasper sagte nickend: »Geht mir auch so. Also, was meinst du? Reicht das? Können wir hier ein paar Tanzstunden abhalten?«

Colin hob seine linke Hand und begann an den Fingern abzuzählen: »Ein Spinner, eine Schlampe, eine Heulsuse, ein Knicker und ein Trampeltier, plus der jeweilige Partner. Macht zehn Personen, also fünf Paare. Kein Problem. Wir wollen sie ja nicht wettkampffähig machen, sondern nur ein bisschen mit ihnen tanzen.« Er sah nach oben zu den langweiligen Hängelampen. »Ich mag den Saal. Er hat irgendwie Atmosphäre. Ein bisschen altmodisch und unaufdringlich.«

»Schön.« Jasper rieb sich die Hände. »Dann haben wir den Tanzsaal und den Tanzlehrer. Wir können die Ermittlungen aufnehmen.«

»Du übersiehst da etwas ganz Wesentliches, Jasper. Wie willst du ausgerechnet diese Leute hierher kriegen? Was willst du machen, wenn einer keinen Partner hat, wenn einer von ihnen bettlägerig ist oder ein Holzbein hat?«

»In der Carlton Street gibt es keine Holzbeine. Ich kenne meine Schäfchen.«

»Carlton Street?«

»Zu dieser Straße gehören die fünf Häuser, auf deren Rückseite Mrs Summers so gerne blickte«, erklärte Norma. »Die Carlton Street macht einen scharfen Bogen in Form eines Hufeisens. Mrs Summers sah nur die Häuser in diesem Bogen. Und genau deren Bewohner werden in Kürze gemeinsam ein paar Tanzstunden absolvieren.«

»Warum sollten sie das tun? Man kann seine Tanzschüler doch nicht einfach rekrutieren. Wenn das funktionieren würde, wäre ich Millionär!« Herausfordernd schaute Colin Jasper ins Gesicht. »Was für eine Werbestrategie soll bitte ganz gezielt zehn Menschen in den Tanzsaal locken?«

»Bin ich hier der Pfarrer oder du?«

»Was hat denn das damit zu tun?«

»Eine Menge, mein Lieber, eine Menge. Zerbrich dir nicht den Kopf und überlass mir alles Weitere. Ich verstehe gar nicht, wie du an mir zweifeln kannst. Bist du nicht selbst schön artig zweimal zu Mrs Summers hinaufgestiegen?«

Colin sah den rundlichen Pfarrer aus schmalen Augen an.

»Du wirst doch nicht allen Ernstes mit all diesen Leuten irgendwelche seltsamen Deals abschließen?«

»Warum nicht?«

»Weil das eher nach Mafia als nach Kirche klingt.«

»Möglicherweise – und ich werde abstreiten, das je gesagt zu haben, falls du es wagst, mich zu zitieren – sind die Übergänge da manchmal fließend.«

Colin gab sich geschlagen. Wenn die Kirche mehr Männer wie Jasper ins Feld führen würde, dann wären die Bänke ihrer Häuser erheblich weniger verwaist, da war er sich sicher.

»Ich habe eine CD mit Tanzmusik gefunden!«, schrie Norma durch den Saal. »Ich mache sie mal an, dann kann Colin einen Eindruck von der Akustik bekommen!«

»Dafür hätte es dein Gebrüll auch getan«, murmelte Colin leise. Er strich mit der Sohle seines Schuhs über den Boden. Nicht zu glatt und nicht zu stumpf, eigentlich sehr gute Bedingungen für ein paar flotte Tänze.

Als die Musik erklang, rollte sich sein Fußballen fast von allein ab. Er verlagerte das Gewicht und ließ die Schritte kommen. Es war, als würde sein Körper sich über die altvertrauten Bewegungen freuen. Kein Schmerz in seinem Rücken dämpfte diese Freude. Er fühlte sich jung und großartig, als er ohne nachzudenken zur ersten Drehung ansetzte.

»Wahnsinn! Was ist das, was du da machst?«

Colin hielt sofort inne und schob die Hände in die Hosentaschen. Er mochte diese Art von Extravorstellungen nicht. Sie ließen ihn selbst überheblich erscheinen und schüchterten seine Mitmenschen ein. Colin wusste das. Deswegen tanzte er auch nie auf Hochzeiten oder anderen Feierlichkeiten, zu denen er geladen wurde. Seine

Bewegungen hätten alle anderen davon abgehalten, sich ebenfalls auf die Tanzfläche zu begeben.

»Rumba! Das ist eine Rumba! Scheußliches Lied, aber unverkennbar Rumba. Ich werde meine CDs mitbringen müssen.«

Er drehte noch einmal den Fuß auf dem Linoleum hin und her, hob dann den Kopf und sah Jasper an. »Guter Boden. Es wird gehen.«

Jasper lächelte ihn an. »Habe ich es nicht gesagt, Colin? Auch dein Beruf ist eine Berufung. Wir können nicht einfach aufhören.«

Colin erwiderte nichts. Jaspers Feststellung war nichts hinzuzufügen.

TANGO

DER TUT NIX, DER WILL NUR SPIELEN

»Manche dieser Scheiben sehen aus, als hätte man sie als Schleifscheibe benutzt«, sagte Colin zu sich selbst und legte eine weitere CD in den tragbaren Player auf seinem Nachttisch. Gleich beim ersten Lied begann sie zu springen. »Altes Arbeitsmaterial. Genau wie mein Rücken. Da sind Abnutzungen normal.«

Seit er wieder auf seinem Zimmer war, schmerzten seine Lendenwirbel, als hätte sie jemand gepackt, um sie ihm ohne Betäubung aus dem Leib zu reißen. Schon als er sich von Norma und Jasper vor dem Gemeindehaus verabschiedet hatte, waren erste Blitze des Schmerzes bis zu seiner Halswirbelsäule entlanggejagt, und schon jetzt bereute er es, den beiden eine Zusage für ihren aberwitzigen Plan gegeben zu haben. Er war eben kein junger Hüpfer mehr und täte gut daran, das auch endlich einzusehen, anstelle sich bei einem so lächerlichen Projekt sein letztes bisschen Gesundheit zu ruinieren. Stattdessen saß er hier, traf eine musikalische Vorauswahl und hatte sich eine Wärmflasche hinten in den Hosenbund geschoben.

Draußen klopfte es zaghaft an seine Tür.

Colin ließ die CD weiter vor sich hinspringen, warf die Wärmflasche auf die Tagesdecke und erhob sich schwerfällig von der Bettkante, um Norma oder Jasper oder wem auch immer zu öffnen. Huey, der neben ihm zusammengerollt auf dem Bett lag, hob nur gelangweilt die Augenlider.

»Schön, dass du kein Kläffer bist, aber ein bisschen mehr Engagement könntest du schon zeigen.«

Huey ließ die Lider wieder sinken.

Das zaghafte Klopfen wiederholte sich. Colin öffnete schnell die Tür und erstarrte in der Bewegung. Der unangemeldete Besucher war weder Norma noch Jasper. Es war Lucy. Eingehüllt in ihren flauschigen Bademantel stand sie da und rieb einen ihrer nackten Füße an ihrer ebenso nackten Wade.

»Kennst du dich mit Boilern aus?«

Colin brauchte einen Augenblick, um in die Wirklichkeit zurückzufinden. Die zarte Gestalt, das lose aufgesteckte Haar und ganz besonders ihre winzigen Füße hatten ihn aus dem Konzept gebracht.

»Boiler? Ach, Boiler, nein, von so etwas habe ich keine Ahnung«, antwortete er etwas zu ehrlich, denn Lucys Mundwinkel sanken synchron zu ihren Schultern herab.

»Zu dumm. Wir haben kein heißes Wasser mehr. Und Mrs Grey ist bei ihrem wöchentlichen Bridgetreffen. Außerdem bezweifle ich, dass sie einen Boiler reparieren kann.«

»Ich habe heißen Tee und Devonshire Dreams. Das ist fast genauso gut wie ein heißes Bad«, hörte Colin sich sagen und trat einen Schritt zurück, um sie einzulassen. Lucy nahm seine Einladung kommentarlos an und steuerte direkt auf Huey zu, der sie mit einem freundlichen Schwanzwedeln willkommen hieß. Mit zwei schnellen Schritten war Colin neben ihr und schob die Wärmflasche verlegen unter die Decke.

»Wenn man zu viele Devonshire Dreams isst, kann der Magen schon einmal krampfen«, meinte Lucy mit einem zuckersüßen Lächeln.

»Nein, es ist nicht...« *Der Magen*, hatte er sagen wollen, brach aber mitten im Satz ab. Der erste gemeinsame Abend war nicht der richtige Zeitpunkt, um einander Wehwehchen zu beichten. Und dass es der erste gemeinsame Abend werden konnte, spürte er. Möglich, dass ihr Besuch wirklich auf einen defekten Boiler zurückzuführen war, doch jetzt schien Lucy andere Pläne für den Abend zu haben als ein heißes Bad. Ihr nur locker geschlossener Bademantel und ihr Mangel an Scheu, sich in diesem Aufzug zu bewegen, verrieten es ihm.

»Huey ist wirklich ein lieber Hund, aber ein bisschen langsam. Während unseres Morgenspaziergangs hat er erstaunlich viele Pausen gemacht, in denen er einfach nur dastand und auf die Straße starrte. Was meinst du, wie alt ist er?«

»Ich denke, er hat seinen Frühling und seinen Sommer bereits hinter sich«, antwortete Colin und fragte sich gleichzeitig, ob das nicht auch auf ihn selbst zutraf.

»Ja, so wird es sein.« Lucy setzte sich auf die Bettkante und spielte mit den Zehen Klavier.

Colin schloss für einen Moment die Augen und zwang sich zur Ruhe.

»Wo ist nun mein versprochener Tee?«

Colin rannte fast durch das Zimmer, setzte Wasser auf, kramte die Tüte der Bäckerei hervor und nahm Schlagsahne und Himbeermarmelade aus dem kleinen Kühlschrank. Hinter sich hörte er Lucy kichern. Sie war nervös. Genau wie er.

Colin mahnte sich selbst zur Ruhe. Er war hier der Reifere, oder etwa nicht? Auf der anderen Seite war er es, der hier verführt werden sollte, da konnte man schon ein wenig nervös werden.

Er warf einen Blick über die Schulter und sah, wie Lucy sich neben Huey auf seiner Tagesdecke räkelte, auf dem Gesicht ihr bezauberndes Lächeln. Und von einem Atemzug zum anderen schlug seine Stimmung um. Die zarte Figur, das junge Gesicht, die kleinen Füße, die ihm Sekunden zuvor noch attraktiv erschienen waren, schreckten ihn plötzlich.

Sie ist ein Kind, durchzuckte es ihn. *Ein volljähriges Kind, aber nichtsdestotrotz ein Kind. Das kann doch nicht mein Ernst sein!*

Colins Schultern strafften sich, hinter ihm brodelte das kochende Wasser. Er hatte nie zu jenen gehört, die keine Gelegenheit ungenutzt verstreichen lassen. Wenn dem so gewesen wäre, hätte er im Laufe seines Berufslebens eine Menge Ärger kriegen können. Zu viele eindeutige Angebote hatte er von Frauen erhalten, deren Ehemänner ihnen nur kurz den Rücken gekehrt hatten. Er hatte immer dankend abgelehnt, und seine innere Stimme riet ihm, das auch jetzt zu tun. Es war eine Frage des Anstands und der Vernunft.

Colin servierte Tee und Gebäck auf der Bettkante, gab Huey einen Schubs, woraufhin dieser sich enttäuscht auf dem Fußboden einrollte, und lächelte Lucy höflich zu. Lucy sah ihm einen Moment lang in die Augen. Und am Zuziehen des Bademantelgürtels erkannte er, dass sie seinen Stimmungsumschwung bemerkt hatte. Schon bereute er seine gute Erziehung und rettete sich in die Konversation.

»Du bist hier aus der Gegend, Lucy?«

Sie nickte und strich sich Marmelade auf ihr Gebäck. »Nur ein paar Kilometer von hier. Winziger Ort. Zu winzig für mich.« Sie lachte unsicher.

»Na, hier sind wir ja auch nicht gerade in einer Metropole.«

»Nein. Aber hier bin ich mein eigener Herr. Hier entscheide ich, wie ich mein Leben gestalte. Jedenfalls meistens.«

Ein Küken. Gerade flügge geworden und aus dem Nest gefallen, dachte Colin und drückte den Knopf der Sprühsahne. Die nächste Frage konnte er einfach nicht zurückhalten. Sie rutschte ihm heraus, bevor er sie zurückhalten konnte. »Lucy, wie alt bist du eigentlich?«

»Sechsundzwanzig. Aber schon sehr reif für mein Alter. Und du?«

»Eher doppelt so alt. Und auch sehr reif für mein Alter.«

»Und? Ist das ein Problem?«

»Es sollte zumindest eines sein, findest du nicht?«

Sie schlürfte ihren Tee und spreizte beim Halten der Tasse den kleinen Finger ab. Colin lächelte bei diesem Anblick. Es rührte ihn, aber mehr auch nicht.

Sechsundzwanzig! Ein junges Mädchen, voller Energie und Träume, das ganze Leben vor sich. Sie sollte ihre Zeit eigentlich nicht auf der Bettkante eines alternden Tanzlehrers verschwenden. Er fragte sich, ob er den Mut aufbringen würde, ihr genau das zu sagen.

»Liest du gern?«

Die Frage kam überraschend für ihn, aber sie war eine Erleichterung. Sie brachte das Gespräch in ruhigere Gewässer.

Eine halbe Stunde lang unterhielten sie sich über ihre Lieblingsbücher, schweiften dann ab zur Musik, streiften Reisen und Länder, die sie besucht hatten oder gerne besuchen würden, und lachten über Huey, der auf dem Rücken mit weit gespreizten Beinen eingeschlafen war.

Gegen Mitternacht stellte Lucy den Whisky, zu dem sie während des Gespräches über Musik gewechselt hatten, zur Seite.

»Es ist spät und ich werde ungeküsst ins Bett gehen müssen.«

Ihre Ehrlichkeit war entwaffnend. Er lächelte entschuldigend.

»Aber der Abend war trotzdem schön. Vielleicht lässt sich das wiederholen?«

»Sicher.« Colin nickte. Nichts sprach gegen einen weiteren Abend in angenehmer Gesellschaft. Lucy und er hatten, wie dieser Abend gezeigt hatte, trotz des enormen Altersunterschiedes viel gemeinsam. Beispielsweise den gleichen ABBA-Lieblingssong. *Our Last summer.* Und bei ihrem nächsten Besuch würde sie hoffentlich etwas mehr angezogen sein.

Zwei Stunden später und abgesehen von einem schwer atmenden Cocker in seinem Kreuz allein in seinem Bett, fragte Colin sich, ob er nicht einen traurigen Fehler gemacht hatte.

Auf wundersame Weise waren die Rückenschmerzen am nächsten Morgen verschwunden, und Colin fühlte sich angenehm erholt, als es an seiner Tür klopfte.

»Aufstehen, Huey. Das ist für dich«, murmelte er, rollte sich aus dem Bett und öffnete die Tür.

Lucy sah aus wie das blühende Leben. Colin atmete ihren Duft ein und war sich plötzlich nicht mehr sicher, ob er in der vergangenen Nacht nicht zu sehr Kavalier gewesen war.

»Ist Huey ausgehfertig? Hoffentlich ist er heute nicht so apathisch wie gestern. Ich möchte nicht wie eine Schnecke durch die Straßen kriechen.«

Augenblicklich waren sie wieder da. Die mehr als zwanzig Jahre, die zwischen ihnen lagen. Colin hätte nichts dagegen gehabt, den Tag im gemütlichen Schlendergang zu beginnen. Huey augenscheinlich auch nicht, denn Lucy musste ihn fast hinter sich herschleifen, als sie, Colin noch einmal winkend, über den Flur davonging.

Zeit für einen Kaffee.

Der Kaffee war noch nicht durchgelaufen und Colin noch immer unrasiert, als es erneut an der Tür klopfte. Colin blickte auf seine Uhr. Wenn das Lucy war, so war der Spaziergang heute sehr kurz ausgefallen. Wahrscheinlich war Huey mitten beim Schnüffeln an einer Straßenlaterne eingeschlafen.

»Das geht hier zu wie auf der Bühne eines Dorftheaters«, murmelte er und öffnete. Draußen stand Sergeant Dieber und sah gar nicht glücklich aus. Sein Bürstenschnitt wirkte fettig und schien an seinem Kopf zu kleben. Er hatte Ringe unter den Augen und eine fahle Gesichtsfarbe, die seine spätpubertäre Neigung zu Pickeln noch hervorhob. Colin schätzte Dieber heute Morgen noch wesentlich jünger ein, als bei ihrer ersten Begegnung. Er mochte etwa in Lucys Alter sein, vielleicht ein, zwei Jahre jünger.

»Detective Sergeant. Was kann ich für Sie tun?«

»Ich muss noch einmal mit Ihnen sprechen, Mr Duffot. Wir vermuten – also mein Chef und ich vermuten – dass Sie uns weiterhelfen können.«

Also hatte man dem jungen Dieber die Leitung einer Mordermittlung nicht zugetraut und ihm so rasch wie möglich jemanden mit Erfahrung vor die Nase gesetzt. Armer Junge. Es lag noch ein langer Weg vor ihm, dachte Colin und ließ ihn ein.

Dieber war fast so groß wie Colin, schlank und in seinen Bewegungen betont forsch, was überhaupt nicht zu seiner eher jungenhaften Erscheinung passte. Colin vermutete, dass er sich auf diese Weise Respekt verschaffen wollte. Dummerweise nahm es Diebers Bewegungen jede Natürlichkeit und ließ ihn affektiert erscheinen. Je mehr er sich bemühte, autoritär zu erscheinen, umso weiter entfernte er sich davon.

»Kaffee?«, fragte Colin.

»Gute Idee.«

Als Dieber sich an den Tisch neben der Küchenzeile setzte, der kaum mehr als ein an die Wand geschraubtes hochklappbares Brett war, und ein Platzdeckchen glatt strich, zuckte ein Lächeln um Colins Mundwinkel.

Er stellte Kaffee, Milch und Zucker vor Dieber ab und sah ihm beim Einschenken zu. Ob es seine Bewegungen waren oder etwas in seiner Haltung – da war etwas an dem jungen Mann, das Colin einen bestimmten Gedanken aufdrängte: *Dieber ist schwul.* Es war nur eine Ahnung, aber Colin hatte sich in den vergangenen Jahren, was das anbetraf, nur selten geirrt. Ihm war noch nie ein Schwuler begegnet, der es vor ihm lange hatte verbergen können, sogar wenn derjenige es selbst noch nicht wahrhaben wollte.

Colin war sich nicht sicher, ob Dieber bereits wusste, an welches Ufer ihn das Schicksal verschlagen hatte, seine Unsicherheit legte aber den Verdacht nahe, dass dem nicht so war. Doch dafür konnte es auch viele andere Gründe geben.

»Sie haben Mrs Summers am Tag vor ihrem Tod besucht. Worüber hat sie mit Ihnen gesprochen? Was beschäftigte die Dame in ihren letzten Stunden?«

»Spinner, Trampeltiere, Knicker und ähnliche seltsame Zeitgenossen«, erwiderte Colin ehrlich. Er hatte nicht vor, irgendetwas vor Dieber zu verbergen. Dies war schließlich kein Wettrennen, sondern eine Mordermittlung. Und wenn die Polizei schneller sein sollte als die Hobbydetektive des *Lost Anchor*, dann umso besser.

»Ich kann Ihnen nicht ganz folgen, Duffot.«

»Mrs Summers hat sich mir gegenüber über ihre Nachbarn ausgelassen. Sie hatte sie mit Spitznamen versehen und fand auch ansonsten kein freundliches Wort für sie. Anders gesagt: Mrs Summers war eine alte Hexe.«

»Ich weiß. Meinen Sie, man hat sie deswegen getötet?«

»Möglich. Für manch einen mag der Grund genügen. Aber eine Frau wie Mrs Summers hatte vielleicht noch ganz andere Gemeinheiten drauf. Ich denke, je tiefer Sie bei Ihren Ermittlungen vordringen, umso mehr potentielle Täter werden Ihren Weg kreuzen.«

»Das scheint mir auch so. Sagen Sie mir bitte noch, in welchem Zustand sich Mrs Summers befand, als Sie sie antrafen.«

»Zustand?«

»Nun, der Körper der Dame weist einige Blessuren auf. Manche jüngeren, manche älteren Datums. Wir versuchen herauszufinden, wann sie sich was zugezogen hat.«

Colin dachte angestrengt nach. »Ihr Arm war bandagiert und sie hatte einen Bluterguss im Gesicht.«

»Erinnern Sie sich an eine aufgeplatzte Lippe, Duffot?« Colin rief sich Mrs Summers in Erinnerung, wie sie ihm im Wintergarten gegenübergesessen hatte.

»Nein, da war keine aufgeplatzte Lippe.«

»Ganz sicher?«

»Ganz sicher.«

Dieber gab ein Grunzen von sich, zog einen Block aus seiner Hemdtasche und machte sich eine Notiz. Colin wagte einen Vorstoß.

»Darf ich Ihnen auch eine Frage stellen?«

»Ich weiß nicht, ob ich sie beantworten kann.«

»Versuchen Sie es, es ist nicht schwer. Was war auf dem Foto zu sehen, das Mrs Summers noch in ihrer Hand hielt?«

Dieber zögerte einen Augenblick zu lange.

»Sie dürften es mir sagen, aber Sie wollen nicht, richtig? Betrifft es Sie in irgendeiner Form persönlich? Müssten sie dann nicht von diesem Fall abgezogen werden?«

Colin sah in Diebers Gesicht und wusste, dass er ins Schwarze getroffen hatte. Dieber ging zu wie eine Auster, seine Lippen pressten sich aufeinander sein Blick verengte sich. Colin wusste, wenn er jetzt nicht einlenkte, würde der Junge zum Gegenangriff übergehen. Er schlug die Augen nieder.

»Es geht mich ja eigentlich auch gar nichts an. Noch Kaffee?«

CHARLESTON

ALT, ABER KEINESFALLS ZU UNTERSCHÄTZEN

»Und du hast nicht in Erfahrung bringen können, was das Foto zeigte?« Jasper warf enttäuscht seinen Pfeil ins Bullseye.

»Nichts zu machen. Dieber hätte sich lieber die Zunge abgebissen, als mir gegenüber auch nur ein Wort darüber zu verlieren. Sah mehr nach persönlichem Engagement aus als nach Dienstbeflissenheit.«

»Uns muss klar sein, dass wir von Dieber keine brauchbaren Informationen erhalten werden, und er alles, was wir an ihn weitergeben, als seine persönliche Arbeit ausgeben wird. Der Junge will Karriere machen«, schnatterte Norma und warf ihren Pfeil am Automaten vorbei direkt ins Blumenfenster.

»Verständlich. Er ist hier der Polizist und wir nur ein paar neugierige Hobbydetektive«, meinte Colin.

»Trotzdem werden wir besser sein als er«, verkündete Jasper. »Ich habe heute zwei Besuche gemacht und kann stolz vermelden, dass ich die ersten beiden Paare für unseren Mördertango schon einmal rekrutiert habe.«

»Ich fasse es nicht.« Colin schloss die Augen. Seine letzte Hoffnung, nämlich die, dass Jasper den Mund doch zu voll genommen hatte, schmolz dahin wie Butter in der Sonne.

»Oh doch. Und noch heute Abend werde ich mir den nächsten Teilnehmer sichern. Willst du mich vielleicht begleiten, Colin? Von mir kannst du noch was lernen. Ich zeige dir, wie man sich seine Kunden einfängt.«

Colin lächelte sein überheblichstes Lächeln und erwiderte: »Das hatte ich glücklicherweise nie nötig.«

»Komm trotzdem mit. Ich mach noch schnell Norma fertig, dafür wird sie das Gemeindehaus vor der ersten Tanzstunde gründlich putzen müssen, und dann besuchen wir Mr Jacob Gregory.«

Norma schnaubte verächtlich und warf auch den nächsten Pfeil in die Blumen. »Jacob Gregory? Der ist doch fast hundert Jahre alt! Kann der überhaupt noch laufen?«

»Aber klar. Wenn ich ihm erst einmal eingeheizt habe, wird er nicht nur laufen, sondern auch tanzen wie ein junger Gott.«

Jasper traf erneut in die Mitte.

»Mr Gregory! Schön, dass Sie Zeit für uns haben. Das hier ist mein Freund Colin Duffot. Er hat ein Anliegen an Sie.«

Colin erstarrte auf der Fußmatte. Den Kopf langsam zur Seite drehend, starrte er mit weit aufgerissenen Augen Jasper an, der ihm breit grinsend eine Hand auf die

Schulter legte und ihn vorwärts schob. Hinein in einen dunklen, muffigen Flur, der nach kaltem Zigarettenrauch und angebranntem Fisch roch.

Im schwachen Licht einer einzigen Garderobenlampe sah Colin Jacob Gregory zum ersten Mal und verstand, was Norma angedeutet hatte.

Jacob Gregory hatte zweifelsfrei bereits zu schrumpfen angefangen, denn seine Haut war ihm viel zu weit geworden. Sie hatte sich rund um seinen knochigen Körper zu Unmengen an Falten und Runzeln zusammengelegt und gab dem hageren Mann gleichermaßen ein fratzenhaftes Aussehen und einen Hauch Würde. Colin erinnerte er an einen Nacktmull.

Und nicht nur Gregory war alt. Seine ganze Umgebung, angefangen bei seiner Kleidung bis hin zur Einrichtung war uralt. Uralt und schäbig.

»Kommen Sie, kommen Sie durch in mein Wohnzimmer«, zischelte Gregory und tappte in seinen Filzpantoffeln vorweg. Colin vermutete, dass sein Gebiss nicht richtig saß. Er hatte dieses Zischeln schon öfter bei Gebissträgern beobachtet.

Gregorys Wohnzimmereinrichtung war von einer erbärmlichen Schlichtheit. Möbel, die sogar zwischen Sperrmüll durch ihre Schäbigkeit aufgefallen wären. Dazu ein fleckiger Teppich und vergilbte Gardinen, die den Blick auf einen verwilderten Garten ungenügend verschleierten. Mit einer Spur von Ekel nahm Colin in dem ihm angebotenen Sessel Platz, der einst einen samtigen Bezug gehabt haben musste, jetzt aber speckig und fleckig war.

Voller Mitleid registrierte er die kahlen Wände und die rechteckigen Flecken, die verrieten, dass hier einmal

Bilder gehangen hatten, von denen jetzt jede Spur fehlte. Ein Bücherregal ihm gegenüber war fast leer.

Jasper schien das alles nicht zu bemerken. Er sank in einen Sessel, der ähnlich abstoßend wie der Colins war, lehnte sich zurück und schlug die Beine übereinander.

»Und, wie laufen die Geschäfte?«, fragte er den Alten, der ihm eine Zigarre anbot, die Jasper mit einem Kopfschütteln ablehnte.

Der Alte kicherte. »Schlecht wie immer. Sehen Sie sich um. Bald ist nichts mehr da, was ich zu Geld machen könnte. Gestern habe ich die letzte gesprungene Teekanne versteigert, um mir morgen den Friseurbesuch leisten zu können. Sie tragen übrigens einen flotten Anzug, Mr Duffot. Wenn Sie den mal loswerden wollen, sagen Sie mir Bescheid. Dann machen wir halbe-halbe.«

Colin warf einen irritierten Blick herüber zu Jasper, der netterweise zu einer Erklärung ansetzte.

»Mr Gregory tingelt über Flohmärkte, kauft und verkauft und versteigert seinen gesamten Besitz nach und nach im Internet.«

»Ich habe keine Erben, Mr Duffot. Und mitnehmen kann ich den Kram schließlich auch nicht. Also mache ich alles zu Geld. Gestern gab es bei mir Lammbraten. Natürlich nur ausnahmsweise. Meinen Sie, das könnte ich mir von meiner Rente leisten? Ich habe dafür mein Kaffeeservice versteigert! Und mein Kleiderschrank geht als nächstes weg. Ein Pappkarton tut es auch.«

Der Alte strahlte bei seinen Ausführungen wie ein Honigkuchenpferd, doch Colin musste sich bemühen, sein Mitleid mit dem armen, alten Mann nicht allzu deutlich zu zeigen.

»Ich habe auch Whisky im Haus. Möchte einer der Herren einen Whisky?«

»Trinken oder kaufen?« Jasper schien dieses Gespräch sichtlich zu amüsieren.

Der Alte lachte dreckig. »Was frage ich überhaupt! Sie sagen doch niemals nein zu meinem Whisky.« Er drohte Jasper schalkhaft mit dem Zeigefinger, öffnete einen Pappkarton, der in Griffweite neben einem durchgesessenem Sofa stand, förderte drei Senfgläser und eine Flasche mit goldfarbenem Inhalt zutage und schenkte großzügig ein. Dabei schob er mit den Lippen seine Zähne zurecht und nuschelte: »Was wollten Sie mich denn jetzt fragen, Mr Duffot?«

Colin verschränkte die Arme vor der Brust und sah Jasper auffordernd an. Dies war nicht sein Spiel, und er würde sich auch nicht von Jasper auf die Bühne schubsen lassen, ohne das Drehbuch zu kennen.

Jasper grinste ihn frech an und einen Augenblick lang schwiegen alle. Dann gab sich Jasper einen Ruck und übernahm die Gesprächsführung. »Wir brauchen Sie, Mr Gregory. Es geht um Carmen.«

»Meine Putzfrau?«

Putzfrau? Colin fragte sich verwundert, ob diese Carmen mit Geld oder alten Büchern bezahlt wurde. Oft schien sie allerdings nicht für Mr Gregory tätig zu sein.

»So ist es«, sagte Jasper. »Die Arme ist ernsthaft erkrankt. Die Ärzte meinen, es stehe sehr schlecht um sie. Wer weiß, vielleicht stirbt sie sogar noch vor Ihnen.«

»Unverschämtheit. Die Frau ist doch noch keine sechzig!« Gregory sah ernsthaft entrüstet aus. Colin hatte Mühe, nicht loszulachen.

»Natürlich möchte sie nicht, dass es bekannt wird. Es ist also ein großes Geheimnis, das ich Ihnen hiermit anvertraue.«

»Ich kann schweigen.«

»Dessen bin ich mir sicher. Mit ein Grund, warum ich zu Ihnen gekommen bin. Ich brauche Mitstreiter, auf die ich mich verlassen kann. Auch Carmen darf nicht erfahren, dass Sie Bescheid wissen.«

»Klar.«

»Und nun haben wir beschlossen, der lieben Carmen einen Herzenswunsch zu erfüllen.«

Gregorys Blick zeigte eine Spur von Misstrauen als er mit lauernden Unterton fragte: »Und was soll ich dabei tun? Sie wissen doch, das ich kein Geld habe.«

»Oh, es geht nicht um Geld. Wir benötigen einen echten Gentleman der alten Schule.«

Colin verschluckte sich heftig, begann zu husten und lief rot an. Doch alles war besser, als in schallendes Gelächter auszubrechen. Jacob Gregory jedoch lächelte jetzt selbstgefällig vor sich hin.

»Stehe zu Diensten. Wie kann ich helfen?«

»Carmen war in ihrer Jugend eine feurige Tänzerin und mein Freund Colin hier ist ein hervorragender Tanzlehrer. Wir haben ein paar Tanzabende im Gemeindehaus organisiert, um Carmen eine Freude zu machen. Alles, was uns noch fehlt, ist der perfekte Tanzpartner.«

Gregory warf sich in die Brust. »Nach dem Krieg habe ich alle Londoner Tanzsäle unsicher gemacht. Ich bin ein begnadeter Tänzer. Selbstverständlich können Sie auf mich zählen, Herr Pfarrer. Und wenn der Herr

Tanzlehrer möchte, kann ich ihm auch noch ein paar Kniffe verraten.«

Colin stammelte ein unartikuliertes *Danke*, trank zu hastig und verschluckte sich erneut an dem scharfen Gebräu in seinem Senfglas.

Das Gespräch drehte sich noch eine Weile um die großartigen tänzerischen Qualitäten von Jacob Gregory, und Jasper und Colin verließen sein Haus mit einer sicheren Zusage des alten Herrn. Als die beiden Männer wieder auf der Straße standen und Gregorys Tür hinter ihnen zufiel, sah Colin dem Pfarrer tief in die Augen.

»Du bist der Teufel, Jasper. Wer hat dich nur in das Gewand eines Priesters gesteckt? Gestehe, dass es dieser Carmen an nichts fehlt. Das war nur ein Vorwand von dir.«

»Carmen Escribano hat einen böse entzündeten Zehennagel, wie sie mir letzte Woche anvertraute, als ich versehentlich drauftrat. Sie ist sehr wohl krank. Na gut, zumindest nicht gesund. Der Zehennagel wird dafür sorgen, dass sie angemessen leidend aussieht, wenn sie mit Gregory über das Parkett schwebt. Er wird nicht einen Augenblick an ihrer Krankheit zweifeln.«

»Aber daran stirbt man doch nicht!«

»Habe ich das etwa behauptet? Ich habe nur gesagt, dass Carmen krank ist, und die These aufgestellt, dass sie möglicherweise bald sterben könnte. Jeder von uns kann jederzeit sterben, so ist das mit dem Leben. Beide Aussagen stimmen, und wenn du zwischen diesen beiden Informationen einen Zusammenhang hergestellt hast, ist das nicht mir anzulasten.«

»Ich sagte es bereits, du bist der Teufel. Gehört diese Carmen auch zum Kreis der Verdächtigen?«

»Nein, sie wohnt in dem Straßenabschnitt, den Mrs Summers nicht sehen konnte. Du kannst dich ganz auf Mr Gregory konzentrieren.«

»Was mir auch schon unsinnig erscheint. Wen sollte dieser Greis wohl aus welchem Grund töten wollen? Und dann auch noch mit Fleischklopfer und Bratenthermometer. Und wer ist er eigentlich? Der Spinner, der Knicker oder das Trampeltier?«

Jasper wurde plötzlich ernst. »Gregory hat schon getötet, Colin. Der Mann war im Krieg. Wer sagt uns, dass er es mit dem richtigen Motiv nicht noch einmal könnte? Meiner Meinung nach könnte jeder zum Mörder werden, wenn nur das Motiv stark genug ist. Das ist ja das Vertrackte an einer Mordermittlung.«

Colin antwortete nicht. Er dachte nach. Er fragte sich, welches starke Motiv aus ihm einen Mörder machen könnte. Das klackende Geräusch kleiner Absätze auf dem Asphalt ließ ihn aufblicken.

Quer über die Hauptstraße des Dorfes kam Lucy auf sie zugestöckelt. Sie strahlte über das ganze Gesicht, reichte Jasper die Hand, deutete einen Knicks an und plauderte mit ihm kurz über das ausgezeichnete Angebot an frischem Gemüse im Dorfladen. Dabei schwenkte sie ihr Einkaufsnetz.

Colin bemühte sich angestrengt, sie nicht anzustarren, keinen Blick in ihr tiefes Dekolleté zu werfen und nicht ihre schlanke Taille zu bewundern. Stattdessen fixierte er die schiefen Cottages links und rechts der Straße und tat so, als interessiere er sich für ihre

Architektur. Da spürte er plötzlich Lucys Blick auf seinem Gesicht.

»Es war schön gestern. Darf ich heute Abend noch einmal reinschauen?«

Colin schnappte überrascht nach Luft, brachte ein Nicken zustande und errötete bis an die Haarwurzeln.

»Schön, dann bis heute Abend.«

Die Pfauenfeder auf ihrem extravaganten Hut nickte ihm spöttisch zu, als sie ihren Weg fortsetzte und die beiden Männer stehenließ. Colin liebte es, wie sie die Hüften beim Gehen rollte.

»Colin, ich denke wir beide sollten uns einmal kurz über Lucy unterhalten, findest du nicht?«

Colin blickte Jasper an und sah so etwas wie Besorgnis in dessen Augen. Natürlich. Sicher fand auch er eine Verbindung zu einer so viel jüngeren Frau äußerst unpassend. »Da gibt es überhaupt nichts zu besprechen, Jasper. Sie ist ein junges hübsches Ding und ich ein Mann, der es gelernt hat, sich zu beherrschen. Sie ist eine Bekanntschaft und nicht mehr. Wir wohnen eben nebeneinander und teilen ein Bad. Da bleibt man sich nicht fremd. Doch mehr ist an der Sache nicht dran. Mit anderen Worten: Lucy ist kein Thema.«

Jasper zog die Brauen hoch und schwieg. Doch seine Mimik sagte mehr als tausend Worte.

»Du kannst mir glauben!«

»Schon gut, schon gut. Natürlich glaube ich dir. Wenn du es sagst. Wer bin ich denn, dass ich an deinen Worten zweifele. Versprich mir nur eines, Colin.«

»Und zwar?«

»Wenn sich am Status Quo etwas ändern sollte, dann lass es mich wissen. In dem Falle würde ich gern mit dir ein paar Dinge besprechen.«

»Da ändert sich gar nichts!«

»Gut, gut. Aber falls doch: Du weißt ja, wo ich wohne.«

RUMBA

HALB ZOG SIE IHN, HALB SANK ER HIN

Als Colin sich sanft von Lucys makellosem, weißem Körper herunterrollte, war er der glücklichste Mann der Welt.

»Ich bin die glücklichste Frau der Welt«, schnurrte Lucy und kuschelte sich in seine Achselhöhle. »Und dabei weiß ich eigentlich überhaupt gar nichts über dich.«

»Du kennst meine Lieblingsbücher. Damit weißt du alles, was du wissen musst.«

Lucy lachte. »Jack London sagt nicht wirklich etwas über dich aus. Wer bist du und was machst du?«

»Ich bin ein Tanzlehrer, der nicht mehr tanzen kann, und ich mache mir Gedanken, womit ich den Rest meines Lebens zubringe.«

»Tanzlehrer. Das hätte ich mir denken können.«

»Warum das?«

»Es ist die Art wie du gehst. Wie du stehst. Wie du den Kopf hältst. Darin habe ich mich vom ersten Augenblick an verliebt. Doch ich wusste einfach nicht, wie ich dich ansprechen sollte. Bis Huey kam.«

Der Cockerspaniel, der seinen Namen hörte, sprang mit ungewohntem Elan auf Colins Bett und blieb quer über ihren vier Beinen liegen.

»Danke Huey. Du hast was gut bei mir, Kumpel«, meinte Colin.

Lucy knuffte ihn in die Seite. »Willst du denn gar nichts über mich wissen? Du hast gerade mit mir geschlafen!«

Er drehte sich auf die Seite und sah sie an. »Du bist das hübscheste und liebenswerteste Mädchen, das mir je begegnet ist, und ich habe mich soeben unsterblich in dich verliebt. Muss ich noch mehr wissen?«

Sie lächelte und fuhr ihm mit den Fingern durchs Haar. »Wie kommt man eigentlich darauf, Tanzlehrer zu werden?«

»Du kannst dir nicht vorstellen, wie oft ich das schon gefragt wurde.«

»Dann verrate es mir bitte auch.«

Colin verschränkte die Arme hinter dem Kopf und blickte zur Zimmerdecke hinauf. »Als kleiner Junge wollte ich Astronaut werden, aber ich bin nicht schwindelfrei. Ein paar Jahre später fand ich, dass Sportlehrer auch eine gute Idee sei. Dummerweise kann ich keinen einzigen Ball fangen und laufe außerdem wie eine Ente auf Landgang. Also habe ich mich auf die Dinge besonnen, die ich gut kann.«

»Tanzen?«

»Nein. Es gibt eine Menge Menschen, die besser tanzen als ich. Ich meine, Menschen glücklich zu machen. Sie den Alltag vergessen lassen. Ihnen eine schöne Stunde schenken. Das ist es, was ich tue.«

»Das klingt wundervoll.«

»Na, und dann war da noch die kleine unbedeutende Tatsache, dass meine Eltern Tanzlehrer waren.«

Sie knuffte ihn in die Seite und Colin lachte auf.

»Es ist wirklich nicht so, dass meine Eltern mich in diese Richtung gedrängt hätten. Im Gegenteil. Meine Mutter hätte es gern gesehen, wenn aus mir etwas Anständiges geworden wäre.«

»Tanzlehrer ist kein anständiger Beruf?«

»Ich bitte dich! Noch vor ein paar hundert Jahren hat man so etwas wie mich vor den Stadtmauern begraben. Glaubst du, deine Familie führt einen Freudentanz auf, wenn du heimkommst und sagst, dass der Mann deiner Träume sein Geld mit Foxtrott und Samba verdient?«

»Nein. Nein, ich glaube nicht.« Und dann gab sie Huey plötzlich einen Schubs und stand auf. »Ich werde dich jetzt verlassen. Ich nehme noch ein Bad und dann gehe ich schlafen, denn das hübscheste und liebenswerteste Mädchen muss morgen ein paar Stunden arbeiten, um ihre Miete zahlen zu können. Dafür muss sie mehrere Stunden die Kinder anderer Leute bei Laune halten. Das ist übrigens auch nicht viel angesehener, als Menschen das Tanzen beizubringen. Im Gegenteil. Es ist nicht mal eine Spur exotisch.«

Colin richtete sich halb auf. Am liebsten hätte er sie zurückgehalten, doch er tat es nicht. Mit dem schmerzvollen Gefühl des Verlassenwerdens beobachtete er, wie sie sich den Bademantel überwarf, in dem sie sein Zimmer Stunden zuvor betreten hatte. Ein letzter gehauchter Kuss in seine Richtung und fort war sie. Wenige Minuten später plätscherte im Bad hinter seiner Wand

Wasser in die Badewanne. Anscheinend funktionierte der Boiler wieder einwandfrei. Vermutlich war es sowieso nur ein Vorwand gewesen, um ihn aufzusuchen.

Colin erwog, sich einfach zurücksinken zu lassen und langsam wegzudämmern, als sein Blick dem Hueys begegnete.

»Du musst noch einmal raus, nicht wahr?«

Huey wedelte verhalten mit dem Schwanz.

Mit einem Seufzen stieg Colin aus dem Bett und kleidete sich an. Nicht sorgsam wie sonst, sondern nachlässig, mit einer Strickjacke, die an den Ellenbogen schon durchsichtig wurde und einer seiner wenigen Jeans. Er erwartete nicht, so spät am Abend irgendjemandem auf den Dorfstraßen zu begegnen. Dann befestigte er die Leine an Hueys Halsband und verließ das Zimmer.

Schon auf dem Flur hatte er das unbestimmte Gefühl, dass irgendetwas anders war als sonst, konnte es aber nicht benennen. Als er auf die Straße hinaustrat, wo ihn das Licht des vollen Mondes und das der Straßenlaternen empfingen, verflüchtigte sich das Gefühl und seine Hochstimmung kehrte zurück. Er ließ den Abend noch einmal vor seinem geistigen Auge Revue passieren. Wie er ihr die Tür geöffnet hatte. Wie sie einfach nur wortlos auf der Schwelle gestanden hatte, wieder nur in ihren Bademantel gehüllt, wieder barfuß. Und wie er sie einfach und ohne darüber nachzudenken in die Arme geschlossen und geküsst hatte. Erst sanft und vorsichtig, dann immer fester und leidenschaftlicher. Nein, nachgedacht hatte er nicht mehr. Nicht über ihre Jugend oder über Anstand. Er hatte sie einfach angehoben, seinen protestierenden Rücken ignoriert und sie sanft auf sein Bett gelegt. Und dann hatte er ihr den Bademantel ausgezogen.

Colin schloss die Augen und überließ Huey die Führung. Die Nacht duftete nach Lavendel, ein paar Grillen zirpten im Gebüsch. Es hätte ein Abend am Mittelmeer sein können. Und da hörte er es plötzlich.

Das Geräusch leiser Schritte auf weichen Sohlen, Turnschuhe vermutlich. Nur einen Augenblick später roch er den strengen Geruch eines billigen Aftershaves, und da wusste er, was ihn auf dem Flur vor seinem Zimmer irritiert hatte: Eben dieser Geruch hatte in der Luft gelegen, schwach aber doch so deutlich, dass er ihn jetzt ohne den geringsten Zweifel wiedererkannte. Colin fuhr herum und spürte im gleichen Moment, wie sich eine Hand um seine Kehle schloss und kaum merklich zudrückte. Das Adrenalin schoss unter seine Schädeldecke. Dies war ein Überfall.

»Was wollen Sie von mir? Ich habe kein Geld«, presste Colin hervor und sah seinem Gegenüber ins Gesicht.

Der Angreifer war mittelgroß und von kräftiger Statur. Sein Haar war von einem hellen Blond und sein Atem stank nach Alkohol.

»Umso schlimmer für dich«, zischte der Fremde und drückte fester zu. Einen Augenblick später schrie er auf und lockerte den Griff.

Colin taumelte zurück, fasste sich an die schmerzende Kehle und sah nun, was den Angreifer gestört hatte. Am Wadenbein des Fremden hing Huey und gab ein bedrohliches Knurren von sich. Der Blonde versuchte, den Hund abzuschütteln, doch Huey schien sich fest im Bein des Mannes verbissen zu haben. Erst ein Schlag des Fremden auf die empfindliche Hundenase ließ Huey aufjaulen und zurückschrecken. Der Fremde humpelte erstaunlich schnell die Straße hinunter und verschwand nur einen Augenblick später in einer Seitengasse.

»Guter Hund.« Colin ging in die Knie und schlang die Arme um Hueys Nacken, und der Hund begann sofort damit, ihm die Ohren abzulecken.

Das Gewicht des Hundes ließ Colin nach hinten fallen. Den Fuß einer Straßenlaterne im Rücken, Huey fest im Arm, bemühte sich Colin, wieder zu Atem zu kommen. Langsam beruhigte sich sein klopfendes Herz.

»Warum hast du es nicht erst einmal mit Bellen versucht, wie jeder andere Hund? So eine kleine Warnung wäre ganz nett gewesen, weißt du.«

Huey wedelte mit dem Schwanz und leckte ihm übers Gesicht.

»Du bist schon ein seltsamer Hund, weißt du das?«

Huey wedelte noch ein bisschen stärker.

Nachdem er wieder auf seinen eigenen Füßen stand und er selbst und auch Huey aufgehört hatten zu zittern, trat Colin mit wackligen Knien den Heimweg an. Was war ihm da gerade widerfahren? Hatte es sich wirklich um einen Raubüberfall gehandelt? Dies waren nicht die Straßen von London, dies war ein kleines Dorf! Ein unmaskierter Täter musste immer damit rechnen, erkannt zu werden. War es dem Mann etwa egal gewesen, ob seine Tat Konsequenzen haben würde? Wenn ja, dann war es ihm wohl kaum um die Erbeutung eines Taschengeldes gegangen.

Colin öffnete die Gartenpforte zu Mrs Greys Grundstück und ging auf das Haus zu. Alles war dunkel, hinter keinem der Fenster brannte mehr Licht. Lucy schlief sicher längst.

Colin dachte an den Geruch des Aftershaves im Hausflur. Der Blonde war im Haus gewesen. War er von dem Fremden beobachtet worden? Hatte er womöglich etwas mit den Morden zu tun? Wusste jemand, was er, Jasper und Norma trieben? Das war nicht möglich. Es sei denn, sie wären im *Anchor* belauscht worden. Waren sie etwa alle in Gefahr? Und wenn ja: War er im Begriff, nicht nur sich selbst, sondern auch Lucy in Gefahr zu bringen?

Ein flotter Quickstep schallte aus den Boxen, als Colin zum ersten Mal seit einer gefühlten Ewigkeit in seine Tanzschuhe schlüpfte. Es war wie nach Hause zu kommen. Das weiche Leder passte sich seinen Füßen an wie eine Socke und Colin spürte das typische Gefühl vor einer Unterrichtsstunde. Diese Mischung aus Lampenfieber und Bewegungsdrang, die ihn all die Jahre begleitet hatte. Dieses Gefühl von Vertrautheit und gleichzeitig die Ahnung, dass keine Stunde einer anderen glich.

Hinter ihm wuchtete Norma Getränkekisten auf einen provisorischen Schanktisch, auf dem sich saubere Gläser aneinanderreihten. Eine Pause, hatte Norma gesagt, war ungemein wichtig, um noch mehr Eindrücke sammeln zu können. Colin hatte nicht widersprochen. Jasper lehnte derweil in der offenen Tür des Gemeindehauses und blickte hinaus auf die regennasse Straße. Er erwartete seine braven Schäfchen zur ersten Tanzstunde. Er hatte sie alle herumgekriegt.

Colin wusste nicht wie, und er vermutete, dass Jasper für jeden einzelnen eine ganz individuelle Geschichte erfunden hatte, ähnlich der bei Mr Gregory. Er hatte Jasper bei keinem seiner weiteren Besuche begleitet, fragte sich aber, was passieren würde, wenn alle Teilnehmer der Tanzstunde sich über die Gründe ihres Kommens austauschen würden. Ob Jaspers Geschichten dann zusammenstürzen würden wie Kartenhäuser? Colin traute ihm zu, auch für diesen Fall vorgesorgt zu haben.

Plötzlich kam Bewegung in den Pfarrer. Mit fast hüpfenden Bewegungen kam er auf Colin zugeschossen. Colin sah die Begeisterung in den Augen des Geistlichen.

»Sie kommen!«, rief Jasper vergnügt und rieb sich die Hände. »Sogar die Carsons haben einen Babysitter auftreiben können. Gleich werden sie alle zur Tür hereinkommen. Bin ich nicht genial?«

»Ausgesprochen genial. Gibt es übrigens besondere Wünsche zum Inhalt meines Unterrichts?«

»Mach einfach, was dir am meisten über sie verrät«, meinte Jasper und blinzelte verschwörerisch.

»Ich habe also freie Hand?«

»Völlig.«

Colin ging zur Musikanlage, blätterte durch seine CD-Tasche und angelte Partymusik, ein paar Walzer und einen Tango aus den Plastikhüllen. Jasper, der ihm gefolgt war, sah ihm über die Schulter.

»Tango? Im Ernst? Ist das nicht sehr schwierig?«

Jetzt war es Colin, der ihm verschwörerisch zuzwinkerte. »Vertrau mir einfach.«

Jasper zuckte die Achseln und schon betraten mehrere Menschen den Gemeindesaal.

Colin widerstand der Versuchung, sie augenblicklich Mrs Summers' Spitznamenliste zuzuordnen, und beobachtete stattdessen Jasper in seiner Rolle als Gastgeber.

»Miss Bittner! Wen haben Sie denn mitgebracht? Ein neues Gesicht?«

Colin schloss aus Jaspers Bemerkung, dass der hochgewachsene Lex-Barker-Verschnitt in den Cowboystiefeln nicht zur Liste der Verdächtigen gehörte und musterte Miss Bittner, die sich an seinem Arm eingehakt hatte, genauer.

Miss Bittner war Mitte dreißig, schlank und sonnengebräunt. Die hellen Strähnen in ihrem schulterlangen braunen Haar waren nicht das Ergebnis eines Friseurbesuches, sondern ein Andenken an viele sonnige Tage. Gleich hinter den beiden betrat ein Paar den Saal. Beide waren blass, beide waren dunkelhaarig und beide waren in Miss Bittners Alter, vielleicht ein paar Jahre jünger. Der Mann begann das Gespräch mit Jasper mit einem albernen Scherz, über den er selbst am meisten lachte. Seine Frau machte dabei ein Gesicht, als hätte sie Kopfschmerzen. Einer Bemerkung von Jasper entnahm Colin, dass es sich bei den beiden um die Carsons handelte, die glücklicherweise einen Babysitter hatten auftreiben können.

»Norma, du Unglückswurm, was hast du mit deinen Haaren gemacht? Gleich morgen kommst du im Salon vorbei und lässt mich das in Ordnung bringen!« Norma reagierte mit gespielter Entrüstung.

Die Frau, die sich bei ihrem Eintritt mit diesem Ausruf bemerkbar machte, war deutlich älter, als die vorher Angekommenen. Sie hatte die Ausmaße eines Panzers, trug ihr kastanienrotes Haar mit vielen Kämmen festgesteckt hoch oben auf dem Kopf und schleifte einen eher schlanken Mann in edlem Grau hinter sich her.

Wären Menschen Puzzleteile, ich würde nicht versuchen, die zwei zusammenzusetzen, dachte Colin und erstarrte, als sein Blick auf das nachfolgende Paar fiel.

Die Frau musste in ihrer Jugend eine feurige Schönheit gewesen sein, doch diese Zeit lag schon eine Weile hinter ihr. Das lange Haar schwarz gefärbt, eine weiße Bluse mit tiefem Ausschnitt und dazu ein bodenlanger bunter Zigeunerrock unterstrichen die Exotik ihrer Gesichtszüge. Sie strahlte über das ganze Gesicht, als sie auf Jasper zuging. Ihr folgte mit geringem Abstand ein selbstzufrieden wirkender Jacob Gregory. Colin schlussfolgerte daraus, dass es sich bei seiner Begleitung um die Putzfrau Carmen handelte. Ein passender Name, fand Colin.

Colin zählte rasch durch. Acht Personen hatten den Saal betreten. Mindestens ein Paar fehlte also noch. Fünf Häuser hatte Mrs Summers von ihrem Garten aus einsehen können, fünf Spitznamen hatte sie vergeben. Natürlich war es möglich, dass zwei Spitznamen im gleichen Haus lebten, wer wusste schon, wie Mrs Summers vorgegangen war. Colin vertraute darauf, dass Jasper wusste, wie viele Menschen in den besagten Häusern lebten und dass sie alle heute hier eintreffen würden.

Prompt erschien ein weiteres Paar im Türrahmen. Zwei Mitvierziger, eine dünne gebückt gehende Frau mit unstetem Lächeln in einem billigen Blümchenkleid, neben ihr ein glatzköpfiger Brillenträger, dessen Schnauzbart den Großteil seiner Mimik schluckte.

»Sind wir zu spät? Es tut uns leid, wir mussten die Katze suchen!«, rief der Glatzkopf und schüttelte Jasper die Hand. Seine Frau lächelte zaghaft, doch es erlosch so schnell, dass Colin fast glaubte, sich getäuscht zu haben.

»Kein Problem, wir haben noch nicht angefangen.«

Dann klatschte Jasper in die Hände und rief: »Darf ich euch allen den wichtigsten Mann an diesem Abend vorstellen: Meinen Freund Colin, seines Zeichens Tanzlehrer. Ich übergebe jetzt das Wort an dich, Colin.«

Colin deutete eine Verbeugung an und lächelte freundlich. Er machte ein paar Schritte in die Mitte des Raumes, während die Paare weiter scheu nahe des Ausgangs herumstanden. Colin kannte das. Niemand wollte der erste auf dem Parkett sein. Nun, sie würden alle die ersten sein, dafür würde er schon sorgen.

Ein paar Begrüßungsfloskeln später bat Colin alle Teilnehmer, sich in einem großen Kreis aufzustellen und begann mit einer leichten Übung. Sie würde allen Anwesenden das Gefühl geben, dass das, was man von ihnen erwartete, im Bereich ihrer Möglichkeiten lag. Colin schätzte, dass er etwa zehn Minuten brauchen würde, bis jeder im Raum sich halbwegs entspannt hatte. Er schaffte es in fünf.

Fünf weitere Minuten später machten die Paare ihre ersten gemeinsamen zögerlichen Versuche. Colin wanderte im Raum umher, war präsent, gab kleine Tipps und wunderte sich selbst, wie leicht er zurück in die vertraute Rolle fand. Am Rand sah er Norma stehen, die ihn begeistert anstrahlte. Ihre Emotionen traten so offen zutage, dass Colin sich wünschte, er könnte nicht in ihr lesen wie in einem Buch. Das, was er sah, war nicht das, was er bei Norma erzeugen wollte. Er wollte sie als Freundin behalten, nicht mehr. Und er wollte nicht auf diese Art von ihr angesehen werden.

BLUES

GANZ LANGSAM RANTASTEN

»Colin, kommst du mal her? Mein Mann macht das nicht richtig.«

Ja, genau. Der Klassiker durfte natürlich an diesem Abend nicht fehlen. Gleich mal festhalten, wer hier das Problem ist, das sorgt immer für richtig gute Laune innerhalb des Paares.

Colin ließ den rothaarigen Panzer gar nicht erst lange erklären, sondern schnappte sich den dazuhörigen Partner und übernahm wie selbstverständlich den Damenpart. Natürlich reagierte der Mann irritiert. Wo ein Mann mit dem anderen tanzte, konnte ja was nicht stimmen. Doch Colin ließ dem anderen keine Zeit für den Aufbau irgendwelcher Abwehrhaltungen. Schnell ging er mit ihm die Schritte durch und alles klappte auf Anhieb.

»Na bitte«, seufzte der Gentleman in Grau erleichtert, als Colin ihn losließ. »An mir liegt es nicht, Una.«

Aha. Das Schlachtschiff hieß also Una. Colin nahm Una ungefragt in die Tanzhaltung und schob sie dahin, wohin er sie haben wollte. Wie die meisten übergewichtigen Menschen hatte Una ein hervorragendes Körpergefühl und Colin konnte sie mühelos führen.

Una schwebte in seinen Armen verzückt dahin und rief: »Also an mir kann es auch nicht liegen, ich mache das ganz toll. Das kann natürlich auch an meinem Tanzpartner liegen.« Sie klimperte mit den Wimpern und Colin klimperte zurück. Mit Una würde er zurechtkommen, das wusste er jetzt schon.

»Versucht es noch einmal gemeinsam und ich schaue zu.« Colin gab die selige Una an ihren Partner zurück und beide tanzten miteinander, als hätten sie nie etwas anderes getan.

»Jetzt klappt es. Du bist ein großartiger Tanzlehrer, Colin.«

Colin grinste. Schon waren Una und er so etwas wie Verbündete, und das brauchte er. Es erleichterte ihm den Unterricht, zu wissen, dass bei einigen das Eis bereits gebrochen war.

Allerdings konnte das kleine Schrittproblem des Paares bald zurückkehren, denn Colin hatte den Fehler nicht mit Erklärung oder Logik behoben, sondern lediglich durch seine Führung korrigiert. Das konnte zwar eine kurzfristige Hilfe sein, aber der Effekt würde sich rasch verlieren. Er wollte seine Schüler beobachten, wollte sehen, wie sie sich verhielten und entwickelten. Für eine dauerhafte Behebung des Problems war später noch Zeit.

Solange das Lied lief, studierte Colin Bewegungen und Gesichter. Erleichtert stellte er fest, dass kein schwerer Fall dabei war. Alle Teilnehmer hatten zwei Beine und konnten mit ihnen laufen. Eine Person, die seine ganze Aufmerksamkeit gebraucht hätte, wäre eine große Belastung für ihn gewesen und hätte ihm Zeit geraubt. Zeit, die er brauchte, um seine Schüler zu studieren.

Als zweiten Tanz des Abends hatte Colin den Grundschritt des Langsamen Walzers ausgewählt und seine Rechnung ging auf. Jeder wollte Walzer tanzen können, jeder war konzentriert und bemüht, und schon im Ansatz der Schritte gab so mancher mehr preis, als er selber ahnte.

Für eine paarweise Demonstration der korrekten Tanzhaltung wählte Colin erst eine glückliche Una und für einen weiteren Versuch eine völlig überraschte Norma aus. Letzteres tat er nur, um seinen Verdacht zu überprüfen und fand sich bestätigt.

Norma zitterte in seinen Armen und schlug die Augen nieder. Wann war denn das passiert? Wann hatte der kleine rosa Wischmopp sein Herz an ihn verschenkt? Er würde mit ihr darüber reden müssen, sobald sich eine Gelegenheit ergab.

Pünktlich zur Pause fand sich Jasper im Saal ein, der während des Unterrichts durch Abwesenheit geglänzt hatte. Über das ganze Gesicht strahlend, ließ er sich von einzelnen Teilnehmern für die brillante Idee, eine Tanzstunde im Gemeindehaus abzuhalten, feiern. Norma spielte die Tresenfee, öffnete Flaschen, schenkte Säfte ein und strahlte nicht minder. Colin nutzte die Gelegenheit und suchte das Gespräch mit Una.

»Du hast den Friseursalon, Una?«

»Ja, aber woher weißt du das denn?«

»Weil du Norma angeboten hast, ihr mit ihrer Frisur zu helfen.«

»Frisur? Das ist ein Unfall, was Norma da auf ihrem Kopf spazieren führt, ich weiß gar nicht, ob daran noch irgendetwas zu retten ist, aber du hast wundervolles Haar, Colin, besuch mich doch mal, wenn ich mit dir fertig bin, siehst du aus wie Sky du Mont.«

Colin beobachtete fasziniert, wie Una Wort an Wort reihte, ohne Luft zu holen, während er im Augenwinkel ihrem Mann dabei zusah, wie er sich im Saal umschaute, gelegentlich an seiner Bierflasche nuckelte und dabei auf den Zehen vor und zurück wippte. Colin fing gerade an, sich zu langweilen, als Carmen Unas Monolog unterbrach und sich zwischen den beiden Frauen eine Diskussion über effektives Fensterputzen entspann. Colin nutzte die Gelegenheit und näherte sich der einzigen Person im Raum, die ein wenig abseits vom Treiben stand. Es war die Dame, die als Letzte erschienen war und gefürchtet hatte, sie könnte zu spät dran sein.

»Hallo. Ich weiß noch gar nicht, wie du heißt.«

Die Frau schob die Schultern vor, neigte verlegen den Kopf und nickte. Die Hand, die sie Colin zum Ergreifen hinhielt, war feucht, weich und ohne jede Anspannung. »Mein Name ist Deliza. Deliza Norton.«

Die Mutter des schwulen Selbstmörders, schoss es Colin durch den Kopf. Er versuchte, sich nichts anmerken zu lassen, doch seine Gesichtszüge waren schneller gewesen als sein Verstand und Deliza Norton entpuppte sich als eine verteufelt gute Beobachterin.

»Ich sehe, du weißt, wer ich bin.« Sie entzog ihm ihre Hand und wedelte mit ihr nervös durch die Luft. »Ich sollte vermutlich gar nicht hier sein, ich bin nicht gerade eine Stimmungskanone seit Julian… Aber mein Mann hielt es für eine gute Idee, und der Pfarrer meinte, ich müsse einfach mal aus dem Haus und wieder auf andere Gedanken kommen. Ich dachte, sie hätten recht, doch jetzt stehe ich hier und fühle mich so unglaublich fehl am Platz.«

Sie war so ehrlich, dass sich Colin die Kehle zuschnürte. Deliza tat ihm leid. Seinem Gefühl folgend, ergriff Colin noch einmal ihre zarte Hand, die einfach zwischen ihnen in der Luft stehengeblieben war, führte sie an seine Lippen und küsste sie sanft. Deliza Norton verstummte. Ihre Lippen formten Worte, doch es war kein Laut zu hören. Ihre Augen schimmerten feucht.

»Ich bin sehr froh, dass du heute Abend hier bist, Deliza, und bewundere deine Stärke. Manch anderer zerbricht an den Schicksalsschlägen des Lebens, aber nicht du. Das kann ich sehen.« Er wusste, dass er zu dick auftrug, aber er wusste auch, dass es manchmal nicht weniger sein durfte als das Maximum, und ihre Reaktion gab ihm Recht.

Als die erste Träne purzelte, reichte er ihr ein Taschentuch, und nach dem ersten Schnäuzen, für das sie sich sofort entschuldigte, waren sie so etwas wie Freunde. Er drückte noch einmal aufmunternd ihre Schultern, straffte dann die seine und schritt mit erhobenem Kopf und geradem Rücken in Richtung Saalmitte. Augenblicklich war allen Anwesenden klar, dass die Pause beendet war. Hastig wurden Flaschen und Gläser beiseitegestellt und alle fanden sich ohne weitere Aufforderung zu einem Kreis rund um Colin zusammen.

Colin gab sich alle Mühe, sich ein boshaftes Grinsen zu verbeißen. Was jetzt kam, tat er nur für die Ermittlungen. In einer normalen Tanzstunde für blutige Anfänger – und das waren die meisten heute hier – wäre der nächste Teil nicht denkbar, völlig falsch und pädagogisch ungeschickt gewesen.

»Und jetzt trauen wir uns mal an den Tango. So schwer ist das nicht.« Die Lüge ging Colin flott über die Lippen, und niemand bemerkte, dass er für einen Moment die Augen niederschlug. Nie zuvor hatte er zu einem so frühen Zeitpunkt Tango unterrichtet. Doch jetzt wollte er sie alle wissentlich überfordern, um ihre Reaktionen zu sehen. Er würde absichtlich eine Missstimmung in den Abend bringen, er würde sie unter Stress setzen.

Colin erklärte schnell und zügig, ließ die Partner erst getrennt und ganz auf sich bezogen üben, um sie dann viel zu früh gemeinsam tanzen zu lassen. Dazu legte er einen Tango mit einem unbarmherzigen Rhythmus ein. Er selbst übte mit der völlig verunsicherten Carmen im Arm die Schritte und ließ den Blick gleichzeitig durch den Raum wandern. Der desaströse Anblick ihrer Bemühungen jagte ihm kalte Schauer über den Rücken. Dies war einer der Momente, die ihm fast körperliche Schmerzen bereiteten. Normalerweise hätte er dieses Lied jetzt abgebrochen, zu seinem Wohle und zu dem aller Beteiligten, doch er hatte noch nicht genug gesehen. Erst am Ende des Stücks ließ er den Tango fallen, als ob es ihn nie gegeben hätte und wiederholte ein letztes Mal die anderen Tänze des Abends, die bedeutend besser geklappt hatten.

Am Ende der Stunde hatten die Teilnehmer das Tangodesaster zumindest halbwegs verdrängt und verließen das Gemeindehaus mit einem entspannten Lächeln.

Jasper stand in der Tür und reichte jedem einzelnen die Hand, erinnerte sie daran, dass es in drei Tagen weitergehen würde und er sie alle gern wiedersehen wolle. Auch Colin verabschiedete sich von jedem Schüler. Danach trat er wie selbstverständlich an Normas Seite und half ihr beim Aufräumen.

»Du warst umwerfend, Colin. Hätte ich als junges Mädchen einen solch charismatischen Tanzlehrer gehabt, wäre ich heute Profi.«

Er lächelte, vermied es aber, sie anzusehen.

Jasper trat zu ihnen und rieb sich die Hände. »Und? Gehen wir rüber in den *Lost Anchor* und werten unsere Ergebnisse aus?«

Sein erstes Bier trank Colin fast in einem Zug leer. Das laute Sprechen war nach seinem langen Pausieren ungewohnt gewesen. Am liebsten hätte er jetzt für den Rest des Abends geschwiegen, doch Norma und Jasper sahen ihn erwartungsvoll über ihre Gläser hinweg an und erwarteten seinen Bericht. Colin bemühte sich, die vielen Eindrücke des Abends gedanklich zu sortieren.

»Wo soll ich denn anfangen? Und mit wem?«

»Mit wem du möchtest, wir sind ganz Ohr«, erwiderte Jasper.

Colin überlegte kurz und entschied sich für Una und ihren Begleiter in Grau. »Ich könnte meine Rente darauf verwetten, dass es sich bei Una um das Trampeltier handelt. Da ist zum einen die Art, wie sie Norma begrüßt hat, wie sie redet und was sie sagt. Und ihr Tanzstil unterstreicht diesen Eindruck auch noch. Ihre Schritte sind zu groß, sie überrennt ihren armen Tanzpartner fast. Und sie überholt nicht nur ihn, sondern auch die Musik, ständig ist sie aus dem Takt. Nur dank ihrer Körperfülle ist sie eine recht gute Tänzerin. Sie muss das überflüssige Gewicht schließlich tagein, tagaus balancieren. Vermutlich passt das auch auf ihr sonstiges Leben, darüber wisst ihr mehr als ich. Sie ist sicher ein Mensch, der wenig nachdenkt und sich von Emotionen lenken lässt. Es fiel ihr schwer, sich an Schritte und feste Vorgaben zu halten, am liebsten wäre sie einfach losgehüpft. Sie hat Temperament, auf jeden Fall, und ist bestimmt anstrengend für manch ruhigen Zeitgenossen, zum Beispiel für Ralph, ihren Partner.«

»Er ist ihr Mann«, warf Norma ein.

»Dann ist die Ehe nicht glücklich, auch wenn sie es nicht sehen will. Ihr Mann ist eine reife Traube, bereit zum Pflücken. Kommt nur ein einziges weibliches Wesen auf die Idee, ihm ein Zeichen der Zuneigung zu geben, ist sie ihn sofort los. Nun, vielleicht nicht sofort. Eine kleine Affäre könnte ihm schon reichen.«

»Wie kommst du denn darauf?« Norma wirkte verwundert.

»Er fasst sie nicht an wie eine Frau, die er noch in irgendeiner Weise begehren würde. Sie ist ihm gleichgültig. Nicht einmal Vertrautheit ist sichtbar, und wenn doch einmal, dann geht sie nicht von ihm aus. Stattdessen liegt er auf der Lauer. Er beobachtet Frauen, alle Frauen außer seiner eigenen. Er kleidet sich gut, ist parfümiert, er ist bereit. Er verbirgt seine Hände in den Taschen, wann immer er kann, hält sie keine Sekunde länger als nötig im Arm. Er wartet nur darauf, dass endlich der Rest seines Lebens beginnt und plant ihn nicht mit ihr.«

»Ist er ein Mörder? Was meinst du?«, fragte Jasper.

»Mit dem richtigen Motiv im Hinterkopf halte ich ihn für gefährlicher als Una. Mord aus Leidenschaft wäre denkbar. Es könnte einen Bezug zu dem Mädchen im Wald geben, aber ich glaube nicht, dass er im Moment eine Affäre hat. Ich glaube, dass er eine sucht. Andererseits ist auch Una, wie bereits erwähnt, sehr emotional. Trotzdem neige ich dazu, sie auszuschließen. Sie könnte einen Mord niemals für sich behalten, schon gar nicht zwei. Sie würde sich jemandem anvertrauen. Möglicherweise sogar ihrem Pfarrer.«

Norma beugte sich vor und leistete nun ihrerseits einen Beitrag zum Thema. »Ihr beider Nachname ist Porter. Sie haben spät geheiratet, die Hochzeit liegt noch keine zehn Jahre zurück. Für Una ist es die zweite Ehe, für ihn die erste. Sie hat ihren eigenen Friseursalon, er führt gemeinsam mit seinem Bruder eine Versicherungsagentur. Una liebt ihn abgöttisch und das eigentlich schon immer. Sie war so glücklich, als er sie endlich geheiratet hat, sie hat eine Woche lang allen Kunden die Haare umsonst gemacht.«

Jetzt mischte sich auch Jasper ein. »Una hat eine Tochter aus erster Ehe, die lebt aber in London und kommt nur selten heim. Ralphs Bruder Miles ist ein regelmäßiger Kirchgänger und mir gegenüber sehr vertrauensselig. Er hält Ralph für inkompetent und würde ihn am liebsten aus der gemeinsamen Firma werfen. Ralph arbeitet schlampig und unterschlägt gelegentlich kleinere Beträge. Miles lässt es ihm durchgehen, weil Ralph nun mal sein kleiner Bruder ist, aber seine Geduld ist bald am Ende.«

Einen Moment lang schwiegen alle drei. Dann sagte Colin: »Das klingt doch, als handele es sich bei unserem Freund Ralph um eine tickende Zeitbombe. Grund genug, ihn sich mal genauer anzuschauen. Passt einer der Spitznamen auf ihn? Was meint ihr?«

»Ralph ist nicht geizig, er gibt mehr aus, als er hat. Daher vermutlich auch die Unterschlagungen. Der Knicker scheidet aus. Ist er der Spinner? Ein gefährlicher Spinner?« Jasper wog bedächtig den Kopf hin und her. »Was ist mit den anderen?«

»Ich habe Jacob Gregory beobachtet. Es stimmt, was er behauptet hat, er ist wirklich ein guter Tänzer und führt auch recht gut. Seine Geschichte, dass er nach dem Krieg die Londoner Tanzsäle unsicher gemacht hat, kaufe ich ihm sofort ab. Er hat bestimmt einen hervorragenden Gigolo abgegeben. Ich bin mir sicher, er könnte sogar Una führen, obwohl die zwei Köpfe größer und doppelt so schwer ist wie er. Aber er hat etwas Lauerndes, was mir nicht gefällt. Es ist, als würde er alles und jeden die ganze Zeit taxieren. Einmal haben sich unsere Blicke getroffen. Zwei Beobachter, die plötzlich wussten, dass sie einander beobachteten. Er hat zuerst weggesehen. Es war ihm sichtlich unangenehm. Ich könnte mir keinen

Grund vorstellen, warum Gregory ein junges Mädchen und Mrs Summers töten sollte, aber irgendetwas stimmt nicht mit ihm.«

Als Colin geendet hatte, trat in Normas Augen ein triumphierendes Glitzern. »Gregory wurde schon einmal angezeigt. Wegen sexueller Belästigung.«

»Ach, das ist doch ewig her. Der Mann ist ein Greis!«, rief Jasper entrüstet.

»Aber die Katze lässt das Mausen nicht, so sagt man doch!«, erwiderte Norma.

Colin hob beruhigend die Hände. »Wir können den Vorfall, egal wie lange er zurückliegt, nicht außer Acht lassen. Wann ist es passiert und was ist passiert?«

»Gregory hat einem jungen Mädchen, das hier im *Anchor* bedient hat, nach Feierabend aufgelauert«, erzählte Norma. »Er wollte ihr an die Wäsche! Doch zum Glück war er kleiner als sie und sehr betrunken. Das Mädchen konnte sich befreien und zeigte Gregory noch in derselben Nacht an. Sie hätten ihn fast verknackt, weil er sie mit einem Rasiermesser bedroht hat.«

»Das war ein Kartoffelschälmesser, und außerdem war das Mädchen seine Ex-Freundin, die ihn ziemlich hartherzig abserviert hat. Das war irgendwann in den frühen siebziger Jahren. So hat es mir Gregory zumindest selbst einmal erzählt«, ergänzte Jasper.

»Herr Pfarrer, wollen Sie hier etwa einen potentiellen Vergewaltiger in Schutz nehmen?«, protestierte Norma.

»Ich mache nur darauf aufmerksam, dass ihn diese Geschichte nicht automatisch zum Mörder macht. Norma, verdammt nochmal! Vorurteile haben wir in diesem Dorf doch schon genug! Wir suchen hier nach der

Wahrheit!« Jasper schien wirklich verärgert und Colin hob erneut mahnend die Hände.

»Ruhe meine Freunde und Mitstreiter, ganz ruhig. Halten wir fest, dass wir Gregory nicht von der Verdächtigenliste streichen können und dass wir mehr über ihn Erfahrung bringen müssen, okay?« Colin blickte in die verstockten Mienen zweier Streithähne und seufzte. »Das Ganze ist ein bisschen wie eine Runde *Cluedo.* Wir haben nicht alle Karten. Wenn wir wüssten, was die Polizei weiß, wenn wir den grünen Fotokarton hätten, dann wäre alles leichter.«

»Letzteres wünscht sich die Polizei sicher auch«, meinte Norma. »Ich glaube nicht, dass sie dichter an der Wahrheit dran sind als wir. Die wissen nicht annähernd so viel wie wir über die Menschen aus der Carlton Street. Und einer von ihnen ist unser Mörder, ich fühle das.«

»Oder unsere Mörderin«, ergänzte Jasper und sah schon wieder kampflustig drein.

»Besser, wenn wir für heute Schluss machen. Ich bin müde.« Colin rieb sich die Augen und keiner der anderen beiden widersprach.

Als sie zu dritt die Kneipe verlassen wollten, wurde Jasper von einem Gast zurückgehalten. So fand sich Colin plötzlich allein mit Norma in der Dunkelheit auf einer verlassenen Dorfstraße wieder. Ein Blick in ihr weiches Lächeln erinnerte ihn daran, dass es noch etwas zu klären gab. Er entschied sich spontan, mit der Tür ins Haus zu fallen.

»Norma?«

»Hm?« Sie blickte zu ihm auf und pustete sich dabei ein paar rosa Fransen aus der Stirn.

»Norma, ich mag dich wirklich gern. Aber bevor es zwischen uns zu Missverständnissen kommt, möchte ich dir sagen, dass ich dein Freund sein will und nicht mehr.«

Ihr Blick verengte sich. Colin bemerkte, dass sie die Fäuste in den Hosentaschen ballte. »Warum glaubst du, mir das sagen zu müssen? Denkst du etwa, ich will mehr von dir? Sehe ich irgendwie bedürftig aus?«

Er hatte sie verletzt. Natürlich. Doch wie hätte er es anders beenden können, bevor es begann?

»Ich habe nur bemerkt, wie du mich heute im Gemeindehaus angesehen hast, und ich meine, diesen Blick zu kennen.«

»Diesen Blick? Colin, du bist ein großartiger Tanzlehrer. Wenn du da in der Mitte des Saales stehst, hast du eine so starke Ausstrahlung, ich kann gar nicht anders, als dir zuzusehen! Und weißt du was: Als ich da stand und dir zuschaute war ich unglaublich stolz darauf, deine Freundin zu sein – und mehr nicht!«

Colin rief sich die Situation ins Gedächtnis zurück und war sich sicher, dass Norma gerade log. Doch wenn es für sie so leichter war, wenn es ihren Stolz weniger ankratzte, bitte.

»Da bin ich aber erleichtert.«

»Ich! Auch!« Und damit wandte sich Norma von ihm ab und stapfte mit energischen Schritten durch die Nacht davon. Colin sah der kleinen Gestalt in der leuchtend weißen Latzhose nach, bis sie an der nächsten Straßenlaterne abbog. Sie hatte gelogen. Ganz offensichtlich.

»Nanu, was hast du mit Norma gemacht?« Jasper tauchte neben ihm auf, sah die Straße hinunter und dann misstrauisch zum Himmel empor, wo sich dicke Wolken zusammenbrauten.

»Bin mal gerade durch ein Fettnäpfchen gesteppt. Ist manchmal ganz erfrischend.«

Jasper lachte und gab ihm einen Klaps auf die Schulter. »Morgen hat sie dir verziehen. Norma ist nicht nachtragend.«

»Doch. Das ist sie.«

»Na gut. Ist sie. Sie wird sich trotzdem wieder einkriegen. Und wo hast du eigentlich Huey den Abend über gelassen? War er den ganzen Abend allein in deinem Zimmer? Du kannst ihn für die Dauer der Tanzstunde im Pfarrhaus abgeben, Norma liefert Louie auch dort ab. Dann sind die drei mal wieder vereint.«

»Danke, werde ich machen. Heute Abend hat ihn Lucy bei sich aufgenommen.«

»Ach ja, Lucy.«

Sie gingen ein Stück des Heimwegs gemeinsam und kamen dabei zu der Stelle, an der Colin in der vergangenen Nacht die unerfreuliche Begegnung mit dem Fremden gehabt hatte. Er wollte Jasper gerade davon erzählen, als dieser ihn völlig aus dem Konzept brachte.

»Und zwischen dir und Lucy hat sich nichts Neues ergeben, seit unserem letzten Gespräch?«

»Wie kommst du darauf?« Colin war perplex.

»Ach, nur so. Lucy ist ein hübsches Ding, und ich hatte den Eindruck, dass du ihr gefällst.«

»Ihr gefällt Huey«, antwortete Colin ausweichend.

»Ja, Mädchen mögen Tiere. Und attraktive Männer auch. Tu mir den Gefallen und bleib wachsam, Colin.«

Colin wollte Jasper noch fragen, was er damit meinte, doch da trennten sich ihre Wege und Jasper verschwand winkend in einer Seitengasse, die ihn zum Pfarrhaus brachte. Eigentlich hatte er seinen Freunden von dem Ereignis der letzten Nacht erzählen wollen. Zu spät. Nun, es war vermutlich auch nicht wichtig. Und ihm war ja nichts passiert.

REEL

AUFPASSEN! SONST TRITT DIR JEMAND AUF DIE ZEHEN

Als Colin seine Zimmertür öffnen wollte, musste er feststellen, dass sie bereits offen war. Den Spuren am Türblatt nach zu urteilen, hatte sein unerwarteter Besuch anstelle eines Schlüssels einen Kuhfuß mitgebracht.

Entzückend. Colin blieb stehen und überlegte. Auf gar keinen Fall würde er jetzt das Zimmer betreten. Was, wenn der Einbrecher noch darin war? Colin legte keinen Wert auf ein Messer zwischen den Rippen oder einen eingeschlagenen Schädel und trat den Rückzug an. Geräuschlos schlich er über den Flur und klopfte leise an Lucys Tür. Hinter dem Holz hörte er Huey leise schnaufen.

Kaum, dass Lucy die Tür einen Spalt geöffnet hatte, schob sich Colin hindurch. Zum ersten Mal betrat er Lucys Zimmer und nahm beiläufig wahr, dass es dem seinen in Stil und Ausstattung sehr ähnlich war. Colin drückte die Tür wieder zu und flüsterte: »Hast du ein Telefon?«

»Ein Handy? Ja. Du nicht?« Auch Lucy antwortete ebenfalls im Flüsterton.

»Hab ich schon vor Wochen verlegt, es ruft sowieso nie jemand an. Darf ich deins mal kurz benutzen?«

»Darfst du. Aber warum flüstern wir eigentlich?«

»Weil wir möglicherweise ungebetenen Besuch im Haus haben, und zwar in meinem Zimmer.«

Lucy schlug die Hände vor den Mund und starrte Colin so entsetzt an, dass der schon bereute, sie eingeweiht zu haben. Doch sie fasste sich rasch wieder, öffnete die Schublade einer Kommode neben sich und begann zu wühlen.

»Hier muss es irgendwo sein, ich hoffe, der Akku funktioniert noch.« Eine Taschenlampe rutschte über den Schubladenrand und fiel polternd zu Boden. Erschrocken sah Lucy Colin an. »Entschuldigung«, flüsterte sie, schob die Schublade mit einem Knall zu und suchte in der nächsten, doch auch dort fand sich kein Handy.

Colin wurde gerade ungeduldig, als Lucy eine Eingebung hatte und das Handy ein paar Sekunden später aus ihrer Handtasche zog.

»Wen willst du denn anrufen?«

»Die Polizei natürlich«, zischte Colin.

»Die Polizei?«, rief Lucy erschrocken aus.

»Sssscht. Wirst du wohl leise sein? Du weckst ja Tote auf.«

»Entschuldigung, ich bin nur schrecklich aufgeregt.«

Colin legte ihr einen Arm um die Schulter und wählte die Nummer des Notrufs. Kurz darauf meldete sich der wachhabende Beamte.

»Colin Duffot hier. Ein Mieter von Mrs Grey. Hören sie, wir haben vermutlich einen Einbrecher im Haus.

Ich wäre Ihnen sehr dankbar, wenn sie rasch kommen würden.« Genervt schaute er zur Decke. »Ja, dann verbinden Sie mich bitte weiter.«

Er wurde noch häufiger verbunden, wiederholte seinen Text noch mehrere Male und gewann den Eindruck, dass es der Polizei lieber wäre, der Einbrecher würde derweil das Weite suchen. Doch schließlich versprach man, jemanden vorbeizuschicken. Colin legte auf und sah sich suchend nach Lucy um. Die klebte mit dem Ohr am Türblatt ihres Zimmers und sah hochkonzentriert aus.

»Ich höre gar nichts.«

»Nein. Der Einbrecher ist leiser als du.«

Sie warteten. Sieben Minuten später näherten sich das blaue Flackern eines Einsatzwagens und das Jaulen der dazugehörigen Sirene dem Haus. Colin seufzte.

»Also, wenn er jetzt noch da ist, ist er taub, blind und blöd. Ich werde mal rübergehen und nachsehen, was fehlt. Huey, du nutzloser Wachhund, komm mit und beschütze mich. Kannst du eigentlich gar nicht bellen?« Der Cocker wackelte freundlich mit den Ohren. Colin seufzte noch einmal. »Ich bin von wahren Helden umgeben, unfassbar.«

»Und es fehlt wirklich nichts?« Dieber blickte misstrauisch in die aufgezogenen, leeren Schubladen von Colins Schreibtisch. »Es scheint mir eher, als fehle alles.«

»Die Schubladen waren schon leer. Ich nutze sie nicht. Der Schreibtisch gehört Mrs Grey, und ich benutze ihn nur als Ablage. Mein ganzer Papierkram steckt in einem Schuhkarton auf dem Grund des Kleiderschrankes«, erklärte Colin. »Haben Sie keinen Schuhkarton?«

»Nein. Ich habe ein Büro.«

»Ist bei Tanzlehrern nicht üblich«, erwiderte Colin achselzuckend.

Dieber schien immer noch unzufrieden. »Also noch einmal von vorne: Sie sind nach Hause gekommen und fanden die Tür aufgebrochen. Um kein Risiko einzugehen, betraten Sie das Zimmer nicht, sondern verständigten vom Nachbarzimmer aus die Polizei. Als sie mich kommen hörten, fassten Sie Mut und nahmen Ihr eigenes Zimmer in Augenschein. Es wurde zweifelsfrei durchsucht, aber es fehlt nichts. Habe ich das alles richtig verstanden?«

»Wir können das so stehen lassen. Auch, wenn ich den Teil mit dem Mut fassen anders ausdrücken würde, aber das ist Haarspalterei.«

»Warum hat der Hund nicht angeschlagen?«, fragte Dieber und deutete auf Huey, der im Sessel thronte und die beiden Männer nicht aus den Augen ließ.

»Huey wurde während meiner Abwesenheit von meiner Nachbarin betreut. Auch er war nicht daheim.« Colin konnte kaum glauben, dass er eine Ausrede für seinen phlegmatischen Hund vorbrachte.

»Und haben Sie eine Idee, wer sich für Sie und Ihre Habseligkeiten interessiert und warum?« Geduldig wartend ließ Dieber den Blick durchs Zimmer wandern, während Colin über die Frage nachdachte.

Schließlich sagte er: »Ich habe nicht die leiseste Ahnung.«

»Und das soll ich Ihnen glauben? Sie tauchen hier auf, finden eine Leiche, und kurz darauf wird bei Ihnen eingebrochen. Ich frage mich, was man mir erzählen würde, wenn ich mich in London nach Ihnen erkundigen würde.«

»Ich bin der berüchtigte Bratenthermometermörder und in diesem beschaulichen Ort untergetaucht. Leider ist aber der berüchtigte Fleischklopfermörder auf meine Spur gekommen und will mir ans Leder. Wollen Sie *das* über mich hören?«

»Woher wissen Sie von dem Fleischklopfer?«

»Ach hören Sie doch auf, Dieber, dies hier ist ein kleines Dorf! Wer weiß nicht von dem Fleischklopfer? Das ist als Frage wohl eher angemessen, denn die Liste ist kürzer.«

Dieber musterte ihn schweigend und gab sich alle Mühe, seinem pickeligen Gesicht den Ausdruck eines Fernsehdetektivs zu verleihen. »Warum traue ich Ihnen nicht, Duffot?«

Colin verdrehte entnervt die Augen. »Das weiß ich nicht, es ist mir auch egal. Tut mir leid, dass Sie meinetwegen Ihr warmes Bett verlassen mussten, der Einbrecher ist fort. Entweder war er schon fort, als ich heimkam, oder Ihr kleines Wunschkonzert mit Bühnenbeleuchtung hat ihn verscheucht. Haben Sie schon mal über eine dezentere Art der Fortbewegung nachgedacht?«

Diebers Gesichtsfarbe veränderte sich, doch er hatte sich im Griff. »Sollte Ihnen noch etwas einfallen, was für uns von Interesse sein könnte, dann zögern Sie nicht, mich anzurufen.« Er gab Colin ein kleines Pappkärtchen mit einer Telefonnummer.

»Keinen Augenblick, vielen Dank.«

Dieber zog die Tür hinter sich zu und Colin warf Huey einen vorwurfsvollen Blick zu.

»Ein bisschen mehr Wachsamkeit würde dir nicht schaden, du bist wirklich eine Niete.«

Der Cocker gähnte ihn mit weit aufgerissener Schnauze an.

»Klopf, klopf.« Lucy trat durch die nicht mehr verschließbare Tür. Ihr folgte eine nervös dreinblickende Mrs Grey, deren rosa Lockenwickler aufgeregt auf ihrem Kopf zitterten.

»Wirklich, Mr Duffot, so etwas hat es in meinem Haus noch nie gegeben. Es tut mir sehr leid für Sie.«

»Ihnen muss gar nichts leidtun, Mrs Grey. Sie können doch nichts dafür. Ich schlage vor, dass wir nun alle schlafen gehen. Viel ist ja nicht mehr übrig von der Nacht und wir können alle etwas Ruhe gebrauchen.«

»Wie können Sie jetzt nur an Schlaf denken?«

Ja. Wie konnte er nur? Wo er doch einen so ruhigen und friedlichen Abend verbracht hatte! Colin spürte bereits, wie seine Lendenwirbel ein ihm gut bekanntes Lied anstimmten und atmete tief ein und aus, bevor er sagte: »Ich empfehle Ihnen Lavendeltee, Mrs Grey. Schon nach einer Tasse schlafen Sie wie ein Baby.«

»Soll ich auch Lavendeltee trinken gehen?«, fragte Lucy und lächelte ihm schelmisch zu.

Doch Colin war gerade nicht empfänglich für ihren Charme. »Gute Idee, tu das.« Und als Mrs Grey schon fast aus dem Zimmer war, flüsterte er ihr ins Ohr: »Das hat man davon, wenn man sich in einen alten Mann verguckt.«

Sie gab ihm einen flüchtigen Kuss auf die Nasenspitze, der von Mrs Grey unbemerkt blieb, und flüsterte zurück: »Das macht nichts. Ich mag Lavendeltee. Aber morgen Nacht hätte ich gern mal wieder etwas Stärkeres.«

»Was ist denn mit deiner Tür passiert?«

Colin hatte das Gefühl, gerade erst ins Bett gegangen zu sein. Er wühlte sich unter seiner Decke hervor, schubste Huey zur Seite und angelte seine Armbanduhr vom Nachttisch. Acht Uhr in der Frühe. Zu früh nach allem, was in der letzten Nacht geschehen war.

Colins Augen brauchten einen Augenblick, um sich scharfzustellen. Er blinzelte Norma an und versuchte, möglichst vorwurfsvoll auszusehen.

»Habe ich dich geweckt?«

»Aber nein! Wie kommst du darauf? Ich liege hier nur so rum.«

»Du kannst später weiterschlafen. Es wird allerhöchste Zeit für uns.«

»Ach? Haben wir was vor? Waren wir verabredet?«

Norma raufte sich die rosa Haare. »Natürlich haben wir etwas vor. Wir suchen einen Mörder, schon vergessen?«

»Und wo finden wir den so früh am Morgen?«

»Möglicherweise über dem Friseursalon. Also, raus aus den Federn, zieh dich an, ich koche dir derweil einen Kaffee. In deinem Zustand bist du für meine Zwecke nicht zu gebrauchen.«

Mit keinem Wort erwähnte Norma ihr Gespräch unter vier Augen vor dem *Lost Anchor*, und auch

Colin sparte sich jeden Kommentar. Er verzog sich ins Badezimmer und ließ Norma den Instantkaffee aufbrühen.

Bei der zweiten Tasse Kaffee fand Colin den Zeitpunkt für ein paar klärende Fragen für gekommen. »Also? Was tun wir heute Morgen über dem Friseursalon?«

»*Du*. Richtig heißt es: Was tust *du* heute Morgen über dem Friseursalon? *Ich* sitze im Friseursalon und werde Una davon abhalten, mich gegen Bezahlung völlig zu verunstalten.« Sie seufzte. »Vielleicht komme ich ja mit Waschen, Legen, Föhnen davon.«

Colin rührte in seiner Kaffeetasse und weigerte sich, ihr Spielchen mitzuspielen. Er würde nicht noch einmal nachfragen.

Zehn Sekunden später hielt Norma es nicht mehr aus und erläuterte ihm ihren haarsträubenden Plan. »Also pass auf, das Ganze läuft so: Ich habe gerade bei Una angerufen und einen Termin für mich gemacht. Ich werde zu ihr gehen und kurz bevor sie mich an den Stuhl fesselt, besuche ich das stille Örtchen. Das liegt am Ende eines Flures, im hinteren Teil des Ladens.«

»Aha.«

»Dort befindet sich auch eine verriegelte Hintertür, die ich bei der Gelegenheit öffne. Zwei Minuten später sitze ich bei Una auf dem Stuhl. Das perfekte Alibi.«

»Für dich.«

Sie ignorierte den Einwurf. »Du hast natürlich schon an der Hintertür gewartet. Du schleichst die Treppe hinauf, ja, die befindet sich im gleichen Flur, und untersuchst die Wohnung der Porters. Ralph ist um diese Zeit immer im Büro, du hast also freie Bahn.«

»Und was genau mache ich in der Wohnung der Porters? Außer mir unerlaubten Zutritt zu verschaffen?«

»Du musst halt suchen, Colin!«

»Nach was? Blutspritzern in der Wanne?«

»Meinetwegen auch das.«

»Norma, hat es Sinn zu sagen, dass mir dieser Plan überhaupt nicht gefällt?«

»Nur, wenn du einen besseren hast.«

Als der Riegel auf der anderen Seite der Hintertür zurückgeschoben wurde, stand Colin schon acht Minuten an der Rückseite des Friseursalons und wünschte sich meilenweit weg. Er hatte sich, um den Frieden in diesem Dorf zu wahren, breitschlagen lassen, in einer Art Hobbyermittlerteam den Profiler zu geben. Schön. Aber ein Hausfriedensbruch ging ihm dann doch gegen den Strich. Er erwog kurz, es einfach zu lassen, nach Hause zu gehen und mit Lucy ein paar alte Scheiben anzuhören, doch auch das fühlte sich angesichts Normas Opferbereitschaft falsch an.

»*Una Porter mit dem Rasiermesser über dem Friseursalon.* Das Cluedo-Spiel muss um ein paar Details ergänzt werden, scheint mir«, seufzte Colin, warf in Gedanken einen Würfel und trat ein.

Der wirklich lange und schmale Flur hatte einen direkten Zugang zum Salon. Colin konnte die beiden Frauen tratschen hören. Etwa auf halbem Weg befand sich die Treppe zur oberen Etage. Colin huschte lautlos über den Flur, brachte die ausgetretenen Stufen hinter sich, ohne dass eine knarrte, und fand sich in einer hellen Wohnung wieder, deren Wände in einem blassen Maigrün getüncht waren.

Bravo Colin. Und wie weiter? Spontan öffnete er eine Tür und fand dahinter eine makellos weiße Küche. Es roch nach süßem Gebäck und Essigreiniger. Er trat ein und sah sich unschlüssig um. Einer Eingebung folgend öffnete er die Schublade, die dem Herd am nächsten war, und blickte hinein.

Sieh da. Einen Fleischklopfer hat die Gute schon einmal. Colin drehte das mögliche Corpus Delicti in der Hand hin und her. Keine Blutspur. *Wäre wohl auch zu einfach gewesen.* Er zog eine Schublade nach der anderen auf und suchte nach einem Bratenthermometer. Er fand es in der letzten. *Stelle fest: Verdächtige Person hat ihr Bratenthermometer noch,* notierte er im Geiste. Während er die Lade schloss, glitt sein Blick durch den Raum und blieb überrascht an einem Aquarell hängen. Es handelte sich zweifellos um die Arbeit eines Amateurs, doch das Motiv war sehr interessant. Es zeigte das Cottage von Mrs Summers, wie es auf dem Hügel hinter Una Porters Haus stand, inmitten eines blühenden Gartens. *Das kann natürlich auch ein Zufall sein. Immerhin ist es ein sehr hübsches Motiv genau vor ihrer Nase. Möglicherweise bedeutet es auch etwas anderes.*

Vom Flur her vernahm er ein knarrendes Geräusch. Kein Zweifel, jemand befand sich auf der Treppe und stieg Stufe um Stufe nach oben. Panik stieg in ihm auf, sein Herz raste und pumpte reines Adrenalin durch seine Adern. Er musste sich verstecken! Am Ende der Wand bemerkte eine weitere Tür, riss sie auf und sprang zwischen eine Kartoffelkiste und einen Wischeimer. Draußen wurde die Tür zur Küche geöffnet. Colin konnte Una mit sich selbst sprechen hören und versuchte ruhig zu atmen.

»Schnell, schnell. Eine kleine Köstlichkeit kann doch keine Sünde sein. Nur einmal probieren«, murmelte sie vor sich hin. Colin ahnte, was jetzt kommen würde und hätte sich ohrfeigen können, weil er sich in diese Situation gebracht hatte. Schon öffnete sich die Tür der Vorratskammer, in der er stand.

HOKEY POKEY

TU EINFACH SO, ALS SEI DAS ALLES VÖLLIG NORMAL

Einen Moment lang starrten sie einander schweigend an. Colin hatte erwartet, dass sie schreien, vielleicht sogar einen Schock erleiden würde. Doch Una Porter stand vor ihm, die Türklinke fest in der Hand und betrachtete ihn, wie er da zwischen ihren Lebensmitteln stand. Kein Wort kam über ihre Lippen. Nach einer gefühlten Ewigkeit räusperte sie sich.

»Ich habe immer geglaubt, dass man erst einen Mann im Schrank verstecken muss, bevor man einen dort finden kann.« Zweifellos versuchte sie, die Situation zu verstehen. Colin hätte ihr dabei ja gerne geholfen, doch er wusste nicht wie.

Er hob beschwichtigend die Hände. »Es ist nicht, wonach es aussieht.«

»Wonach sieht es denn aus?« Una klang ehrlich neugierig.

Ja, wonach sah es aus? Colin überlegte fieberhaft, suchte nach einer plausiblen Erklärung. Er war nicht gut im Erfinden von Ausreden. Im Zweifelsfalle zog er stets die Wahrheit einer schwachen Ausrede vor. Doch konnte er Una so einfach die Wahrheit sagen? Dass sie unter Hobbydetektiven als potentielle Mörderin gehandelt wurde? Colin hatte sich noch nicht entschieden, wie er vorgehen sollte, als erneut jemand die Treppe heraufgestapft kam. Sekunden später stand Norma keuchend in der Küchentür, den Kopf voller violetter Lockenwickler, was großartig zu ihrem Haar passte.

»Sie... hat... mich ausgetrickst. Hat mich unter die Trockenhaube gesetzt und war plötzlich weg.«

Una blickte streng von Norma zu Colin und stemmte die Hände in die Hüften. »*Plötzlich weg*... Ich hatte Hunger! Um diese Zeit genehmige ich mir mein zweites Frühstück. Vielleicht sollte ich bei dieser Gewohnheit bleiben und euch dazu einladen? Ihr zwei setzt euch jetzt an diesen Küchentisch und erzählt mir, was das Theater eigentlich soll. Ich will Details. Und keine faulen Ausreden, ich durchschaue es sofort, wenn einer von euch lügt.«

Da Colin sowieso keine glaubwürdige Ausrede einfiel, setzte er sich brav an den Tisch, bereit zu einem Geständnis. Doch Norma kam ihm zuvor.

»Das ist alles deine Schuld, Una!«

»Was? Meine Schuld?«

»Ja! Wie oft habe ich dich schon angebettelt, mir endlich dein Muffinrezept zu verraten! Ich wusste mir keinen Rat mehr! Ich habe Colin überredet, das Rezept abzuschreiben, während du meine Haare machst.«

»Meine preisgekrönten Muffins? Was für eine Unverschämtheit! Und wie sinnlos, denn das Rezept befindet sich in meinem Kopf!« Una Porter schnaubte vor Wut. »Vergesst das Frühstück und verschwindet, bevor ich mich vergesse! Meine preisgekrönten Muffins! Raus, ihr zwei Verbrecher! Und wehe, ich erwische euch noch einmal beim Spionieren!«

Colin versuchte noch eine gestammelte Entschuldigung, doch Norma zog ihn vom Stuhl hoch und floh mit ihm über die Treppe ins Erdgeschoss und hinaus ins Freie.

Noch während sie rannten, zog sich Norma die Lockenwickler aus den Haaren. Schließlich sah sie aus wie ein rosa Weihnachtsengel.

Voller Bewunderung sagte Colin: »Das war unglaublich schlagfertig von dir. Die Geschichte mit dem Backrezept.«

»Die hatte ich mir schon im Vorfeld zurechtgelegt. Una gewinnt jedes Jahr den Backwettbewerb des Dorffestes, und zwar völlig zu Recht. Sie rückt aber nie die Rezepte raus, und ich war wirklich schon einmal drauf und dran, deswegen bei ihr einzusteigen. Es fiel mir also nicht schwer, diese kleine Lüge auszuhecken. Ich konnte ja nicht wissen, wie du dich in geheimer Mission so schlägst.«

»Fürs erste Mal gar nicht schlecht! Zumindest habe ich herausgefunden, dass Una Porter ihr Bratenthermometer noch hat. Und es war nicht brandneu, wenn du das glaubst. Es ist nicht kürzlich erst dorthin gelangt«, sagte Colin und japste nach Luft. Er fragte sich, warum sie immer noch rannten und wohin.

»Gar nicht so schlecht? Du hast dich erwischen lassen! Das muss aber noch viel besser werden beim nächsten Mal«, tadelte Norma.

Colin legte eine Vollbremsung hin, hob die rechte Hand zum Schwur und legte die linke auf die Brust.

»Ich, Colin Duffot, schwöre feierlich, nie wieder einen Einbruch zu begehen!«

»Muss das sein? Können wir ihn nicht einfach bitten, uns hereinzulassen?« Colin stand, mit den Nerven am Ende, unter einem der Fenster von Jacob Gregorys Haus.

»Es muss und das weißt du auch. Jetzt mach schon. Gregory braucht keine zehn Minuten, um festzustellen, dass es gar keine Gratisbrötchen beim Bäcker gibt.«

»Das war ja auch eine selten dämliche Lüge von dir.«

»Wieso, er ist fort. Oder etwa nicht? Wenn es etwas umsonst gibt, steht Gregory immer in der vordersten Reihe. Das weiß doch jeder. Jetzt mach schon die Räuberleiter.«

Colin gehorchte, maulte aber weiter, während Norma über ihm versuchte, das Fenster aufzudrücken.

»Auch verschlossen. Lüftet der Mann nie?«

»Würde mich nicht wundern, wenn nicht. Komm schon, Norma, lass uns das hier abbrechen. Wir finden einen anderen Weg in Gregorys Haus.«

Norma sprang von Colins Hand und sah sehr enttäuscht aus. Dann sagte sie: »Einen letzten Versuch, Colin. Wenn das Fenster auch verschlossen ist, verschwinden wir.«

Norma und Colin standen in Gregorys Garten, der von der Straße her nicht einsehbar war, was Normas Plan ungesehen einzusteigen, erst ermöglichte. Gleich hinter dem Garten stieg der grasbewachsene Hügel an, auf dem Mrs Summers Haus thronte. Die Dame hatte wirklich einen hervorragenden Blick auf Gregorys Grundstück gehabt. Doch außer wild wuchernden Pflanzen gab es nach Colins Meinung hier nichts zu sehen.

»Komm schon«, quengelte Norma. »Einmal noch.«

»Da gibt es nichts. Nicht einmal mehr Möbel. Gregory hat doch schon alles, was nicht niet- und nagelfest ist, verkauft. Vermutlich ist der schäbige Sessel, in dem ich vor kurzem noch saß, auch schon vertickt worden.«

»Bitte!«

Colin gab sich geschlagen. Er stellte sich unter das nächste Fenster und faltete die Hände erneut. Norma stellte den rechten Fuß hinein und drückte sich hoch. Ihr überraschter Ausruf ließ Colin zusammenfahren.

»Was ist los?«

»Ein Tiger.«

»Du machst Witze.«

»Wenn ich es doch sage, da liegt ein Tigerfell im Zimmer. Sieht aus wie bei *Dinner for One* da drinnen. Außerdem ist hier alles voller Kisten und …oh, mein Gott!«

»Norma! Sag mir, was los ist, oder ich lasse dich fallen!«

»Colin, das musst du sehen, komm rauf!«

»Sehr witzig. Und wer hält dich dann oben?«

Norma sprang ab und landete vor Colin im hohen Gras. »Das Zimmer da oben sieht aus wie ein Warenlager«, erklärte sie ihm mit weit aufgerissenen Augen.

»Und wenn schon! Gregory hat doch erzählt, dass er seine Habe im Internet versteigert. Davon lebt der Mann.«

»Und wie ist Gregory an *solche* Sachen gekommen, kannst du mir das auch erklären?«

»Was für Sachen?«

Anstelle einer Antwort begann Norma zu grübeln. Dann fragte sie: »Hast du Internet?«

»Sehe ich so aus?«

»Dann schnell zum Pfarrhaus, Jasper hat mit Sicherheit Internet. Ich muss was recherchieren.«

»Sie entert mein Arbeitszimmer! Einfach so!«

»Das ist noch gar nichts. Sie hat auch versucht, in Gregorys Haus einzubrechen, und ihre Taschen sind voller geklauter Lockenwickler.«

»Die kriegt Una beim nächsten Tanzabend zurück. Jetzt lasst mich doch mal kurz was nachsehen.«

Colin und Jasper standen planlos neben Jaspers Schreibtisch, einem Monster aus Mahagoni, auf dem es aussah, als hätte jemand einen vollen Papierkorb ausgeleert. Mittendrin thronte ein nicht mehr ganz neuer Laptop, über den seit Minuten bunte Bilder flimmerten.

»Schildkrötenpanzer. Weiß jemand von euch, wie man an einen Schildkrötenpanzer kommt?«, fragte Norma.

»Das ist eigentlich ganz einfach. Du gehst in die Tierhandlung und kaufst eine Schildkröte und glaubst dem Experten, dass sie sich über einen Winterschlaf in deinem Salatfach sehr freuen würde. Also packst du sie in deinen Kühlschrank und vergisst sie dort für ein paar Monate…«

»Tierquäler«, fiel Norma Jasper ins Wort.

»Wieso, das sind meine persönlichen Erfahrungen! Der Geruch bringt die Erinnerung an die Schildkröte irgendwann zurück.«

»Ich rede doch von Exoten. Von einem Panzer, der gar nicht hier sein dürfte, aber bei Gregory auf dem Fußboden liegt. Und warum verkauft er seine Möbel, wenn bei ihm Fledermausleuchter in offenen Kisten herumstehen?«

»Was für Dinger?«

»Das sind Sammlerstücke, und da sind sie auch schon«, rief Norma triumphierend und deutete auf den Bildschirm. »Meine Tante besitzt auch ein paar dieser Zinnleuchter. Ich habe sie gleich wiedererkannt. Schaut euch den geschätzten Marktwert an. Vom Verkauf dieser Leuchter kann Gregory ein paar Wochen gut leben, und sie bringen sicher mehr als alte Möbel. Also, ihr könnt mir erzählen, was ihr wollt, aber das, was ich da gesehen habe, war ein Warenlager, und mit Gregory stimmt etwas nicht.«

Colin wollte protestieren, doch Jasper ergriff das Wort. Er sah sehr ernst aus. »In der Gemeinde ist hinlänglich bekannt, dass Gregory von der Hand in den Mund lebt. Jeder weiß, dass er seinen Besitz zu Geld machen muss, um über die Runden zu kommen. Wenn sich jetzt Gegenstände von Wert in seinem Haus finden, dann macht das für mich keinen Sinn.«

Colin war noch immer nicht überzeugt. »Er kann diese Dinge doch auf den Flohmärkten erworben haben, auf denen er auch handelt. Möglicherweise hat er sie günstig eingekauft und versucht, sie teuer zu verkaufen.«

»Diese Leuchter findest du nicht auf einem Flohmarkt«, widersprach Norma.

»Irrtümer geschehen immer wieder. Jemand hat sie für wertlos gehalten und an Gregory verkauft.

Möglicherweise kennt nicht einmal Gregory ihren Wert.«

Jasper mischte sich ein. »Gut. Wir werden nachsehen, was in den anderen Kisten ist. Und wenn sich dort noch weitere Schätze finden, streiche ich Gregory sofort von der Bedürftigenliste.«

Colin sah Jasper neugierig an. »Sag nicht, du willst auch bei dem Mann einbrechen.«

»Natürlich nicht, ich bin doch nicht Norma. Ich bin der Pfarrer. Ich mach' das schon. Will jemand mitkommen?«

»Oho! Der Pfarrer, die Krankenschwester und der Tanzlehrer! Wie komme ich zu so einer illustren Zusammenstellung auf meiner Fußmatte?« Gregory hatte versucht, witzig zu klingen, doch Jasper sah ihn mit so ernster Miene an, dass der alte Mann instinktiv den Kopf einzog und sich seine plumpe Vertrautheit in Misstrauen verwandelte. »Ist Carmen etwa gestorben? Das ist nicht meine Schuld. Ich habe nur mein Bestes gegeben. Wenn sie sich beim Tanzen übernommen hat, dann...«

»Hier geht es nicht um Carmen. Hier geht es um Betrug. Betrug an gütigen Herzen und großzügigen Händen«, donnerte Jasper, und Colin überlegte, ob er sich nicht doch einmal eine Predigt seines Freundes anhören sollte.

»Ich glaube nicht, dass ich das verstehe.«

»Das will ich für Sie hoffen. Ganz stark will ich das hoffen. Und jetzt lassen Sie uns herein. Und führen uns in das Zimmer, dessen Fenster zum Garten liegt. Sie wissen, welches Zimmer ich meine.«

»Ich habe keine Ahnung, wovon hier die Rede ist. Die meisten Zimmer im Haus stehen leer wegen Geldnot, das ist doch kein Geheimnis!«

Jasper gab ein Grunzen von sich und Jacob Gregory wich einen Schritt zurück. Das wurde von Jasper als Einladung verstanden, und schon überschritt der Pfarrer die Schwelle. Colin und Norma drängten nach. Gregory wich an die Wand zurück und sah hilflos zu, wie sein Haus erobert wurde.

»Ich habe wirklich keine Ahnung, was hier vorgeht, aber ich finde es nicht nett, so überrannt zu werden«, rief er ihnen hinterher. Jasper hatte damit begonnen, eine Tür nach der anderen aufzustoßen und hineinzusehen. Einige waren tatsächlich nahezu leer. Hinter der vierten Tür fanden sie den Raum, den sie gesucht hatten.

Norma stieß einen Schrei aus. »Hier ist es! Da liegt das Tigerfell! Ob das echt ist?«

»Das geht nicht! Ihr könnt hier nicht einfach hereinspazieren und alles durchsuchen! Seit wann hat ein Pfarrer denn einen Durchsuchungsbefehl?«

»Ich brauche keinen Durchsuchungsbefehl, ich bin ein Durchsuchungsbefehl! Durchsuchen Sie Ihr Herz nach Anstand und Moral, Jacob, und dann erklären Sie mir, was das hier zu bedeuten hat!«

Jacob Gregory brachte es tatsächlich fertig, beleidigt dreinzublicken. Colin konnte nicht anders, als sein schauspielerisches Talent zu bewundern.

»Das ist alles Trödel. Ich verkaufe Trödel.«

»*Trödel?*«, fragte Norma und hielt Gregory die flache Hand ausgestreckt hin. »Ist *das* Trödel?«

Colin reckte den Hals, um sehen zu können, was sie entdeckt hatte. Zu seiner Verblüffung lag in der Handfläche ein winziges totes Geschöpf. Ein Seepferdchen.

»Ich bin mir ziemlich sicher, dass dieser *Trödel* gar nicht hier sein dürfte. Gibt's da nicht so ein paar klitzekleine Regeln beim Zoll? Hat irgendetwas mit Artenschutz zu tun.«

»Ich habe es aber erst hier erworben. Mir kann man daraus keinen Strick drehen«, sagte Gregory und legte sein Gesicht in Dackelfalten.

»Verdammt nochmal!« Jasper riss der Geduldsfaden. Er riss einen der ihnen schon vertrauten Fledermausleuchter aus seinem Bett aus alten Zeitungen, in dem er in einem offenen Karton gelegen hatte und hob ihn hoch über den Kopf. »Wenn das hier alles Trödel ist, dann kann ich den hier ja mal spontan fallen lassen! Ist ja nur Trödel! Ich zahle auch drei Pfund Schadensersatz!«

»Nein, nein bitte nicht!« Aus Gregorys Gesicht war alle Farbe gewichen. Leise, fast unhörbar setzte er hinzu: »Die bringen tausend Pfund das Stück oder mehr.«

»Tausend Pfund? Tausend Pfund und Sie wagen es, jeden Monat bei mir die Hand aufzuhalten, weil Ihnen als armer Mann die Unterstützung der Kirche zusteht?« Jasper hob den Leuchter noch eine Spur höher.

Gregory entfuhr ein Wimmern. »Aber ich brauche das Geld doch!«

»Wofür? Wofür braucht ein alter Mann so viel Geld? Erklären Sie es mir, Jacob, oder das Schätzchen hier geht zu Bruch!«

Gregorys Gesicht veränderte sich plötzlich. Er steckte die Hand in die Hosentasche und förderte eine zerknitterte Broschüre zutage. Mit zitternden Fingern reichte er sie Jasper, der sie mürrisch ergriff und Colin den Leuchter zuwarf. Colin fing das edle Stück gekonnt auf und betrachtete es. Es war wirklich eine wunderschöne Arbeit. Er konnte verstehen, dass dafür jemand tausend Pfund zahlen würde.

»*Hope Gardens*? Was soll denn das sein?«

»Das ist ein Seniorenpflegeheim. Eigentlich mehr eine ganze Anlage für Senioren, mit kleinen Bungalows, einem Swimmingpool und Tanz am Abend.« Gregory sank in sich zusammen. Eine Träne rann ihm über das faltige Gesicht und er schluchzte leise auf. »Ich habe doch keine Angehörigen, an die ich mich wenden könnte. Und wie lange, glaubt ihr, kann ich noch allein so weiter wirtschaften? Ich werde älter und älter und ich brauche Hilfe. Doch professionelle Hilfe und Pflege kostet ein Vermögen! Woher hätte ich das denn nehmen sollen? Ich spare seit Jahren jeden Penny, um endlich nach *Hope Gardens* umziehen zu können.«

»Warum verkaufen Sie nicht Ihr Haus?«, schlug Norma vor.

»Ach, die Bruchbude bringt doch nicht mehr viel. Das sind vielleicht ein paar Jahre in *Hope Gardens*, und dann? Was, wenn ich noch älter werde? Was, wenn ich hundert werde? Ich will nicht hundert sein und irgendwo in einer Ecke vor mich hinvegetieren!« Jetzt heulte Gregory richtig. »Ich habe Angst davor! Ihr könnt das nicht verstehen, ihr seid jung! Was kümmert euch das

Alter?« Colin fand, dass die Bezeichnung jung doch immer eine Frage der Perspektive war.

»Und da haben Sie angefangen, krumme Geschäfte zu machen. Sie verkaufen Dinge, die überhaupt nicht im Land sein dürften«, schlussfolgerte Jasper.

»Es hat ja keinem geschadet!«

»Da fragen Sie mal das Seepferdchen oder die Schildkröte«, zischte Norma. »Wenn es keine Käufer dafür gäbe, dann wären sie jetzt auch nicht hier.«

»Und Agatha Summers hat Sie von ihrem Garten aus beobachtet. Sie hat gesehen, dass hier heimlich Schätze angehäuft wurden und das arme Würstchen nur vorgespielt war.«

Gregory schniefte und blinzelte erstaunt zu Jasper, als dessen Worte zu ihm durchdrangen. »Woher wissen Sie das mit Agatha? Das fiese Weib hat mir doch versprochen dichtzuhalten, wenn sie die Vase bekommt! Mary und ich haben einen Wahnsinnsverlust wegen der Vase gemacht. Wir hatten viel investiert, um sie herzubringen und hatten auch schon einen Käufer!«

»Mary? Mary Bittner?«, hakte Jasper nach.

Gregory sah aus, als hätte er plötzlich Zahnschmerzen. »Bitte, sagen Sie ihr nicht, dass mir das rausgerutscht ist. Bitte!«

»Mary Bittner hat diese Dinge auf ihren Reisen ins Land geschmuggelt und Sie waren ihr Hehler? Das kann ja wohl nicht wahr sein! Sind denn hier alle Verbrecher?« Jasper schlug die Hände über dem Kopf zusammen, während Colin versuchte, sich an Mary Bittner zu erinnern. Seltsamerweise war ihm der Lex-Barker-Verschnitt an ihrer Seite stärker in Erinnerung geblieben.

Mary Bittner war ihm im Verlauf der Tanzstunde nicht besonders ins Auge gefallen.

»Mary hatte das Geld auch dringend nötig. Sie hat mir nie gesagt, wofür sie es braucht, aber wir haben alles gerecht geteilt.« Gregory seufzte. »Auch den entstandenen Schaden durch die chinesische Vase.«

»Chinesische Vase? Die chinesische Vase, die bei Mrs Summers im Schlafzimmer stand? Ich dachte, die hat sie geerbt.« Norma sah überrascht aus.

»Pustekuchen, geerbt. Das war ihr Preis! Hätte ich gewusst, wozu das Weib fähig ist, hätte ich nie meine Jalousien auch nur einen Spalt weit geöffnet. Wer rechnet denn damit, dass sie mir mit ihrem Kameraobjektiv ins Haus guckt und mich ausspioniert?« Gregory raufte sich die verbliebenen Haare und verbarg das Gesicht zwischen den Armen.

»Und deswegen musste sie sterben«, schlussfolgerte Colin.

Gregory blickte auf und sah Colin verdutzt an. »Sterben? Nein, warum? Sie wollte nur die Vase. Dann sollte niemand unser kleines Geheimnis erfahren. So hat sie es mir versprochen.«

»Wusste Mrs Summers, dass Mary in die Sache verwickelt war?«

»Ja, natürlich. Sie hatte sie auf einem ihrer Fotos. Ihre Fotoausrüstung war so gut, sie konnte gestochen scharfe Bilder bis in dieses Zimmer machen.«

Colin und Jasper sahen sich an. Soeben war Mary Bittner zu ihrer Hauptverdächtigen geworden. Die chinesische Vase und die Erpressung durch Mrs Summers waren ein starkes Motiv. Colin zumindest konnte sich eine junge agile Frau eher als Mörder vorstellen als den alten Gregory.

»Mr Gregory, was hatte das Mädchen im Wald mit der Geschichte zu tun? Raus damit.«

»Das Mädchen? Was für ein Mädchen?«

»Das tote Mädchen natürlich. Gehörte sie auch zu eurem kleinen Schmugglerring?«

»Ich weiß nicht, wovon Sie reden, Herr Pfarrer. Hier gibt es keinen Schmugglerring. Nur Mary und mich. Mit den Morden hat das nichts zu tun. Wofür halten Sie mich?«

»Für einen alten Knicker, der mir Almosen abschwatzt und gleichzeitig auf illegale Weise ein Vermögen für sein Altenteil zur Seite schafft!« Jasper warf Gregory den Prospekt vor die Füße und stampfte hinaus. Colin und Norma folgten, wobei Colin sich im Vorbeigehen nach dem Prospekt bückte und ihn Gregory reichte. Der Alte nahm seinen Talisman mit gequältem Lächeln zurück und schob ihn wieder in die Hosentasche.

Draußen angekommen flankierten Norma und Colin den immer noch vor Wut schäumenden Jasper und dirigierten ihn in Richtung *Lost Anchor*.

»Er ist der alte Knicker. Gar kein Zweifel möglich. Ich bin so enttäuscht.«

Colin tätschelte ihm den Arm. »Ja, er ist der alte Knicker. Und mir tut er leid. Er hat Angst, Jasper. Er hat Angst davor, arm und allein zu sterben. Ich glaube ich kann das verstehen.«

Jasper schnaufte. »Gib mir eine halbe Stunde, ein gutes Dartspiel und ein Bier. Dann verstehe ich es auch wieder.«

WIENER WALZER

IMMER SCHÖN WEITERDREHEN UND NICHT VERKRAMPFEN

Als Colin seine Zimmertür, die noch immer aufgebrochen war, erblickte, wurde ihm bewusst, dass er keine Zeit gefunden hatte, Jasper von dem Einbruch in seine Behausung zu erzählen. Das erschien ihm leichtsinnig, denn wenn es tatsächlich mit ihren Ermittlungen zu tun hatte, dann waren auch seine Freunde in Gefahr. Andererseits hatten weder Norma noch Jasper von ähnlichen Vorfällen berichtet. Es konnte doch nicht sein, das nur er ins Visier von wem auch immer geraten war. Oder doch?

Beim Betreten seines Zimmers trafen ihn vorwurfsvolle Blicke aus zwei Augenpaaren. Lucy und Huey hockten einträchtig auf dem Boden neben seinem Sessel und warteten auf ihn.

»Was treibst du eigentlich den ganzen Tag? Der arme Huey sitzt immerzu einsam in diesem Zimmer. Und ich auch.«

»Du könntest wahlweise auch in deinem eigenen Zimmer sitzen und einsam sein«, erwiderte Colin mit einem Augenzwinkern.

»Soll ich gehen?« Sie machte Anstalten aufzustehen.

»Nein, bitte bleib. Ich hatte einen aufregenden und auch ein bisschen traurigen Tag, da bist du in meinen Armen genau das, was mir fehlt.«

Während er die Schuhe abstreifte, sich aufs Bett sinken ließ und darauf wartete, dass sich Lucy in seine Arme stürzte, dachte er an Jacob Gregory. Den Alten und ihn verband die eine oder andere Gemeinsamkeit. Sollte auch er sich Gedanken darüber machen, wie er seinen Lebensabend verbringen wollte? *Auf keinen Fall allein, soviel steht fest*, dachte er und vergrub sein Gesicht in Lucys blondem Haar, als sie sich an ihn kuschelte. Er atmete ihren Duft ein und fragte sich, was sie wohl sagen würde, wenn er ihr einen Heiratsantrag machte. Sein gesunder Menschenverstand antwortete ihm, dass ein junges Mädchen wie Lucy schreiend die Flucht ergreifen würde, aber sein Herz schenkte ihm die Vision von Freudentränen in ihrem hübschen Gesicht. Er seufzte wohlig und drückte sich noch fester an ihren warmen weichen Körper.

»Ich möchte wirklich zu gern wissen, womit du deine Tage ausfüllst, Colin Duffot. Nicht mit Tanzstunden, so viel ist sicher. Bist du etwa eine Art Geheimagent?«

»Dicht dran, Liebes, ganz dicht dran. Sag mal, du bist nicht zufällig eine gute Masseurin? Mein Rücken macht Anstalten auseinanderzufallen.«

»Ich bin nicht nur gut, ich bin begnadet. Dreh dich herum, lass mich dich mit meinen göttlichen Händen verwöhnen.«

Schon zehn Minuten später musste er ihr uneingeschränkt recht geben. Sie war begnadet. Und er beschloss, sich auf seine Art dafür zu bedanken.

Als sie am nächsten Morgen Arm in Arm erwachten, warf Colin einen ungläubigen Blick auf den Wecker. Schon nach neun. Und kein Hund und kein Mensch hatten ihn aus dem Schlaf gerissen. Was für ein Geschenk.

Lucy an seiner Seite räkelte sich und sagte: »Mrs Greys Betten sind einfach zu schmal für zwei. Wenn das mit uns so weitergeht, werden wir umziehen müssen.«

»Oder wir stellen die Betten zusammen und machen aus deinem Zimmer unser Wohnzimmer.«

»Auch eine hübsche Idee. Ich werde mir im Bad ein paar Gedanken über die Raumgestaltung machen. Magst du Rosa?«

Colin wusste nicht, was für ein Gesicht er gemacht hatte, aber Lucy beteuerte augenblicklich, dass es nur ein Witz gewesen sei. Er atmete auf wegen des angedrohten Rosas. Doch der Gedanke, dass sie auch den Rest nicht ernst gemeint haben könnte, enttäuschte ihn ein wenig.

Lucy sprang aus den Federn und verschwand im Bad. Zwei Minuten später klopfte es an der Tür. Colin verdrehte die Augen. »Herein, es ist offen.«

»Ich habe den Schlüsseldienst bereits informiert, aber es kommt einfach niemand«, entschuldigte sich Mrs Grey, die in einem schlichten Kittelkleid, aber perfekt frisiert vor seiner Tür stand und schuldbewusst die Hände rang.

»Dafür können Sie ja nichts. Was gibt es denn?«, fragte Colin und setzte sich im Bett auf.

Beim Anblick seiner nackten Brust schlug Mrs Grey verschämt die Augen nieder. »Da hat ein Mann für Sie angerufen. Aus London. Ein Mr Lore.«

»Kenne ich. Was wollte er?«

»Er bittet Sie um einen baldigen Rückruf, er muss Ihnen etwas erzählen.«

»Vielen Dank Mrs Grey. Ich kümmere mich gleich darum.«

Mit einem dienstbeflissenen Nicken verschwand die nette Dame und ließ Colin nachdenklich zurück. Paddy Lore war ein alter Freund und Kollege von ihm. Seit Colin seinen Rückzug vom Tanzparkett und aus London erklärt hatte, hatten sie allerdings nichts mehr voneinander gehört. Zwar hatte Colin Paddy seine neue Anschrift und Telefonnummer zukommen lassen, doch darüber hinaus hatte es keinen Kontakt gegeben. Was konnte er also von ihm wollen?

Colin zog die Nachttischschublade auf und fand auch alsbald sein verlegtes Handy samt Ladegerät. Er steckte das Ladekabel ein und musste einen Augenblick warten, bis das Gerät die ersten Lebenszeichen von sich gab. Eine SMS informierte ihn über eine ganze Reihe entgangener Anrufe von Paddy Lore. Er rief bei Paddy an. Der ging sofort an den Apparat.

»Paddy, hier ist Colin, was gibt's?«

»Colin, sag mal, in was bist du da nur geraten? Und was ist mit deinem Handy? Ich kann dich nicht erreichen. Lag wieder mit leerem Akku irgendwo herum, was? Und warum interessiert man sich plötzlich so für dich? Ich dachte, du wolltest dir Ruhe gönnen und dein Leben neu ordnen? Aber als gestern dieser Typ hier auftauchte und einen Haufen Fragen stellte, bin ich ein bisschen ins Grübeln gekommen.«

»Ein Typ?« Colin dachte sofort an Sergeant Dieber. Hatte der Junge seine Drohung wahrgemacht und Erkundigungen über ihn in London eingeholt? »Jung, pickelig, Bürstenschnitt und schwul?«

»Nö. Jung, aber keine Pickel. Statur wie ein Boxer, Haare in der Farbe von Strandsand. Der war aber eher nicht schwul und einen Bürstenschnitt hatte der auch nicht.«

Nicht Dieber. Colin überlief es kalt. Das klang mehr nach seinem nächtlichen Angreifer.

»Und er trug eine Brille mit Gläsern so dick wie Glasbausteine.« Colin war verwirrt. An eine derartige Brille konnte er sich bei seinem Angreifer nicht entsinnen.

»Was wollte er denn wissen?«

»Am liebsten alles, wie es schien. Frauen, Job, wovon du lebst, so etwas eben. Wirklich sehr seltsam, der Typ.«

»Was hast du ihm erzählt?«

»Gar nichts. Hab mich blöd gestellt. Sagte ihm, dass ich dich völlig aus den Augen verloren hätte, seit du aus London weg bist. Erschien mir besser so. War das falsch?«

»Nein. Nein, ich glaube du hast es genau richtig gemacht. Vielen Dank, Paddy.«

»Immer wieder gern. Aber die Geschichte dazu würde ich irgendwann schon gern hören.«

»Sobald ich alle Akteure kenne und mein Akku wieder aufgeladen ist, bist du der erste, der Details erfährt.« Colin legte auf und sah Huey nachdenklich dabei zu, wie er einen Hausschuh ankaute. Was für ein Spiel wurde hier gespielt? Und von wem?

»Und wo gehen wir jetzt schon wieder hin?« Colin rannte neben Jasper her, der ihn noch vor dem Frühstück entführt hatte. Es war ihm gerade noch gelungen, Lucy, die mit Huey Croissants holen gegangen war, eine entschuldigende Notiz zu hinterlassen.

Jasper wirkte sehr entschlossen. »Wir besuchen Mary Bittner. Mir ist eingefallen, dass Gregory ihr von unserem Besuch berichten könnte, und wenn sie eine Mörderin ist, packt sie sicher gerade ihre Koffer.«

»Und die wollen wir ihr aus der Hand nehmen oder wie? Hoffentlich zieht sie uns nicht die Kulturtasche über den Schädel.«

Das Häuschen von Mary Bittner stand neben dem Friseursalon von Una Porter. Das regte Colins Erinnerung an.

»Jasper? Una hat ein Aquarell von Mrs Summers Haus in ihrer Küche hängen. Sagt uns das was?«

Jasper, der gerade im Begriff war, den Klingelknopf zu drücken runzelte die Stirn. »Ich bin mir nicht sicher. Es heißt wohl nicht, dass sie Mrs Summers und alles, was mit ihr in Verbindung stand, gehasst hat, oder?«

»Oder es heißt, dass sie das Anwesen liebt? Es ihr eigen nennen will? Tötet ein Mensch für einen Herzenswunsch?«

Jasper dachte angestrengt über Colins Worte nach. Dann zuckte er ratlos die Achseln und drückte die Klingel. Mary riss fast augenblicklich die Tür auf.

»Ach, ihr zwei. Ich dachte, es ist der Postbote. Ich erwarte ein Paket.«

»Aus Übersee? Eine neue Lieferung Seepferdchen etwa?« Colin konnte Jasper für seine Art, mit der Tür ins Haus zu fallen, nur bewundern. Und erstaunlicherweise erzielte es immer eine verblüffende Wirkung.

»Ach Jasper, jetzt sei doch nicht so zickig. Ich brauche Geld, um meinen Lebensstandard zu finanzieren. Und reich heiraten gelingt mir einfach nicht. Bist du reich, Colin?« Colin schüttelte hastig den Kopf. Eine Spur zu hastig. »Na, vielen Dank auch. Und was wollt ihr zwei jetzt hier? Mir eine Moralpredigt halten?«

»Wir sind hier, um herauszufinden, wie weit du bereit bist, für deinen Luxus zu gehen. Dass du noch hier bist, werte ich als gutes Zeichen. Aber wir sollten das drinnen weiter besprechen.«

»Ich verstehe nur Bahnhof. Aber bitte, kommt rein.«

Sie folgten Mary, die sich heute in einem leichten Sommerkleid mit Blumenmuster präsentierte und ihr gesträhntes Haar zu einem wippenden Pferdeschwanz gebunden trug, der sie jünger erscheinen lassen sollte, aber den gegenteiligen Effekt erzielte. Mary führte sie in ein helles Wohnzimmer mit Designermöbeln. Colin und Jasper hockten sich auf ein Gebilde aus Stahl und Leder, Mary nahm ihnen gegenüber in einer ähnlichen Konstruktion Platz.

»Wo ist denn nun das Problem? Gregory und ich haben ein wenig Geld verdient, na und? Woher habt ihr es überhaupt erfahren?«

»Unwichtig. Wichtiger erscheint mir, dir bewusst zu machen, was du da tust, Mary. Ist dir nicht klar, dass du für diese Schmuggelei ins Gefängnis wanderst? Wir reden hier nicht mehr von Geldbußen oder derartigen Kinkerlitzchen, dafür betreibst du das in viel zu großem Stil!«

»Ach was!« Mary versuchte locker zu bleiben, doch Colin konnte sehen, wie sich ihre Schultern verkrampften und ihr Hals sich optisch verkürzte. »Wer interessiert sich schon für die paar Sachen, die Gregory und ich hier verticken?«

»Das Internet kann ein gesichtsloser Feind sein. Genauso wie die eigene Nachbarschaft.«

»Reden wir jetzt über Mrs Summers? Wenn ihr mich fragt, dann hat das boshafte Weib bekommen, was es verdient hat. Sie war eine Giftspritze.«

»Und wer hat dafür gesorgt, dass sie bekam, was sie verdiente? Du?«

»Ich?« Jetzt war Mary völlig konsterniert. »Da gäbe es ja wohl noch einige mehr, die ihr gern den Hals umgedreht hätten. Nehmt nur Alice Carson. Als sie ihr erstes Kind verlor, hat Mrs Summers zu ihr gesagt, dass sie sogar zum Kinderkriegen zu blöd sei und dass es keine Überraschung wäre! Mitten im Lebensmittelladen hat sie das gesagt! Das halbe Dorf ist vor Schreck erstarrt. Wo doch jeder weiß, wie labil Alice seit dem Verlust war, und wie sehr sie sich das Kind gewünscht hat.«

Auch Colin hob bei diesen Worten ungläubig die Brauen und schüttelte den Kopf. Er vermutete, dass Mrs Summers es in diesem Augenblick hübsch heiß in ihrem Fegefeuer hatte.

»Und auf der armen Una hat sie auch immer herumgehackt. Was für eine schlechte Friseurin sie sei.

Okay, das stimmt sogar, aber muss man das so deutlich sagen?«

»Du hast sie also nicht ins Jenseits befördert, um dich vor weiteren Erpressungen wie der mit der Vase zu schützen oder um einer Gefängnisstrafe zu entgehen?«

Mary schwieg einen Augenblick. Dann sagte sie: »Nicht, dass ich nicht darüber nachgedacht hätte, aber nein. Ich habe ihr nichts getan. Schade eigentlich. Die Vase war ein kleines Vermögen wert. Wer bekommt die denn jetzt eigentlich? Habe ich eine Chance, da heranzukommen? Hatte Mrs Summers Erben?«

»Keine, die etwas mit ihr oder ihrem Besitz zu tun haben wollen, vermute ich. Zumindest hat sie mir gegenüber nie einen Verwandten erwähnt.«

»Dann kann ich die Vase wiederhaben?«

»Wenn du an Dieber und seinem Vorgesetzten vorbeikommst.« Jasper stand auf und Colin tat es ihm nach.

Mary sah sie überrascht an. »Ich habe immer noch nicht verstanden, was euer Besuch jetzt sollte.«

»Dorffrieden, Mary. Es geht um den Dorffrieden. Auch wenn unsere Versuche, ihn zu wahren, mich meinen Seelenfrieden kosten werden.«

Jasper wandte sich zum Gehen, doch Mary rief ihm nach: »Hast du das ernst gemeint? Dass ich dafür ins Gefängnis gehe?«

»Ganz sicher, Mary. Es sei denn, du hörst sofort damit auf und siehst dich nach einer neuen Geldquelle um.«

»Mir tut es um Gregory leid«, sagte Colin, als sie zurück auf der Straße waren. »Wenn Mary ihn nicht mehr beliefert, zerplatzt sein Traum von *Hope Gardens* wie eine Seifenblase.«

»Jacob Gregory ist ein Spinner. Weißt du was die Miete eines Bungalows in *Hope Gardens* kostet? Weder du noch ich könnten uns das leisten, und auch sonst niemand, den ich kenne.«

»Er will doch nur Sicherheit und Geborgenheit, wenn er einmal nicht mehr kann.«

»Das wollen wir alle, aber werden wir deswegen zu Verbrechern?«

Auf dem Heimweg kaufte Colin beim Bäcker eine Miniatur-Marzipantorte, um Lucy gnädig zu stimmen. Beunruhigt stellte er fest, dass ihn die Verkäuferin noch immer wie einen Schwerverbrecher musterte. Auf dem Gehweg wechselte eine alte Dame seinetwegen die Straßenseite. Colin fragte sich, was an ihm so mörderisch wirkte. Oder bildete er sich diese Blicke nur ein?

Lucy empfing ihn in seinem eigenen Zimmer mit eisigem Blick. »Heute ist Samstag. Ich habe frei. Endlich mal ein Tag ohne fremde Kinder. Ich würde ihn wirklich gern mit dir verbringen, wenn du nicht immerzu verschwinden würdest.«

»Es tut mir ja auch leid, aber Jasper…«

»Jasper, der Pfarrer. Natürlich. Sei vorsichtig, Colin. Lass dich nicht von ihm einwickeln. Er frisst seine Schäfchen mit Haut und Haar. Und glaub ihm nicht alles, was er so erzählt. Er hat seine eigene Sicht auf die Welt.«

»Natürlich hat er die, er ist Pfarrer.«

»Ja. Das ist er. Mehr nicht.« Lucys Gesicht hatte sich noch mehr verfinstert, und Colin fragte sich, warum Lucy auf Jasper so gereizt reagierte, aber ihr eisiger Blick verhinderte, dass er nachfragte.

Stattdessen fragte er: »Wie wäre es, wenn wir zwei jetzt einen langen Spaziergang mit Huey machen würden? Ganz weit weg!«

»Ich packe uns einen Picknickkorb!«, rief Lucy, und ihre schlechte Laune schien wie weggeblasen.

»Gut. Sehr gut. Den Nachtisch habe ich schon mitgebracht.«

Sie wanderten lange und gut gelaunt durch die sanften Hügel, die das Dorf umgaben, scherzten, küssten sich und verbrachten wunderbare Stunden. Lucy trug ein leichtes himmelblaues Sommerkleid und einen verwegenen Strohhut. Was ihre Hüte anging, so hatte Colin den Eindruck, dass sie über eine große Auswahl verfügte, passend zu jedem Kleid und zu jeder Gelegenheit. Ein Hut schien für Lucy zu einer vollständigen Garderobe dazuzugehören. Colin war sich nicht sicher, ob Lucys Kleidungsstil eher dem der zwanziger oder dem der fünfziger Jahre nacheiferte. Sicher war nur, es war herrlich altmodisch, und das gefiel ihm. Huey, der zunächst vorweggerannt war, schlich schon bald traurig hinter ihnen her und gab ihnen zu verstehen, dass es seinetwegen ruhig Zeit zum Umkehren sein durfte.

Im Schatten hoher Bäume genoss Colin die Schönheit der Welt und drückte Lucy fest an sich, die plötzlich und ohne Vorwarnung stehenblieb.

»Das sieht mir hier nicht nach einem guten Picknickplatz aus«, murmelte sie und versteifte sich in seinem Arm. Colin blickte nach vorn und sah durch die Bäume das grelle Absperrband schimmern. Sie hatten zweifellos den Platz erreicht, an dem kürzlich ein junges Mädchen gestorben war. Erschlagen von einem Fleischhammer.

Auch Colin war stehengeblieben. Er fragte sich, warum es keine Neuigkeiten bezüglich des Mädchens gab. Wusste man noch immer nicht, wer sie war? Oder hatten Dieber und sein Chef es tatsächlich geschafft, dass keine weiteren Informationen nach außen drangen? Wusste die Polizei mehr über das Mädchen als über Mrs Summers? Und wenn ja, wie kam er, Colin, an diese Informationen heran?

»Ein Puzzle kann man nur zusammensetzen, wenn man alle Teile hat«, murmelte er gedankenverloren.

»Wie bitte?«

»Nichts, mein Schatz. Gar nichts. Gehen wir und picknicken woanders.«

SALSA
WECKT EMOTIONEN ALLER ART

»Wir müssen irgendwie herausbekommen, was Dieber weiß«, sagte Colin und warf den Pfeil schwungvoll und völlig unkonzentriert in die Zwei.

»Dieber wird uns nie Informationen geben. Er darf nicht und er wird nicht. Und warum sollte er auch?«, antwortete Jasper und warf in die Eins. »Verdammt.«

»Wir könnten versuchen, mit ihm zu handeln«, schlug Norma vor und versuchte eine Erdbeere in ihren Bowlenglas mit einem Holzspieß zu erdolchen. »Nach dem Motto: Zeigst du mir deins, zeig ich dir meins.«

»Soll das ein Witz sein? Wir haben doch gar nichts, was wir ihm zeigen könnten!«, rief Colin.

»Schon, aber das muss er ja nicht wissen.« Norma stach zu und verfehlte die Frucht.

»Außerdem haben wir sehr wohl so einiges. Una hat ein Bratenthermometer, aber auch ein rätselhaftes Aquarell an ihrer Wand«, sagte Jasper und zupfte das Pfeilende zurecht.

»Jacob ist ein Hehler und Betrüger und wurde von Mrs Summers um eine Chinesische Vase erpresst«, ergänzte

Norma. »Und Mary will diese Vase wirklich gerne zurück. Aber reicht das als Mordmotiv? Ich meine: ist nur eine einzige Sache, die wir entdeckt haben, stark genug, um einen Mord zu rechtfertigen?«

Alle drei schwiegen. Dann warf Jasper seinen letzten Pfeil ins Bullseye, was den Automaten fröhlich dudeln ließ, und sagte: »Da gibt es nur eines: Auf zur zweiten Tanzstunde.«

Als Jacob Gregory das Gemeindehaus betrat, musste man kein Menschenkenner sein, um zu sehen, wie unwohl er sich fühlte. Sein Blick suchte den von Jasper und Colin, fragend, ob er noch willkommen war. Beide lächelten freundlich, und Gregorys Schultern strafften sich wieder. Schon während des ersten Tanzes kehrte sein altes Selbstbewusstsein zurück, und bei Colins erster Korrektur zur Technik des Walzers wagte er es sogar, zu widersprechen.

»Das war in meiner Jugend aber ganz anders. Zu meiner Zeit ging man doch nicht mit einem Hackenschritt voran! Walzer soll doch leicht und grazil aussehen!«

»Ja, wenn Ihre Jugend um die Jahrhundertwende war, dann kann das stimmen, damals war der Gesellschaftstanz noch durch das Menuett geprägt.«

Alle lachten und Gregory lief dunkelrot an. Sein Gesicht wurde um ein paar Dackelfalten reicher.

Doch schon ein paar Minuten später konnte Colin ihn mit einer kleinen Streicheleinheit versorgen. Mary Bittner, die heute mit ihrem Lex Barker, der eigentlich

Garett Keyne hieß und sein Geld mit dem Gestalten von Tapetenmustern verdiente, überhaupt nicht zurechtkam, zeterte herum.

»Ich weiß gar nicht, warum immer die Männer führen! Warum kann ich nicht auch mal führen, dann würde das hier auch funktionieren!«

Colin sah sie schmunzelnd an. »Tanzen ist eine der letzten Männerdomänen«, erklärte er. »Auf dem Parkett führt er. Das geht auf die Gigolos zurück. Auf die Männer, die mit leeren Händen aus dem ersten Weltkrieg kamen und nichts besaßen außer einer prächtigen Uniform. Diese Männer haben die Damenwelt betanzt, haben sich von Frauen aushalten lassen, die einsam, manchmal verwitwet und besser gestellt waren als sie selbst. Die Gigolos schoben Nacht für Nacht Mauerblümchen über das Parkett und gaben jeder einzelnen das Gefühl, eine anmutige Tänzerin zu sein. Ihre Technik entwickelte sich aus der Not heraus und sie war gut. So gut, dass sie sich seit fast einem Jahrhundert hält. Mit kleinen Verbesserungen. Doch der Frau die Führung zu überlassen, gehört nicht dazu.« Colin zwinkerte Mary zu, die ein gespieltes Schmollen zur Schau stellte, dann aber grinste und ihrem Helden noch eine Chance gab.

In Gregorys Augen war ein verzückter Ausdruck getreten und sie schimmerten verdächtig feucht. Er schwelgte in Erinnerungen. »Ja, so war das damals in den Tanzsälen. Auch nach dem zweiten Krieg. Ich habe nie auch nur einen Drink bezahlt und umsonst essen konnte ich auch. Da gab es eine Lady, die hatte ein Auge auf mich geworfen, hach, das waren Zeiten.«

Es dauerte eine Weile, bis Carmen Gregory mit einem Stolperer wieder zurück in die Gegenwart holte und ein wehmütiger Ausdruck im Gesicht des Alten blieb.

Alles in allem empfand Colin diese zweite Stunde als typisch. Die Scheu der ersten Stunde war Vergangenheit, ebenso wie die Euphorie über die ersten kleinen Erfolge. Umso enttäuschter war der eine oder andere, wenn das, was noch vor ein paar Tagen geklappt hatte, plötzlich hakte oder völlig in Vergessenheit geraten war.

»Das ist ganz normal«, beruhigte Colin die verzweifelte Carmen. »Wenn du mir heute zehn spanische Wörter beibringst, weiß ich übermorgen davon noch zwei. Wenn ich Glück habe.« Carmen wirkte getröstet und Colin wanderte weiter seine Runden und Diagonalen durch den Saal. Immer den Blick schweifend, immer wachsam, ob er gebraucht wurde.

Dann kam es zu einer Situation, die er nicht hatte kommen sehen.

»Du kannst aber auch wirklich gar nichts! Das kann doch nicht so schwer sein!«, tönte plötzlich eine Männerstimme durch den Saal. Bei den Nortons hatte es geknallt. Deliza Norton stand, verzweifelt um ihre Fassung bemüht, allein da. Ihr Mann hatte sie einfach losgelassen und war ein paar Schritte zurückgetreten. Sein Schnauzbart zitterte und auf seiner Glatze glänzten Schweißperlen. Colin schwankte eine Sekunde lang zwischen der Option, sich nicht auf einen beginnenden

Ehekrach einzulassen, oder aber ein Zeichen zu setzen. Er entschied sich für die zweite Alternative, als ihm bewusst wurde, dass jeder im Saal die beiden Nortons beobachtete. Manche nur aus den Augenwinkeln, manche unverhohlen.

Mit zwei Schritten war Colin bei Mr Norton und führte ihn in zum Rand der Fläche. »Ich kümmere mich darum. Dafür bin ich ja da.« Erleichtert darüber, dass Norton sich von ihm berühren und wegführen ließ, atmete Colin auf. Jetzt ging es darum, Deliza aus der für sie unangenehmen Situation zu holen. Das war einfacher. Er nahm sie in die Tanzhaltung, verlagerte ihrer beider Gewicht und glitt mit ihr über die Fläche. Er wusste, dass er damit sowohl den Gaffern, als auch den beiden Nortons selbst suggerierte, dass der Fehler beim Herrn und nicht bei der Dame gelegen hatte. Norton würde es den Wind aus den Segeln nehmen und bei Deliza würde es ihr angeknackstes Selbstvertrauen auf der Stelle kitten. Sein Plan ging auf. Die anderen Paare kümmerten sich wieder um sich selbst und Deliza entspannte sich in seinen Armen. Ihr Mann stand am Rand und hielt seine Klappe, was ein guter Anfang war. Jetzt hoffte Colin, dass er nicht wutschnaubend den Raum verließ.

»Es tut mir leid. Er ist manchmal so gereizt seit... seit...« Deliza Norton brach ab und stolperte fast über ihre eigenen Füße.

Colin übertanzte den Fehler beiläufig, drückte ihre Hand und strich ihr mit der anderen über den Rücken. Er wusste, dass man durch eine Berührung und ein paar freundliche Worte nicht nur ein nervöses Tier beruhigen konnte, sondern auch einen nervösen Tänzer. »Du brauchst dich überhaupt nicht zu entschuldigen. Jeder hier versteht es, wenn es euch mal nicht gut geht. Und wer das nicht versteht, hat kein Herz. Ich bin froh, dass ihr beide hier seid und versucht, euer Leben wieder aufzunehmen. Sicher werdet ihr das eine oder andere Mal auf dem Weg stolpern, aber was macht das schon? Ich komme damit klar. Wollen wir mal etwas Neues probieren? Ich führe dich.«

Colin führte eine einfache Variation und sie lief reibungslos. Er sah das Glücksgefühl in Delizas Augen aufblitzen und wusste mit einem Male wieder, warum er Tanzlehrer geworden war. Wegen dieser Momente. Diese perfekten Momente, in denen er einen anderen Menschen hatte glücklich machen können.

»Was machst du den ganzen Tag über, Deliza?«

Die Frage schien sie zu überraschen. Sie überlegte. Dann antwortete sie: »Ich sitze da und denke nach. Mehr schaffe ich kaum. Ein bisschen Haushalt, das muss ja sein.« Sie lächelte schief.

»Ist es dir recht, wenn ich in den nächsten Tagen mal auf eine Tasse Tee vorbeischaue? Wir können reden. Du erzählst mir von Julian und ich höre dir zu.«

»Das wäre wunderbar«, antwortete Deliza überrascht und auch erfreut.

Colin grinste. Er würde ihr nicht sagen, an welchem Tag er sie besuchen würde. Vorfreude und Vorbereitungen würden Deliza eine ganze Weile immer mal wieder beschäftigen und sie aus ihrem Trott und ihrer Traurigkeit reißen. Das hoffte er zumindest.

Als das Lied endete, lieferte er Deliza mit einer leichten Verbeugung bei ihrem zerknirscht aussehenden

Ehemann ab, spielte noch einen Tanz, der ohne Zwischenfälle verlief und rief dann die Pause aus. Während Jasper eine Reihe von Schwätzchen hielt, half er Norma bei der Ausgabe der Getränke.

Als alle versorgt waren, öffnete Norma für sie beide zwei Flaschen Wasser, reichte Colin eine und stieß mit ihm an. »So wie du diese Situationen meisterst, hättest du auch Diplomat werden können. Ich glaube, jetzt verliebe ich mich doch noch in dich.«

Colin nahm ihren flapsigen Ton auf, drohte ihr mit dem Finger und sagte: »Wenn du das tust, gehe ich mit dir nie wieder auf Einbruchstour.«

In der zweiten Hälfte unterrichtete Colin zur großen Freude aller die Rumba. Dabei entdeckte er etwas Merkwürdiges. Alice Carson war nicht in der Lage, den Takt zu halten. Nervös zappelte sie in den Armen ihres Mannes herum und steckte ihn damit auch noch an. Colin sah sich die beiden eine Weile an, und als Peter Carson erste offensichtliche Zeichen von Unsicherheit zeigte, löste er ihn mit einem Augenzwinkern ab.

Schon als er Alice Carsons Hände ergriff, spürte er, dass ein Sturm in der Frau tobte. Die kleine Dunkelhaarige mit dem braven Pagenschnitt lächelte ihn zerstreut an, entschuldigte sich stotternd, doch statt einer Antwort strich er ihr mit den Daumen über den Handrücken. In den nächsten zwei Minuten gelang es Alice immer mal wieder, sich auf Colin und die Rumba einzulassen, doch die Unruhe kehrte zurück, ohne dass Colin es sich erklären konnte. Die Erklärung lieferte ihm Alice Carson selbst am Ende des Tanzes.

»Entschuldige, dass ich so hibbelig bin, aber ich muss immerzu an unsere Kleine denken. Sie ist erst ein paar Monate alt, und ich habe sie bisher noch nie allein gelassen. Also, natürlich ist sie nicht allein, ein Mädchen aus der Nachbarschaft passt auf sie auf, aber wir sind das erste Mal voneinander getrennt, und das macht mich schrecklich nervös. Peter und Jasper meinten, der Tanzkurs sei eine gute Übung für mich, um das Loslassen zu üben. Aber ich fürchte, ich mache mich nicht sehr gut.«

»Sie heißt Georgia. Du musst dir unseren kleinen Goldschatz einmal ansehen. Wir sind so stolz auf sie. Sie versucht schon zu krabbeln, und das mit gerade einmal fünf Monaten!« Peter Carson, ganz stolzer Vater, strahlte Colin an.

Colin lächelte höflich zurück und sagte ihm nicht, dass er sich noch nie viel aus Babys gemacht hatte. Wenn dem so gewesen wäre, hätte Colin wohl irgendwann einmal eigene Kinder gezeugt, aber dem Gedanken hatte er nie etwas abgewinnen können.

»Komm doch zusammen mit Jasper zu uns. Er kommt morgen zum Tee und bespricht mit uns den Taufgottesdienst.«

Jetzt musste Colin wirklich grinsen. Das hatte der gute Jasper ja schlau eingefädelt. Fast so gut wie er selbst bei Deliza Norton. Es gab eben doch noch andere Wege als einen Einbruch, um in ein fremdes Haus zu gelangen. Man konnte sich auch einladen lassen.

»Ja, warum nicht? Ich komme gern. Darf ich meine Freundin Norma mitbringen? Sie liebt Babys genauso wie ich.«

»Aber ja, aber ja. Wir haben gern Besuch, nicht wahr Schatz?«

Alice Carson nickte und wirkte dabei schon wieder geistesabwesend. Colin konnte sich vorstellen, dass sie in dieser Verfassung sogar Wasser anbrennen lassen konnte und nahm sich vor, nicht mit allzu großen Erwartungen zu dieser Teezeit zu gehen.

Bis auf Alice Carson hatten alle Teilnehmer die Rumba genossen, weswegen Colin eine Wiederholung des desaströsen Tangos unter den Tisch fallen ließ. Wenn möglich, sollten sie alle gut gelaunt nach Hause gehen, damit sie auch sicher wiederkamen.

Als Colin seinen Unterricht unter Beifall beendete, trat Jasper neben ihn und klatschte in die Hände. »Hört mal alle her! Wie wäre es, wenn wir die nächste Stunde als einen kleinen Ball aufziehen. Wenn jeder eine Kleinigkeit mitbringt, können wir ein Buffet herrichten. Norma möchte gerne den Raum schmücken und ich stifte ein paar Flaschen Sekt. Wie wäre es Colin, wirfst du dich für uns in deinen besten Anzug und moderierst?«

Noch bevor Colin antworten konnte, rief Una Porter: »Ich werde meine preisgekrönten Muffins mitbringen!« Bei diesen Worten warf sie Norma einen scharfen Blick zu, doch die trocknete ungerührt weiter Gläser ab.

Colin erkannte, dass eine Antwort seinerseits nicht mehr erforderlich war. Die Planung lief bereits auf Hochtouren. Beim Verlassen des Saales unterhielten sich alle potenziellen Mörder über Salate und Häppchen. Er fügte sich in sein Schicksal. Warum auch nicht? Jaspers Idee war durchaus reizvoll.

Als alle gegangen waren, pilgerte das Ermittlertrio in den *Lost Anchor*, um bei Bier und Bratkartoffeln Colins Erkenntnisse zu analysieren.

»Deliza Nortons Gatte Larry ist nicht einfach aus der Rolle gefallen. Dem Mann geht es nicht gut. Entweder er ist übertrieben lustig und reißt alberne Witze, oder er fährt aus der Haut. Der Mann hat seine innere Balance verloren, das merkt man auch seinen Bewegungen an. Er kann keine noch so kleine Drehung tanzen, ohne ins Schaukeln zu geraten. Er ist innerlich wie äußerlich nicht ausbalanciert. Und weil es seiner Frau nicht wesentlich besser geht, ist sie ihm keine Hilfe.«

Norma schluckte hastig ihre Bratkartoffeln hinunter und legte los, als sie merkte, dass Colin eine Pause machte. »Larry hat Julian gefunden, als er sich erhängt hat. Es war furchtbar für ihn. Seitdem ist er so. Früher war er ganz anders, viel natürlicher. Er war immer sehr stolz auf Julian und plante eine große Zukunft für den Jungen. Er hielt ihn für vielseitig begabt und war bereit, in Julians Talente zu investieren. Die Homosexualität seines Sohnes wollte er einfach verdrängen, glaube ich. Vielleicht wusste er auch wirklich nichts davon.«

»Doch. Er wusste es«, berichtete Jasper. »Und im Gegensatz zu allem anderen, was Julian betraf, konnte er das nicht akzeptieren. Larry kam einmal zu mir ins Pfarrhaus und suchte das Gespräch. Er wollte von mir etwas über gewisse Kliniken und medizinische Möglichkeiten wissen, jemand auf den ›richtigen Weg‹

zu bringen. Ich muss gestehen, ich hatte zunächst keine Ahnung, wovon er eigentlich sprach. Als mir klar wurde, dass er die Neigung seines Kindes als Krankheit verstand, versuchte ich ihm zu erklären, dass dem nicht so sei und dass es keine Therapie gäbe. Er glaubte mir nicht. Ich verwies ihn an einen Verein, der Schwule und Lesben beim Coming-out unterstützt und auch im Bereich der Aufklärung tätig ist, Seminare gibt und so weiter. Doch davon wollte er nichts hören. Er wollte Heilung für Julian. Deliza war diesbezüglich einsichtiger, glaube ich.«

»Deliza ist definitiv die Stärkere und Stabilere in dieser Ehe«, sagte Colin. »Sie macht eine schwere Zeit durch, aber sie wird sich fangen. Da ist eine große Kraft in ihr, eine Selbstheilungskraft, möchte ich meinen.«

»Deliza hat immer gewusst, dass Julian in mancher Hinsicht ein besonderer Junge war. Sie sah nicht nur seine musischen und künstlerischen Talente – der Junge konnte wirklich fantastisch zeichnen! – sie sah auch seine Gleichgültigkeit den Mädchen gegenüber. Sie hätte sich mit dem Stand der Dinge arrangiert«, meinte Norma.

»Aber ich glaube, Larry hat sie nicht gelassen. Er hat von Julian und Deliza erwartet, dass sie dieses Problem totschweigen bis es auf irgendeine Art gelöst wird. So äußerte er sich mir gegenüber. Deswegen sein Interesse an einer Klinik. Er hoffte, er könnte Julians Homosexualität wie ein Suchtproblem behandeln und es vor dem Dorf geheim halten. Als ob das noch nötig gewesen wäre«, sagte Jasper und orderte mit einer Handbewegung sein drittes Bier.

»Deliza hat nicht gewusst, dass die Katze längst aus dem Sack war. Jeder vermutete es, aber es wurde nicht drüber gesprochen. Schon gar nicht vor Deliza und Larry.«

Colin seufzte. »Es wäre besser gewesen, jemand hätte mit den beiden darüber gesprochen. Wenn die Eltern es akzeptieren, ist der Betroffene von einer großen Last befreit, blüht richtig auf. Ich habe das schon oft erlebt.«

»Niemand sprach es offen an. Es tut mir heute leid, dass ich mich der Sache nicht stärker angenommen habe. Julian hätte Hilfe gebraucht. Ich als Pfarrer hätte vermitteln müssen, ich hätte mehr tun müssen. Was Julian Norton angeht, habe ich versagt.«

Eine Pause trat ein, in der jeder seinen Gedanken nachhing, dem Klirren der Gläser und dem Gemurmel der anderen Gäste im *Anchor* lauschte. Schließlich sagte Colin: »Ich habe mich bei Deliza eingeladen. Ohne festes Datum. Sie wird die nächsten Tage mit Plätzchen backen und Tischdeko pflücken verbringen. Ich hoffe, es heitert sie auf.«

»Sehr gut. Wer weiß, was du bei einem Besuch bei den Nortons alles in Erfahrung bringst. Ich habe mich derweil bei den Carsons eingeladen.« Jaspers Blick schien Beifall zu heischen.

»Ich weiß. Ich habe mich und Norma an die Einladung angehängt. Wir werden das Baby bestaunen, während du ein Taufgespräch führst.«

»Großartig. Sechs Augen sehen mehr als zwei.« Norma klatschte vor Begeisterung in die Hände. Colin schmunzelte. Anscheinend freute sie sich wirklich darauf, ein

Baby halten zu dürfen. »Obwohl ich bezweifle, dass es bei den Carsons viel zu sehen gibt.«

Colin wog bedächtig den Kopf. »Alice Carson war heute unglaublich nervös. Angeblich wegen ihrer kleinen Tochter, aber es könnte auch andere Gründe für ihre starke Anspannung geben.«

»Die kleine Georgia ist das Wichtigste im Leben ihrer Eltern. Im letzten Jahr war Alice schon einmal schwanger, doch das Kind wurde tot geboren. Die arme Alice war drauf und dran, daran zu zerbrechen. Doch dann wurde sie wieder schwanger. Eine schwere Schwangerschaft, sie musste fast die ganze Zeit liegen. Doch das Ergebnis ist Georgia, ein gesunder kleiner Wonneproppen«, erzählte Norma.

»Ich vermute ebenfalls, dass mit Alice Carson einfach der Mutterinstinkt durchgeht, wenn sie länger als eine Stunde von ihrem Kind getrennt ist. Aber nervös war heute Abend noch jemand: Mary Bittner.« Jasper grinste und Colin verdrehte die Augen.

»Ja, sicher war Mary nervös. Du hast ihr heute eine Gefängnisstrafe angedroht, und inzwischen wird sie herausbekommen haben, dass du nicht übertrieben hast. Wem würden da nicht die Nerven flattern? Hoffentlich denkt sie jetzt ernsthaft über ein anderes Betätigungsfeld nach.« Er nahm den letzten Schluck aus seinem Bierglas und spürte, wie eine schwere Müdigkeit ihn überkam. Es war wieder ein langer Tag gewesen, und ein anstrengender noch dazu. Außerdem verspürte Colin einen Anflug von Frustration. Er hatte nicht das Gefühl, dass sie die Tanzstunden irgendwie weiterbrachten. Sie traten auf der Stelle. Die Verdächtigen wurden verdächtiger, ausschließen konnten sie aufgrund ihrer Nachforschungen niemanden. Colin schlug mit der flachen Hand auf den Tisch. »So. Ich gehe jetzt nach Hause. Ich bin müde. Wann gehen wir morgen zu den Carsons?«

»Ich hole dich gegen drei ab«, sagte Jasper. Er wirkte verwundert über Colins frühen Aufbruch, schien sich aber mit der Erklärung zufriedenzugeben.

Colin schlug Jasper zum Abschied auf die Schulter und wuschelte Norma durch das rosa Haar. Draußen, vor dem *Lost Anchor,* atmete er zweimal tief durch. Er war noch immer schlecht gelaunt, und er beschloss, nicht auf direktem Wege nach Hause zu gehen. Vielleicht würde die frische Nachtluft seine trüben Gedanken vertreiben.

In den Vorgärten der grauen Cottages zirpten Grillen, Motten tanzten in den Lichtkegeln der Straßenlaternen und über allem lag der Duft von Lavendel. Colins Laune hob sich bei jedem Schritt. Dies war ein wundervolles kleines Dorf. Er konnte sich vorstellen, für immer hier zu bleiben – vorausgesetzt, es kam ihm ein Gedanke, auf welche Weise er in Zukunft seine Tage verbringen wollte. Für den Ruhestand fühlte er sich zu jung. Doch außer Tanzen hatte er nichts gelernt.

Gedankenvoll bog er in den Weg zu Mrs Greys Haus ein und bemerkte erst spät einen rostigen Fiat am Wegesrand, der gerade von einem Mann aufgeschlossen wurde. Es war das sandfarbene Haar des Mannes an der Wagentür, das ihn stutzen ließ. Als sich dann das Licht der Straßenlaterne in sehr dicken Brillengläsern spiegelte, beschleunigte er seinen Schritt und nahm Kurs auf den Fremden.

»He! Sie da! Wer sind Sie?«

Der Brillenträger blickte auf, sah Colin kurz an, riss dann die Fahrertür auf und sprang ins Wageninnere. Colin begann zu rennen. Doch bevor er den Wagen erreicht hatte, wurde der Motor angelassen, heulte auf, und der Fiat schoss an ihm vorbei davon. Colin blickte ihm wütend nach. Der Mann hatte seinem nächtlichen Angreifer sehr ähnlich gesehen. Bis auf die Brille. Die Brille, die Paddy Lore in seinem Anruf erwähnt hatte.

»Verdammt!« Colin trat ärgerlich gegen den Bordstein. Der Mann hätte ihm so einiges erklären können, wenn es Colin gelungen wäre, ihn aufzuhalten. Doch sich vor einen fahrenden Wagen zu schmeißen, soweit ging Colins Neugier dann doch nicht. Er fragte sich stattdessen, in welchem Zustand er sein Zimmer in dieser Nacht vorfinden würde.

Auf dem oberen Treppenabsatz angekommen, roch Colin den schwachen Duft von Zigarettenrauch. Wer immer hier gewesen war, hatte sich keine Mühe gemacht, heimlich zu Werke zu gehen. Seine noch immer kaputte Tür war geschlossen, soweit das möglich war. Colin schob sie auf und schaltete das Licht an. Huey hob den Kopf und warf ihm aus blutunterlaufenen Augen einen vorwurfsvollen Blick zu.

»Ja, du darfst gleich noch einmal in den Garten. Sag mir lieber, ob jemand hier war.«

Huey schwieg und ließ den Kopf zurück auf die Pfoten sinken.

Colin sah sich um. Nichts schien verändert worden zu sein. Er schnupperte. Hier war der Zigarettenrauch nicht auszumachen. Er griff nach Hueys Leine und klopfte sich auffordernd auf den Oberschenkel. »Na komm, mein Alter. Schnell eine Runde durch den Garten.«

Huey erhob sich schwerfällig, trottete näher und ließ sich anleinen.

Auf dem Weg nach draußen blieb Colin vor Lucys Zimmertür stehen und lauschte. Schlief sie schon oder konnte er es wagen, bei ihr anzuklopfen? Als er ein leises Summen hinter der Tür vernahm, pochte er mit den Knöcheln gegen das Holz. Die öffnete sich prompt. Lucy trug ihren Morgenmantel und war wieder einmal barfuß.

»Huey und ich wollten dir nur rasch eine gute Nacht wünschen und fragen, ob dir heute Abend irgendetwas im Haus aufgefallen ist.«

»Mir? Nein. Warum? Hier wird doch wohl nicht alle paar Nächte eingebrochen, oder?«

»Man kann nie wissen.« Colin lächelte. »Da waren also keine Geräusche, keine Besucher, nichts?«

»Nein, nichts. Soll ich gleich noch zu dir rüberkommen?«

»Huey und ich sind sehr müde. Wir würden dich heute Abend nur langweilen.«

Lucy lächelte. »Das glaube ich nicht, aber gut. Gehen wir alle brav in unseren eigenen Betten schlafen.«

Sie küsste ihn auf die Wange und schloss die Tür. Colin stand im dunklen Flur, unfähig sich zu bewegen. Er hatte es gerochen. Als Lucy sich vorgebeugt hatte, war ein Schwall rauchgeschwängerter Luft ihr Begleiter gewesen.

SLOW FOXTROTT

DIE KUNST, ALLES IM BLICK ZU HABEN

Dass Lucy selbst nicht rauchte, wusste Colin mit absoluter Sicherheit. Es wäre ihm längst aufgefallen, wenn ihr Haar oder ihre Küsse vom Aroma abgebrannter Zigaretten dominiert würden. Also war jemand bei ihr gewesen. Warum hatte sie das geleugnet? War es der Brillenträger mit dem sandfarbenen Haar gewesen? Und wenn ja, was bedeutete das für ihn, Colin? Gedankenverloren sah Colin Huey dabei zu, wie der einen Stachelbeerbusch markierte. Spielte Lucy etwa ein Spiel mit ihm? Colin fand erst zurück in die Wirklichkeit, als Huey sich demonstrativ auf seine Schuhe setzte und damit signalisierte, dass man seinetwegen nicht mehr nachts im Garten stehen müsse.

Zurück im eigenen Zimmer versuchte Colin, schlafen zu gehen, doch seine Müdigkeit hatte sich zur Hintertür hinausgeschlichen und ihn rat- und ruhelos zurückgelassen. All seine Gedanken kreisten um Lucy. Wer war sie? Was wusste er von ihr? Sie lebte zur Miete in einem bescheidenen kleinen Zimmer, genau wie er, stammte aber aus der näheren Umgebung. Sie verdiente ihr Geld als Kindermädchen. Sie hatte eine Vorliebe für ausgefallene Hüte. War das alles, was er über die Frau wusste, mit der er sein Bett teilte? Colin konnte es fast selbst nicht glauben. Huey hatte Lucy in sein Leben gebracht. An dem Abend als Jasper ihm Huey gebracht hatte, hatten sie einander das erste Mal richtig wahrgenommen. Und Huey war der Hund von Mrs Summers gewesen. Gab es hier eine Verbindung? Wurde er benutzt und war zu dumm, es zu merken? Und warum hatte Jasper darum gebeten, informiert zu werden, wenn sich der Status quo zwischen ihm und Lucy änderte?

Vor seinen Fenstern zog die Dämmerung auf, als Colin endlich in einen unruhigen Schlaf fiel, während Huey an seiner Seite ihm feuchtwarm ins Ohr hechelte.

»Hübsch, nicht wahr?« Norma betrachtete das Haus der Carsons mit geneigtem Kopf.

»Nein«, antwortete Colin. »Das ist nicht hübsch. Das ist perfekt.«

»Zu perfekt. Wie aus einem Katalog für Fertigbauhäuser. Völlig charakterlos. Zu weiß, zu viel Glas, das Auto auf der Auffahrt zu neu. Nein, das mag ich überhaupt nicht.« Jasper hatte die Arme vor der Brust verschränkt. Seine ablehnende Haltung dem Heim der Carsons gegenüber war unübersehbar. Doch er gab sich sichtlich einen Ruck, marschierte zur Haustür und drückte den Klingelknopf.

»Komme gleich!« Der Ausruf wurde von einem schrillen Kreischen begleitet.

Colin erinnerte sich augenblicklich daran, was er an Babys nicht mochte. Die Stimmlage.

»Kommt rein, kommt rein. Das hier ist unser bezaubernder Engel, Georgia. Ist sie nicht großartig?« Auf Peter Carsons rechtem Arm zappelte ein pummeliges, rotgesichtiges, sehr schlecht gelauntes Wesen, dem der Nasenrotz auf die Oberlippe lief.

»Zauberhaft«, würgte Colin hervor und fragte sich, was er hier eigentlich tat.

»So ein niedliches kleines Mädchen! Darf ich sie mal halten?« Unter Colins ungläubigem Blick entwand Norma dem stolzen Vater das Baby und verfiel in ein albernes Gurren. Fragend sah Colin Jasper an.

»Hormone, Colin. Das können wir nicht verstehen.«

»Nun kommt erst einmal herein und geht gleich durch ins Wohnzimmer. Wie findet ihr eigentlich meinen neuen Wagen, der ist der Hammer, oder? Das ist der neue *Pajero.* Geländewagen waren schon immer eine Schwäche von mir. Ich habe ihn erst vor zwei Tagen abgeholt. Den guten alten Jeep mochte ich zwar auch, aber Alice meinte, das Monster ließe sich so schlecht parken, und was tut man nicht alles für die Ehefrau.«

Während Peter Carson Jasper die Vorzüge eines Neuwagens darlegte und Norma mit dem klebrigen Säugling schmuste, sah Colin sich aufmerksam um und fand Jaspers ersten Eindruck bestätigt. Das Haus der Carsons war auch innen einfach perfekt – und völlig charakterlos. Weiße Bodenfliesen, weiß getünchte Wände, langweilige Möbel, seelenlose Aquarelle und Dekorationen aus Filz und Glas. Fasziniert blieb sein Blick an einer Kindersocke hängen, die auf einer

Türschwelle lag und dem Haus eine erste persönliche Note verlieh. Doch schon tauchte Alice Carson im Türrahmen auf und ließ die Socke in ihrer Küchenschürze verschwinden.

»Colin! Schön, dich zu sehen. Hast du Georgia schon kennengelernt? Wo du gerade hier stehst, würdest du mir helfen, die Erfrischungen ins Wohnzimmer zu tragen?« Alice wirkte fröhlich und gelöst, wie sie da so vor ihm stand. Ein wenig hektisch waren die Bewegungen, die fahrigen Finger, mit denen sie sich das kinnlange Haar hinter die Ohren strich, doch sie wirkte wesentlich glücklicher auf ihn als am Abend zuvor.

»Selbstverständlich helfe ich dir. Was kann ich tun?« Während Colin von Alice in eine klinisch weiße Küche geführt wurde, gingen die anderen bereits weiter ins Wohnzimmer.

Es roch nach frisch aufgebrühtem Tee und auf der Arbeitsplatte wartete ein mit Sahne garnierter Kirschkuchen auf seinen Auftritt.

»Der sieht großartig aus. Hast du den selbst gebacken?«, fragte Colin.

»Aber ja. Nimmst du den Kuchen, dann nehme ich den Tee. Und kannst du noch den Tortenheber mitbringen? Du findest ihn in der Schublade unter dem Kuchen.«

Colin nickte, und zog am Griff der Lade. Nichts tat sich. Er ruckelte vorsichtig hin und her. Die Schublade klapperte leicht, öffnete sich jedoch nicht.

»Ach, die Kindersicherung. Entschuldige. Du musste den Plastikbügel zusammendrücken und am anderen Ende ziehen. Ist nicht ganz einfach, aber ich bin eben eine vorsichtige Mutter.«

Colin brauchte tatsächlich drei Anläufe, bis er das Prinzip verstanden hatte und die Lade sich öffnen ließ. Silberbesteck, möglicherweise ein Erbstück aus Urgroßmutters Zeiten, gut gepflegt, funkelte in den Fächern des Besteckkastens. Es erschien deplatziert in diesem Tempel modernen Designs und entsprach eventuell eher dem Geschmack von Alice und nicht dem Peters. Colin griff nach dem Tortenheber, nahm den Kuchen und balancierte damit hinter Alice her. Beim Verlassen der Küche entdeckte er weit oben in einem offenen Regal eine durchsichtige Plastikkiste. Sie enthielt zweifelsfrei Küchenutensilien, und ganz vorn, gut sichtbar, befand sich ein Bratenthermometer. Es wirkte neu, aber was wirkte im Haus der Carsons nicht neu?

Der Kuchen wurde mit großem Hallo begrüßt, nur Georgia schrie wie am Spieß, und Norma sah sehr erleichtert aus, als Alice ihr das puterrote Kind abnahm. Bevor Peter Carson den Kuchen anschnitt, gab er Jasper sein neues Handy und referierte über dessen Vorteile. Colin bemerkte, dass Jasper bereits leicht genervt aussah und verzweifelt versuchte, das Thema auf Georgias Taufe zu lenken. Alice hingegen entschuldigte sich mit den Worten: »Ich bringe Georgia einen Augenblick an die frische Luft. Dann beruhigt sie sich gleich.«

Als Alice zehn Minuten später immer noch nicht zurückgekehrt war, füllte Colin eine noch frische Tasse mit Tee und stand auf.

»Ich bringe Alice eine Tasse Tee. Sie kann sie sicher brauchen.«

»Findest du dich zurecht? Der Garten liegt hinter dem Wintergarten«, rief Peter ihm nach.

»Ich gehe einfach dem Geschrei nach«, rief Colin zurück. Nachdem er den sehr neuen und sehr gepflegten Wintergarten durchquert hatte, fand Colin sich in einem ausgesprochen langweiligen Garten wieder, der nur aus Wiese und Hecke bestand. Gleich hinter der Hecke erhob sich der schon vertraute Hügel mit Mrs Summers' Cottage auf der Kuppe. Ohne eine weitere Erklärung reichte Colin der verschwitzten Alice die Teetasse und nahm ihr das nun nur noch leise schluchzende Kind ab – nicht ohne einen gewissen Widerwillen, doch was tat man nicht alles aus reiner Freundlichkeit. Ungeschickt strich er der Kleinen über die blonden Locken. Georgia sah ihn aus perlgrauen Augen an und rülpste.

Während Alice dankbar einen Schluck Tee trank, nickte Colin mit dem Kopf zum Cottage hinüber. »Kanntest du die verstorbene Mrs Summers?«

»Jeder kannte sie. Sie war ein Besen. Ich konnte sie nicht leiden. Genau wie die meisten im Dorf.«

»Woran lag das? Ich meine, was machte sie zum Besen?«

»Sie steckte ihre Nase in jeden Topf, wollte alles wissen und machte gehässige Bemerkungen über alles und jeden. Sie war eine böse alte Frau. Ich werde sie nicht vermissen.«

Klare und ehrliche Worte. Colin studierte Alice' Gesicht, sah aber keine Gefühle wie Hass oder Wut. Mrs

Summers war für Alice kein Thema mehr, das Emotionen hervorrief.

Colin betrachtete die kleine Georgia auf seinem Arm, die ihm ihr Knautschgesicht entgegenstreckte und mit den pummeligen Händchen nach seinen Ohren griff. »Sie sieht dir ähnlich.«

Alice lächelte. »Wirklich? Normalerweise finden die Leute, dass sie Peter ähnlich sieht. Mich persönlich erinnert sie an meine Tante Edna. Mal sehen, was noch aus meiner kleinen Prinzessin wird.« Und schon tauschte sie das Baby wieder gegen die leere Tasse ein. Colin versuchte, nicht allzu erleichtert auszusehen.

»Gab es denn niemanden in der Nachbarschaft, mit dem Mrs Summers sich gut verstand?«

Alice schien kurz überlegen zu müssen. »Nein, niemanden. Das heißt: ich glaube, Jacob Gregory hat ihr erst kürzlich eine Vase geschenkt. Ungewöhnlich für den alten Geizhals.«

»Und Una Porter?«

»Die mag das Cottage mehr als die Verblichene. Um genau zu sein, liebt sie den alten Kasten da oben auf dem Hügel. Sie hat ihn schon unzählige Male von ihrem Garten aus gemalt. Vermutlich wird sie versuchen, das Haus zu kaufen, jetzt wo Mrs Summers tot ist.«

»Sieh mal an.« Colin machte sich in Gedanken eine Notiz.

»Wollen wir wieder reingehen? Ich glaube, sie hat sich beruhigt.«

Er warf auch einen Blick auf das Baby, das in Alice' Armen langsam wegdämmerte, und nickte zustimmend.

»Ja, gehen wir hinein. Mit etwas Glück hat man uns ein Stück Kuchen aufgehoben.«

Sie fanden das Wohnzimmer verlassen vor.

»Peter zeigt Norma und Jasper bestimmt das Haus. Er ist so stolz darauf.«

»Es ist ja auch recht beeindruckend und sehr neu. Peter scheint ein gut verdienender Mann zu sein, wenn ich das sagen darf.«

»Du darfst, denn es ist so. Geld ist kein Problem für uns. Aber kein Geld der Welt ist so wunderbar wie Georgia. Sieh nur, sie ist eingeschlafen.«

Der selige Ausdruck auf dem Gesicht der Mutter war nach Colins Meinung sehr viel hübscher als das schlafende Bröckchen in ihren Armen, doch er nickte zustimmend. Schritte vieler Füße kamen eine Treppe herunter, und kurz darauf betraten eine beeindruckte Norma, ein genervter Jasper und ein unaufhörlich redender Peter den Raum.

»Peter, Georgia ist eingeschlafen«, sagte Alice. »Wenn du unseren kleinen Schatz zu Bett bringst, bespreche ich mit Jasper derweil die Taufe.«

Peter Carsons Mund klappte zu. Der ungestörte Schlaf seiner Tochter war vermutlich der einzige Grund für ihn, seinen Redestrom vorübergehend zu stoppen.

»Das kann gar nicht wahr sein! Noch nie zuvor habe ich so viel Gewäsch aus dem Mund eines Mannes gehört! Es war, als würde man sich eine dieser bescheuerten Dauerwerbesendung im Fernsehen anschauen!

Entschuldigt, wenn ich meine Meinung so offen sage, aber Peter Carson hat für mich einen totalen Knall.« Jasper stapfte mit energischen Schritten die Carlton Street hinab. Norma und Colin hatten Mühe, mit ihm Schritt zu halten.

»Dann ist er also der Spinner?«, fragte Colin und bemühte sich, nicht nach Atem zu ringen.

»Er ist prädestiniert für diesen Posten. Ich könnte mir keinen Besseren als Spinner vorstellen. Er hat all diese Dinge nicht, weil er sie braucht, Colin! Er hat sie nur, um damit anzugeben! Wie armselig. Die innere Überzeugung dieses Mannes ist ein Werbeslogan mit so viel Tiefgang wie ein Frühstücksbrett.«

»Er hat vielleicht nicht alle Tassen im Schrank, aber die, die er hat, sind alle aus feinstem Porzellan«, meinte Norma und keuchte ebenfalls verhalten.

»Alles schön und gut, aber ist er ein Mörder?«, fragte Colin in die Runde. Jasper verlangsamte sein Tempo. »Ja. Ja, ich denke Peter Carson ist durchgeknallt genug, um ein Mörder zu sein. Mir will nur kein Motiv einfallen. Aber gib mir ein Bier und zehn Minuten, dann fällt mir eins ein.«

JIVE
MANCHMAL IST ES SCHNELLER UND STÄRKER ALS DU

Bin ein oder zwei Tage fort, um meinen Vater zu besuchen. Vermisse dich jetzt schon. Du mich auch?

In Liebe, Lucy

Verärgert las Colin den gelben Haftzettel an seiner demolierten Tür. Nachdem er sich von Norma und Jasper vor dem *Lost Anchor* verabschiedet hatte, war er mit dem festen Vorsatz heimgekommen, mit Lucy ein klärendes Gespräch über Zigarettenrauch und Männer mit sandfarbenem Haar zu führen. Jetzt sah es so aus, als ob dies noch bis zu zwei Tage würde warten müssen. Eine Ewigkeit. Er hatte keine Ahnung, wie er die Zeit bis zu seinem Wiedersehen mit Lucy totschlagen sollte.

Colin trat in sein Zimmer und fand einen schlafenden Huey auf seinem Sessel.

»Komm, alter Junge. Zeit für einen Spaziergang. Hier drinnen werde ich verrückt.«

Huey sah ihn mitleidig an, bewegte sich aber nicht.

»Hopp, hopp! Du bist ein Hund, du musst dich gefälligst freuen, wenn ich mit dir spazieren gehen will!«

Huey gähnte und ließ sich vom Sessel gleiten. Kopfschüttelnd leinte Colin ihn an und schleifte den Cocker hinter sich her.

Die Geschäfte entlang der Dorfstraße schlossen nach und nach. Die letzten Kunden schleppten ihre Einkäufe in Netzen und Taschen nach Hause, man bereitete sich auf den Feierabend vor. Colin genoss es, frei zu haben, nicht mehr jeden Abend unterrichten zu müssen, doch seine innere Uhr hatte sich noch immer nicht richtig umgestellt. Mit Anbruch des Abends begann seine Arbeitszeit, er fühlte sich wach und unternehmungslustig, und das einzige, was ihn davon abhielt, schneller zu gehen, war ein träger Huey, der an jeder Ecke schnüffeln musste. Wann immer jemand an ihm vorbeihastete, grüßte Colin höflich. Manchmal wurde sein Gruß erwidert, doch oft wurde er nur stumm gemustert. Er war noch immer ein Fremder. Ein Fremder in einem Dorf, in dem gemordet wurde. Und überfallen. Und eingebrochen. Wenn er es genau überdachte, war er in London sicherer gewesen als hier.

Während seines beherzten Marsches durch das Dorf kreisten seine Gedanken immer wieder um Lucy und um die Bewohner der Carlton Street. Seine Füße schienen dem unaufhörlichen Strom seiner Gedanken gut zuzuhören, denn plötzlich fand sich Colin an einem grün gestrichenen Gartenzaun wieder, hinter dem eine ihm wohlbekannte Person Unkraut zupfte. Deliza Norton. Sein Weg hatte ihn zum zweiten Mal an diesem Tag in die Carlton Street geführt. Er wollte gerade umdrehen, als er von ihr bemerkt wurde.

»Colin!« Überrascht richtete sie sich auf und wischte die erdbeschmutzten Hände an ihrer hellen Bluse ab. »Hatten wir nicht eine Verabredung zum Tee? Die Teezeit ist doch schon längst vorüber. Ich hatte heute nicht mehr mit dir gerechnet.«

»Ich hatte ehrlich gesagt auch nicht mit mir gerechnet. Ich meine damit, es ist reiner Zufall, dass ich hier stehe. Ich bin nur Huey hinterhergelaufen.« Eine sehr fadenscheinige Erklärung, denn Huey stand wie immer einige Meter hinter ihm.

»Ist das nicht einer von Mrs Summers' Hunden?«

»Ja, er ist jetzt eine Waise und hat bei mir Asyl gefunden.«

»Wie reizend.« Sie sah auf ihre Uhr. »Wir können den Tee doch gegen ein Glas Wein eintauschen, was meinst du? Wo Huey dich schon einmal hergeschleppt hat.« Colin wollte schon höflich ablehnen, als er die Hoffnung in Delizas Augen sah. Die Hoffnung auf ein bisschen Abwechslung und angenehme Gesellschaft. Er sah zu Huey hinunter.

»Ist es denn in Ordnung, wenn Huey mit hereinkommt?«

»Aber ja. Agatha hat die Hunde auch immer mit hierher gebracht. Damals hieß dieser hier aber noch nicht Huey. Ich glaube, dass dein Huey bis vor kurzem noch auf den Namen Hector hörte.«

Colin glaubte sich verhört zu haben. Hatte ihm Alice Carson nicht erst vor wenigen Stunden erzählt, dass Mrs Summers keine Freunde gehabt hatte?

»Du warst eine Freundin von Agatha Summers?«

Delizas Mund wurde schmal. Energisch strich sie sich die Bluse glatt. »Früher mal. Bevor sie sich als gemeines Biest entpuppte.« Sie zwang sich zu einem Lächeln. »Aber nun komm erst einmal rein, ich habe eine schöne Flasche Weißwein im Kühlschrank.«

Im Wohnzimmer der Nortons herrschte eine gemütliche Unordnung. Colin warf ein paar Kissen zur Seite, fand Platz auf einem breiten Cordsofa und streckte wohlig die Beine aus. Er hatte gar nicht bemerkt, wie sehr ihn der Marsch mit Huey angestrengt hatte. Jetzt war er froh, sich etwas ausruhen zu können.

»Es ist ein halbtrockener. Ist das in Ordnung?«

»Sehr in Ordnung. Ist Larry nicht da?«

Deliza sah einen Augenblick bedrückt aus. Dann antwortete sie mit belegter Stimme: »Er ist in seinem Bastelkeller. Wenn er da unten ist, will er nicht gestört werden.«

»Wie lange ist er schon da unten?«

»Schon den ganzen Tag!« Augenblicklich flossen Tränen und Deliza sank neben Colin auf das Sofa, der die Weinflasche gerade noch auffangen konnte, als sie ihren kraftlosen Fingern entglitt.

Er stellte sie auf dem niedrigen Couchtisch ab und schloss Deliza in die Arme. Das Weinen nahm schlagartig zu. Krämpfe schüttelten die Frau in seinem Arm, und er fühlte, wie sein Hemdkragen feucht wurde.

»Er war ein guter Junge, unser Julian«, stieß sie hervor und ein weiterer Schluchzer schüttelte den dünnen Körper. »Keiner hat ein Recht, schlecht von ihm zu sprechen!«

»Das tut niemand«, murmelte Colin und fühlte, wie sich Deliza in seinem Arm versteifte.

»Oh, doch. Das tun sie. Ich weiß es. Ich habe sie gehört.« Sie machte sich los und richtete sich auf. Ihr Gesicht war trotzig. »So lange er lebte, haben sie über ihn getuschelt, und jetzt auch noch, nach seinem Tod. Sie haben kein Recht dazu. Was geht es sie an? Sie haben ihn regelrecht zu Tode zu getratscht, seine Gefühle mit Füßen getreten! Er war so ein zarter und empfindsamer Mann. Warum tun Menschen so etwas?«

Colin antwortete nicht. Deliza erwartete keine Antwort. Stattdessen fragte er sie: »Soll ich uns zwei Gläser holen? Nein, bleib nur sitzen und sag mir wo sie sind. Ich mache das gern.«

Deliza sank zurück in die Polster, aus denen sie gerade aufspringen wollte. »Das ist sehr lieb von dir. Dort drüben in der Schrankwand findest du welche.«

Colin erhob sich und ging auf die altmodische Schrankwand aus Kirschholz zu. Ein schweres, solides Möbelstück, das noch hier stehen würde, wenn das ganze Dorf zu Staub zerfallen war. Es gab sowohl verschlossene Schränke, als auch offene Fächer, die vollgestopft waren mit buntem Plunder. Colin öffnete auf gut Glück eine Klappe, fand dahinter aber nur Delizas Strickzeug. Suchend glitt sein Blick über die offenen Fächer und blieb an einem grünen Fotokarton hängen, der sich zwischen zwei Bildbände quetschte, als versuche er, nicht aufzufallen.

Es kann ein Zufall sein, dachte Colin. *Ein dummer Zufall, nichts weiter.* Sicher gab es viele dieser grünen

Fotokartons. Möglicherweise waren sie einmal ein Sonderangebot im Dorfladen gewesen.

Mechanisch bewegte er sich auf den Karton zu, ergriff ihn und zog ihn aus dem Regal. Er war schwer. Und auf seinem Deckel war ein hässlicher brauner Fleck. Ein verschmierter Fingerabdruck.

Blut, dachte Colin. *An diesem Fotokarton klebt Blut.*

»Findest du die Gläser nicht?«

Im ersten Moment wusste Colin wirklich nicht, wovon Deliza sprach. Sein ganzer Kopf schien ihm leer wie ein weißes Blatt Papier. Er starrte weiter auf den Fotokarton in seinen Händen, unfähig sich zu rühren. Plötzlich war Deliza neben ihm. Sie schaute auf den Fotokarton und dann in Colins Gesicht.

»Ach.«

Erneut glaubte Colin, sich verhört zu haben. Das konnte doch nicht alles sein, was es dazu zu sagen gab! Hier stand er, einen äußerst verdächtigen Fotokarton in der Hand, einen Karton, der Deliza zur Mörderin stempeln konnte, und alles, was sie dazu sagte war »Ach«?

Colin räusperte sich. Seine Stimme kam ihm fremd vor, als er mühsam einen sinnvollen Satz formulierte: »Dieser Karton, gehörte er zufälligerweise einmal Agatha Summers?«

Deliza senkte schuldbewusst den Kopf. »Ich hätte ihn gleich verbrennen sollen. Aber Fotos stinken so unglaublich. Also wollte ich ihn vergraben, aber mir hat einfach der Antrieb gefehlt. Ich habe ihn ins Regal gestopft, um ihn erst einmal aus den Augen zu haben.«

»Ist das Agatha Summers' Fotokarton?«

»Ja, natürlich ist er das! Und er ist randvoll mit ihrem Gift.« Sie seufzte, rang die Hände und blickte zur Decke, als suche sie nach den richtigen Worten. Als sie sie gefunden hatte, blickte sie Colin gerade in die Augen und sagte: »Ein Foto ist immer nur eine Momentaufnahme. Die Geschichte, die dazugehört, ist immer ein andere, je nach Betrachter. Zeig ein Foto einer Schulklasse und lass sie etwas dazu schreiben. Ich schwöre dir, du erhältst 20 verschiedene Aufsätze.« Ein erneuter Seufzer kam über ihre Lippen. Dann sprach sie weiter: »Aber Agatha hatte ein böses Talent, die Dinge so aufzunehmen, dass nie, aber auch wirklich nie eine gute Geschichte dabei herauskam. Sie zeigte das Schlechteste in uns und bannte es auf Papier! Und was eben noch mit einem Augenzwinkern als nicht so ganz in Ordnung oder seltsam gelten konnte, wurde durch ihr Objektiv gesehen widerlich!« Deliza ballte die Fäuste und presste die Lippen aufeinander.

Colin sagte nichts. Er ließ ihr den Augenblick, den sie brauchte, um ihrer Wut wieder Herr zu werden.

Nach einer Weile schluckte Deliza hörbar und sagte: »So viele böse Bilder, wer will denn so etwas über seine Mitmenschen wissen? Ich nicht! Aber Agatha war so ein böses, durch und durch verdorbenes Weib, sie hat es genossen, uns so zu sehen! Als die Schlechten und Schwachen! Ich kann gar nicht glauben, dass ich das erst so spät bemerkt habe! Was sie anderen mit diesen Fotos antat! Was sie mir antun wollte! Und Julians Andenken! Das konnte ich doch nicht zulassen, Colin! Es hätte meinen Mann ins Grab gebracht, diese Bilder zu sehen, es würde ihn immer noch ins Grab bringen.

Larry ist ein herzensguter Mensch, aber er in seinem Kopf ist er alt! Er ist anders erzogen worden, für ihn gibt es nur die Liebe zwischen einem Mann und einer Frau. Er kann solche Dinge nicht verstehen! Warum kann er Julian nicht so in Erinnerung behalten, wie es ihm am liebsten ist? Warum muss man ihm noch mehr wehtun?«

Delizas Körper begann erneut zu beben, Tränen rollten, der Weinkrampf schüttelte ihren mageren Körper. Colin warf den Fotokarton auf den nächsten Sessel und nahm sie wieder in die Arme. Im Augenwinkel registrierte er, wie der Karton schräg auf dem Polster aufkam, der Deckel sich anhob und mehrere Fotos herausquollen.

»Sie wollte sie Larry zeigen, wenn ich nicht täte, was sie von mir verlangte.«

»Und was hat sie von dir verlangt?«

»Alles, was ihr von meinem Hab und Gut irgendwie wertvoll erschien. Bargeld, mehr als ich habe, Erbstücke von meiner Mutter, an denen mein Herz hängt, all solche Sachen eben! Sie wollte mich ausbluten, mir alles nehmen und noch mehr! Was hatte ich denn für eine Wahl?« Colin sah die Verzweiflung in Delizas Augen, sah sie schwinden, und etwas anderes trat an ihre Stelle. Etwas Kaltes, das auch den Klang ihrer Stimme veränderte, als sie jetzt fortfuhr: »Aber ich lasse mich nicht erpressen. Ich habe ihr gezeigt, wie weit sie mit solchen Drohungen bei mir kommt. Und dann habe ich diesen furchtbaren Karton an mich genommen! Hätte ich ihn nur gleich vernichtet! Aber hier im Schrank war er sicherer als irgendwo sonst. Larry rührt hier nie etwas an, er ist viel zu faul dazu!« Sie erbebte erneut, senkte den Kopf, und Colin strich ihr beruhigend über den Rücken.

»Warum bist du mit dem Bratenthermometer zu ihr gegangen? Hattest du vor, sie auf diese Weise zu töten?«

Delizas Kopf hob sich wieder. Der Blick ihrer hellen Augen lag verwundert auf Colins Gesicht. »Töten? Wer spricht denn von töten? Ich töte doch niemanden.«

Colin ergriff ihre Hand und zog sie hinter sich her zum Cordsofa. Während sie sich beide gleichzeitig setzten, sah er ihr tief und ernst in die Augen. »Deliza. Ich war am Tag vor Mrs Summers' Ermordung bei ihr. Zu dem Zeitpunkt befand sich der grüne Karton noch bei seinesgleichen im Regal. Am nächsten Tag sitzt Agatha Summers tot in ihrem Korbstuhl und der grüne Karton ist verschwunden. Und er bleibt es, bis er in deinem Wohnzimmer wieder auftaucht! Was soll ich jetzt denken? Was soll die Polizei denken?« Colin hatte langsam und eindringlich gesprochen.

Deliza Norton, die bei seinen Worten immer blasser und blasser geworden war, rang die Hände. »Polizei? Aber ich habe sie doch nicht umgebracht! Ich habe ihr nur den Karton weggenommen, damit sie keinen Schaden mehr mit ihren Fotos anrichten konnte.«

»Wann war das?«

»Am Abend. Vor ihrer Ermordung! So gegen elf vielleicht. Ich konnte mal wieder nicht schlafen und ich war ja auch so unglaublich wütend auf sie. Also bin ich mitten in der Nacht aufgestanden und zu ihr gegangen. Ich wusste, dass Agatha noch wach sein würde. Sie litt schon seit Jahren unter Schlaflosigkeit.«

»Du bist mitten in der Nacht zum Cottage gelaufen?«

»Aber ja! Und da war sie ja auch. Saß da wie eine Spinne im Netz. Und ich habe sie angebrüllt und ihr gesagt, dass ich alle Fotos von Julian sofort haben will, und wenn sie mir nicht sagt, wo ich sie finde, dann würde ich sie eben suchen müssen. Ich habe angefangen, die Kartons aus dem Regal zu reißen. Agatha fing an zu schreien und wollte mich zurückhalten, da habe ich ihr ins Gesicht geschlagen. Ihre Lippe platzte auf, sie griff sich ins Gesicht, sah das Blut an ihren Händen und starrte mich an. Da war Angst in ihren Augen. Und dann griff sie nach dem grünen Karton. Da wusste ich es. Sie versuchte, ihre Beute in Sicherheit zu bringen.«

»Sie selbst hinterließ den Blutfleck auf dem Karton?«

»Ja! Sie drückte ihn an sich, doch sie war ja dank ihrer Bandage gehandicapt. Ich hab' ihr den Karton entrissen, und alle Fotos sind rausgefallen. Agatha hat vor Wut gebrüllt, aber ich hab' die Fotos wieder zurückgestopft, mir den Karton genommen und bin davongelaufen. Erst daheim, hier im Wohnzimmer, habe ich hineingesehen.«

»Du hast sie nicht getötet?«

»Das sage ich doch! Als ich fortlief, war sie ausgesprochen lebendig.«

»Und du hast niemanden gesehen, als du vom Cottage fortliefst? Überleg genau. Es könnte wichtig sein.«

Deliza Norton schloss die Augen und massierte sich die Schläfen. »Nein. Da war niemand. Zumindest habe ich niemanden gesehen. Aber da war ein Geräusch.«

»Was für ein Geräusch?«

»So ein Klackern. Wie es Absätze auf Asphalt machen. Hohe Absätze.«

Eine Frau. Nun, Colin musste zugeben, dass beide Mordwaffen, der Fleischklopfer und das Bratenthermometer, fast schon klischeehaft gut zu einer Frau passten. Er versuchte, sich eine Mörderin vorzustellen, die ihre Küche nach Brauchbarem durchsuchte und plötzlich freudig den Fleischklopfer schwang. Er versuchte sich vorzustellen, wie sie mitten in der Nacht, die Hand um das Bratenthermometer gekrampft, den steilen Anstieg zu Mrs Summers' Haus bewältigte. Mit klackernden Absätzen. Und er versuchte das Bild, das in seinem Kopf entstand, wieder loszuwerden, als die Mördern ein Gesicht bekam. Doch es war zu spät. Er sah Lucy vor sich, mit ihrem niedlichen Hütchen und in einem altmodischen Rockabillykleid, ein Cape übergeworfen. *Klack, klack*, machten die Absätze auf dem Asphalt. Wie damals, als er und Jasper sie auf der Dorfstraße getroffen hatten. Damals, vor ein paar Tagen. *Klack, klack.* Seine Lucy als Mörderin.

Er schüttelte den Kopf, versuchte an etwas anderes zu denken, konzentrierte sich auf den Karton mit dem geöffneten Deckel, aus dem die Fotos herausgefallen waren. Er musste diese Bilder sehen.

»Wenn es dir recht ist, übergebe ich den Fotokarton der Polizei. Möglich, dass sich ein Foto vom Täter darin befindet.«

»Aber dann werden sie die Bilder von Julian sehen und dann…«

»Niemand außer dem Ermittler wird davon erfahren. Und der wird schweigen, darauf gebe ich dir mein Wort.«

Deliza zögerte noch, doch dann nickte sie. »Auf diese Weise kommt dieser Dreck wenigstens aus meinem Haus. Wird man mich verhören?«

»Ich werde versuchen, dich rauszuhalten. Versprechen kann ich allerdings nichts.«

Sie nickte. »Wollen wir jetzt ein Glas Wein zusammen trinken?«

»Ja. Gern auch etwas Stärkeres. Ich brauche eine seelische Stütze.«

CHA-CHA-CHA

SO UNTERHALTSAM TRITT ES SICH AUF DER STELLE

Die Nacht war hereingebrochen. Colin saß bei geöffnetem Fenster in seinem Sessel und betrachtete im Schein einer Leselampe den grünen Karton auf seinen Knien. Draußen zirpten Grillen und der Duft von Lavendel lag in der Luft. Neben ihm standen eine Flasche Cognac und ein halbvolles Glas, zu seinen Füßen lag Huey und sah mit hängenden Augenlidern zu ihm auf.

»Ich habe ein wenig Angst, Dicker.«

Huey blinzelte.

»Was werde ich in diesem Karton finden? Über Menschen, die ich mag?« Er trommelte mit den Fingerkuppen unentschlossen auf dem Deckel herum. »Vielleicht hat Deliza Recht, und man sollte ihn einfach verbuddeln.«

Huey blinzelte erneut.

»Andererseits ist dies eine wirkliche Chance, Licht in diese Geschichte zu bringen. Ich halte den Schlüssel zur Lösung in meinen Händen. Möglicherweise. Ich muss nachsehen, nicht wahr, Huey?«

Huey gähnte und entrollte dabei seine lange Zunge.

»Und was mache ich, wenn sie wirklich da drin ist, Huey? Ich meine nicht nur die Lösung ich meine *sie*. Lucy. Was mache ich dann?« Wieder dachte er an klackernde Absätze und Lucys schlanke Gestalt, die zu Mrs Summers' Cottage hinaufstieg. »Blödsinn. Viele Frauen tragen Schuhe mit klackernden Absätzen! Das bedeutet gar nichts.«

Huey schnaufte.

»Und dass sie erst durch dich in mein Leben trat, nach dem Mord, das ist Zufall. Und warum sollte sie nicht mal eine schöne Zigarette in ihrem Zimmer rauchen? Und natürlich kann man sich laut und tollpatschig benehmen, wenn im Nebenzimmer ein Einbrecher ist, das muss nicht heißen, dass sie ihn warnen wollte. Nein, sie hat einfach das dumme Handy nicht gefunden! Das kann passieren.«

Hueys Kopf sank auf die Vorderpfoten und er schloss die Augen.

»Langweile ich dich etwa?«

Ein unterdrücktes Schnauben war die Antwort.

Colin atmete tief ein. »Na gut. In Ordnung. Dann mache ich ihn jetzt auf.«

Langsam hob Colin den Deckel an, legte ihn neben Huey auf den Boden und blickte auf ein unsortiertes Sammelsurium aus Farb- und Schwarzweißfotografien. Natürlich. Die Fotos waren ja von Deliza einfach hineingestopft worden, nachdem sie zu Boden gefallen waren. Widerstrebend nahm er eine Handvoll Bilder, schob sie zu einem Stapel zusammen und betrachtete das oberste.

Es zeigte die Rückseite von Una Porters Haus. Hinter dem Küchenfenster im ersten Stock konnte man zwei Gestalten erkennen, die sich küssten. Doch keine der beiden Personen konnte Una sein, denn die stand gerade in der ihm wohlbekannten Hintertür und hielt einen Müllbeutel in der Hand. Über ihrer Kleidung trug Una einen rosa Kittel. Sie kam augenscheinlich gerade aus dem Friseursalon.

»Ich wusste es ja. Ralph ist auf Abenteuer aus. Augenscheinlich hatte er schon das eine oder andere, während seine Frau nur ein Stockwerk unter ihm Locken drehte und Bärte stutzte. So ein Hallodri!«

Gleich das nächste Bild zeigte eine Nahaufnahme des Küchenfensters.

»Entzückend. Die reizende Mary Bittner im Arm eines halbnackten Ralph. Na, so genau wollte ich es doch gar nicht wissen. Scheint so, als hätte Mary einen Hang dazu, in Schwierigkeiten zu geraten.«

Huey zeigte mäßiges Interesse an Colins Ausführungen, indem er die Augen wieder öffnete und herzhaft gähnte.

Die nächsten drei Bilder zeigten einen jungen Mann bei der Lektüre eines eindeutigen Magazins, der sich zweifellos in seinen eigenen vier Wänden sicher und unbeobachtet glaubte.

»Julian, vermute ich mal. Armer Junge.«

Es folgten ein paar Bilder von Jacob Gregory, wie er einzelne Stücke wertvoll aussehenden Porzellans begutachtete und fotografierte.

»Unser Hehler mit dem Traum von der fetten Rente.« Colin konnte ein Schmunzeln nicht unterdrücken.

Dann folgten wieder einige Bilder von Julian Norton, diesmal in Gesellschaft eines anderen Mannes.

»Na, da schau an. Wenn das nicht mein Freund Dieber ist. Sehr aufschlussreich.«

Eine ganze Reihe Bilder zeigten Mary Bittner mit immer anderen Männern an ihrer Seite.

»Sie sucht den reichen Liebhaber mit einer unglaublichen Ausdauer. Amüsant.«

Huey jaulte im Schlaf.

Dann gab es einige Bilder von Alice Carson, die Colin nicht ganz verstand. Da warem Bilder von einer hochschwangeren Alice im Schnee und Bilder von einer schlanken Alice im Schnee. Colin drehte die Bilder um und blickte auf das aufgedruckte Datum der Abzüge. Das Bild, das die schwangere Alice zeigte, war älter. Ein ganzes Jahr älter als das zweite Bild.

»Das muss die erste Schwangerschaft gewesen sein«, murmelte Colin und besah sich das Foto genauer. Was konnte Mrs Summers an dieser Situation für bemerkenswert gehalten haben? Da entdeckte er eine dünne Rauchsäule, ausgehend von Alice Carsons Hand. »Sieh mal an, Alice hat eine kleine Schwäche... Und Huey, was hat dein Frauchen dazu gesagt? Rauchen während der Schwangerschaft, das hat ihr doch bestimmt besonders gefallen.«

Huey ignorierte ihn.

Colin besah sich noch einmal genau das zweite Bild, auf dem Alice nicht schwanger war. Hier entdeckte er nichts Bemerkenswertes. Er legte die beiden Bilder zur Seite.

Das nächste Bild war das, was er nicht hatte finden wollen.

»Verdammt.« Er schloss die Augen, öffnete sie wieder und starrte auf die Person auf dem Foto. Er hatte so sehr gehofft, kein Bild von ihr zu finden. Es hätte alles einfacher gemacht, sein aufkeimendes Misstrauen sofort erstickt. Jetzt musste er sich der Tatsache stellen, dass sie eine Rolle in diesem Fall spielte.

Er starrte Lucys Abbild an, das sie in einem zitronengelben Sommerkleid, einen Strohhut auf dem Kopf, neben einem jungen Mann über einen Feldweg spazierend, zeigte. Sie sah glücklich aus. Und der junge Mann ebenso.

Colin kannte den Mann nicht, er ging ihn auch nichts an. Lucy hatte ein Recht auf eine Vorgeschichte, ein Leben vor ihm. Er hatte schließlich auch schon andere Frauen geliebt. Nein, die Szene, die das Foto zeigte, schockierte ihn nicht. Das Problem war, dass dieses Foto in eben dieser Box bedeutete, dass auch Lucy erpressbar gewesen war, aus welchem Grund auch immer. Und das machte seine Lucy, so wenig er das auch wollte, zu einer Tatverdächtigen. Colin dachte unwillkürlich an die klackernden Absätze, die Deliza in der Mordnacht gehört haben wollte und verscheuchte den Gedanken augenblicklich wieder wie eine lästige Fliege. Er betrachtete das Foto erneut. Was hatte diese Szene für Mrs Summers interessant gemacht? War der junge Kerl an Lucys Seite verheiratet? Dann war dieses Foto sein Problem und nicht Lucys. Colin kniff die Augen zusammen. Nein. Diesen Mann kannte er wirklich nicht. Und er hatte auch kein sandfarbenes Haar.

Er legte das Bild zur Seite und wühlte weiter.

Nach einer Weile hatte er zwei weitere Bilder von Lucy gefunden. Lucy auf einem Feldweg und Lucy auf einem Waldweg im Schatten der Bäume. Beide Male in Begleitung eines Mannes, doch nicht mit dem gleichen, und keiner hatte sandfarbenes Haar. War es also wirklich Lucy gewesen, die Mrs Summers ins Visier genommen hatte? Aber warum? Was verrieten diese Fotos Mrs Summers, was sie ihm nicht verrieten?

Gegen zwei Uhr morgens stellte Colin den Karton auf den Fußboden und erhob sich aus dem Sessel. Die Fotos von Lucy nahm er mit zur Küchenzeile, wo er sie vor sich ausbreitete und noch einmal eingehend betrachtete. Dann zog er eine Schere aus der Schublade und schnitt alle Fotos in der Mitte durch. Die Hälften, die Lucy zeigten, schob er im Hängeschrank unter die Frühstücksteller. Die Bilder der Männer steckte er sich in die Brusttasche seines Hemdes. Als nächstes ging er zu seinem Schreibtisch und öffnete die Schublade, in der sich nur ein einziges Pappkärtchen befand. Colin nahm es heraus. Dann griff er zu seinem Handy.

»Mmmjah?«, klang es gedehnt an sein Ohr

»Detective Sergeant Dieber?«

Als Antwort erhielt er ein unwilliges Grunzen.

»Hier ist Colin Duffot. Erinnern Sie sich an Ihre Worte? Ich sollte nicht zögern, Sie anzurufen?«

Ein erneutes Grunzen klang aus dem Telefonhörer.

»Ich habe wichtige Neuigkeiten für Sie. Sie wissen ja, wo Sie mich finden.«

»Wissen Sie eigentlich wie spät es ist?«

»Ich dachte schon, Sie würden nie fragen. Ja, ich weiß es. Krabbeln Sie jetzt aus Ihrer Koje, oder nicht?«

»Wehe, es ist nicht wichtig, Duffot.«

Die Verbindung wurde unterbrochen. Colin kehrte in seinen Sessel zurück und wartete.

Als sich seine Zimmertür öffnete, erschien ein ausgesprochen zerknautschter Dieber auf der Schwelle. Ungewöhnlich gekleidet, in Jeans und mit einem grauen T-Shirt, die Pickel im Gesicht mit einer weißen Tinktur betupft.

»Wie ich sehe, haben Sie den Detective Sergeant zu Hause gelassen, Mike. Das könnte vieles vereinfachen.«

»Vorsicht, Duffot! Wenn das hier ein Geständnis wird, zücke ich augenblicklich meine Dienstmarke.«

Anstelle einer Antwort erhob sich Colin aus dem Sessel, schob Huey mit dem Fuß beiseite und machte eine einladende Geste. »Setzen Sie sich, Mike. Und schließen Sie bitte meine Tür. Wenigstens so gut es geht.«

Misstrauisch und mit zusammengekniffenen Augen tat Dieber, wie ihm geheißen. Kaum saß er im Sessel, als Colin ihm auch schon den geschlossenen Fotokarton auf den Schoß stellte.

»Was soll das?«

»Dieser Karton wurde in der Nacht von Mrs Summers' Tod aus ihrem Haus entwendet. Allerdings nicht vom Mörder. Er enthält eine Menge Bilder, die einiges über Mrs Summers' Charakter und ihre Machenschaften verraten. Außerdem enthält er eine wahre Fülle von Verdächtigen.«

Diebers Blick blieb an dem Blutfleck auf dem Kartondeckel haften. Er rührte ihn nicht an. »Wie ist dieser Karton in Ihren Besitz gelangt? Oder waren Sie derjenige, der ihn entwendet hat?«

»Nein. Ich habe ihn gewissermaßen *wiedergefunden.* Im Haus einer Person, deren Namen ich nicht nennen werde. Noch nicht. Öffnen sie den Karton, Dieber. Wenn Sie gesehen haben, was es zu sehen gibt, spricht es sich leichter. Ich koche uns derweil einen starken Kaffee.«

Während Colin den Instantkaffee aufgoss und Milch, Zucker und zwei große Becher hervorkramte, durchstöberte Dieber in seinem Rücken den Fotokarton. Zuerst zögernd, dann immer rascher. Plötzlich hielt er inne. Colin konnte ihn atmen hören. Er drehte sich nicht zu Dieber um.

»Ich denke, ich weiß, welches Foto Sie gerade gefunden haben.«

»Das hat überhaupt nichts zu bedeuten. Julian und ich kannten uns aus der Schulzeit. Er war nur ein paar Jahre jünger als ich.«

»Und er war immer ein guter Freund, nicht wahr? Ein Leidensgenosse?« Colin drehte sich langsam um und sah in das kreideweiße Gesicht von Mike Dieber. »Es ist für niemanden leicht, wenn er erkennen muss, dass er anders ist als andere. Doch manche haben das Glück, diese Erfahrung in einem aufgeklärten, modern eingestellten Umfeld machen zu dürfen. Sie und Julian hatten dieses Glück nicht. Sie sind in einem kleinen, rückständigen Dorf aufgewachsen. Geschlagen mit einer

Elterngeneration, die Homosexualität als Krankheit oder bestenfalls als Schande begreift. So etwas schweißt zusammen, nicht wahr?«

Dieber umklammerte die Fotografie in seinen Händen. »Wir haben nicht… haben nie…!«

»Natürlich nicht. Sie waren zwei verängstigte Jungen, nichts weiter. Und Sie können froh sein, dass Sie beide niemals haben, denn Mrs Agatha Summers hätte ein derartiges Ereignis mit Freude auf Fotopapier gebannt.«

Diebers Hände zitterten, als er das Bild darin zerknüllte. »Diese furchtbare alte Frau! Dieses Miststück!«

Colin reichte ihm eine Tasse mit Kaffee und nahm ihm gleichzeitig das ramponierte Foto ab. »Worüber machen Sie sich Sorgen? Das Foto zeigt Sie und Julian in dessen Zimmer bei einer gemütlichen Unterhaltung. Gut, die Umarmung ist etwas innig, aber niemand kann darin etwas Seltsames finden.«

»Jeder wird daran etwas Seltsames finden! Das hier ist nicht London, Duffot! Wenn jemand dieses Foto sieht, dann…«

»Dann muss das gar nichts bedeuten.«

Dieber schüttelte den Kopf. »Sie verstehen das nicht. Hier im Dorf… das käme einem Coming-out gleich. Nirgendwo sind Regeln und Moral so steif wie bei der Dorfpolizei. Das wäre das Ende meiner Karriere.«

»…die Sie ja nicht hier machen müssen. Gehen Sie doch nach London, da kräht kein Hahn danach. Wollen Sie sich wirklich ein Leben lang verstecken?«

»Nein, natürlich nicht. Aber in London ist es viel schwerer, Karriere zu machen, als hier.«

»Also werden wir jetzt erst einmal diesen Mordfall aufklären, damit Sie sich hier Ihre Sporen verdienen, und dann gehen Sie mit den besten Karrierechancen zu Scotland Yard. Ist das unser Plan?«

»Klingt gut.« Dieber lachte ein verzweifeltes Lachen, dann stutzte er. »Aber warum ist das *unser* Plan?«

»Weil Sie meine Hilfe brauchen. Meine und die von Jasper und Norma. Wir ermitteln schon eine ganze Weile in diesem Fall.«

»Sie tun *was*?«

»Wir erledigen Ihre Arbeit, weil wir glauben, dass wir das besser können als Sie oder zumindest genauso gut. Und seien Sie mal ehrlich: Die Tatsache, dass ich den Fotokarton herbeigeschafft habe, spricht doch wohl für sich. Wir drei haben schon viel erreicht, Mike, aber für die Zusammensetzung des Puzzles brauchen wir Ihre Hilfe.« Colin seufzte und verdrehte die Augen. »Auch, wenn die anderen beiden das vermutlich anders sehen.«

Diebers Blick bekam etwas Bohrendes. »Sie haben dieses Gespräch vorher nicht mit Ihren beiden Freunden abgestimmt?«

»Die wissen von nichts. Noch nicht einmal vom Fund des Kartons. Ich wollte zuerst mit Ihnen sprechen und Ihnen meinen Vorschlag unterbreiten.«

»Welchen Vorschlag?«

»Wir lösen diesen Fall gemeinsam. Norma und Jasper haben ihren Spaß, ich kann wieder ruhig schlafen, Sie verblüffen Ihre Vorgesetzten, und ein Wechsel nach London rückt in greifbare Nähe. Wie klingt das?«

»Auf so etwas darf ich mich nicht einlassen.«

»Dann bleiben Sie eben hier, heiraten ein ahnungsloses Mädchen, fahren regelmäßig allein in die Großstadt, um ihren Neigungen nachzugehen, lassen sich irgendwann scheiden und landen mit Depressionen an der Flasche. Wie klingt das denn?«

Dieber kaute an seiner Unterlippe. Dann schlug er die Hände vors Gesicht und murmelte: »Ich kann einfach nicht glauben, dass ich das tue. Ich und ein Rudel Amateure!«

Colin wertete das als Einverständnis und schlug Dieber freundschaftlich auf die Schulter. »Wunderbar.« Er atmete befreit auf. »Das wäre geklärt. Fangen wir also an: Da wäre zuerst das Foto, das Mrs Summers in ihren Händen hielt, als sie gefunden wurde. Ich vermute, es stammt aus diesem Karton. Es wird herausgefallen sein, als Mrs Summers sich mit dem Dieb des Kartons prügelte. Daher stammt übrigens auch ihre aufgeplatzte Lippe. Der Inhalt des Kartons fiel zu Boden, wurde rasch aufgesammelt, und dabei wurde dieses Bild übersehen.«

»Es zeigt Julian. Allein in seinem Zimmer. Und auf seinem Fernseher läuft so ein Film, Sie wissen schon.«

»Sie sind auf dem Foto nicht zu sehen?«

»Dann wäre ich sofort raus gewesen aus dem Fall.«

»Sie haben mir das Motiv also nur verschwiegen, weil Sie fanden, dass es mich nichts angeht?«

»Es geht niemanden etwas an.«

»Sehr loyal von Ihnen. Gefällt mir.« Colin schmunzelte.

»Jetzt bin ich dran: Wo haben Sie den Karton gefunden?«

Colin war sich bewusst, wie dünn ihr neues Vertrauen war. Wenn er jetzt nicht mit der Sprache herausrückte, würde sein ganzer Plan fehlschlagen. »Sie ist nicht die Mörderin, nur eine Diebin. Sie bekam Kenntnis von den Fotos, weil Mrs Summers versuchte, sie zu erpressen. Sie ist eine Mutter, die das schon stark angekratzte Andenken ihres Sohnes schützen wollte. Mit recht schlagkräftigen Argumenten. Die geplatzte Lippe von Mrs Summers geht auf ihr Konto.«

»Mrs Norton.«

»Können wir sie vielleicht aus der Sache heraushalten? Um Julians Willen?« Colin fixierte Dieber, der ihn entgeistert anstarrte. Augenscheinlich fiel es dem jungen Mann schwer, sich Deliza Norton als Einbrecherin vorzustellen. Noch dazu als Einbrecherin, die sich mit Mrs Summers prügelte.

»Ich weiß nicht. Möglich, dass uns dieses Kunststück gelingt. Wir können es versuchen.«

»Sehr gut.« Colin war erleichtert. Schließlich hatte er Deliza sein Wort gegeben. »Versuchen ist sehr gut.« Er setzte sich neben Huey auf den Teppich und kraulte dem Cocker den Kopf. »Jetzt bin ich wieder dran. Unsere Recherche bezog sich ausschließlich auf Mrs Summers und ihren Mörder. Über das Mädchen im Wald wissen wir so gut wie nichts. Wenn wir davon ausgehen, dass diese beiden Morde in einer wie auch immer gearteten Verbindung zueinander stehen, dann können wir diesen Teil des Rätsels nicht außer Acht lassen. Ich möchte Sie also bitten, mir alles über den Mord an dem Mädchen zu berichten, was Sie können. Ich verspreche hoch und heilig, dass dieses Gespräch offiziell nie stattgefunden hat, aber Sie müssen jetzt mal über Ihren Dienstschatten hopsen.«

Colin konnte den Kampf sehen, den Dieber mit sich selbst ausfocht.

»London«, flüsterte er dem jungen Polizisten beschwörend zu. »Scotland Yard.«

Dieber gab sich einen sichtbaren Ruck. »Das Opfer heißt Cassie Lund. Vater Schwede, Mutter Engländerin, geboren und aufgewachsen an der Ostküste, Alter 17 Jahre.«

»An der Ostküste? Was tat sie hier in Mittelengland?«

»Das ist uns und ihren Eltern ein Rätsel. Das Mädchen hat hier keine Verwandten und keine Freunde, soweit bekannt ist. Allerdings ist Cassie Lund erst kürzlich aus Schottland zu ihren Eltern zurückgekehrt. Sie war dorthin gereist, um ein mehrmonatiges Praktikum in einem Hotel zu absolvieren. Möglicherweise ist dort ein Kontakt entstanden, der sie hierher geführt hat.«

»Sie ging nicht mehr zur Schule?«

»Die hatte sie im vergangenen Jahr abgebrochen. Unter anderem, um das Praktikum in Schottland wahrnehmen zu können. Die Eltern waren ebenfalls sehr froh über diese Chance, da Cassie in der Vergangenheit öfter Schwierigkeiten gemacht hatte. Es erschien ihnen sinnvoll, ein Arbeitspraktikum fern der Heimat zu absolvieren, damit das Mädchen aus seinem Bekanntenkreis herauskommt. Waren nicht so tolle Leute, mit denen die Kleine verkehrte.«

»Was für Schwierigkeiten hat sie gemacht?«

»Trunkenheit am Steuer, Fahren ohne Führerschein, Mülleimer angezündet...«

»Kindereien also.«

»Wenn Sie das so nennen wollen.« Dieber richtete sich halb im Sessel auf, kramte in der Gesäßtasche seiner Jeans und zog eine Fotografie heraus, die er Colin reichte. Ein junges Mädchen, große, graue Augen in einem herzförmigen Gesicht, weiches blondes Haar, niedliche Nase. Genau die Augen kamen Colin seltsam bekannt vor, während der Rest ihres Gesichtes nichts in ihm auslöste.

»Hat die Polizei nicht versucht, etwas in diesem Hotel in Erfahrung zu bringen? Womöglich hatten sie einen Gast, der uns bekannt ist und mit dem Cassie Kontakt hatte.«

»Cassie war nie in diesem Hotel.«

»Ist das ein Scherz? Haben die Eltern ihre Tochter denn niemals dort angerufen?«

»Doch, aber Cassie hatte wie jedes Mädchen in ihrem Alter ein Handy. Sie konnten sie jederzeit erreichen, doch wo sie sich zu diesem Zeitpunkt aufhielt, ist unbekannt. Jedenfalls nicht in dem Hotel, dort hat man noch nie von einer Cassie Lund gehört. Auch das schriftliche Praktikumsangebot entpuppte sich als Fälschung. Doch woher hätten Cassies Eltern wissen sollen, wie der Briefkopf des Hotels wirklich aussieht?«

»Das Mädchen hat sich also monatelang an einem unbekannten Ort aufgehalten. Könnte sie hier gewesen sein?«

»Kommt sie Ihnen bekannt vor?«

Colin zögerte. »Irgendwie ja. Aber gleichzeitig auch nicht. Ihr Gesicht ist mir fremd, aber diese Augen… ich muss darüber nachdenken. Können Sie mir einen

Abzug von dem Foto besorgen?« Colin reichte Dieber das Bild zurück.

Dieser zuckte mit den Achseln. »Schon, aber wozu?«

»Es fällt mir sicher schneller ein, woher ich ihre Augen kenne, wenn ich ab und zu auf dieses Bild schauen kann. Wussten ihre zwielichtigen Freunde aus dem Heimatort nichts Näheres?«

»Die wussten gar nichts. Die sind so ahnungslos, dass es schon wieder eigenartig ist. Aber bisher kriegen wir aus denen nichts heraus.«

»Hatte sie keine beste Freundin?«

»Oh doch. Und die wird auch gerade gewissenhaft durch die Mangel gedreht. Bisher ohne Erfolg.«

»Wie ist Cassie hierhergekommen?«

»Per Anhalter, mit dem Bus, mit dem Zug zur nächstgelegenen Bahnstation, und dann muss sie bis hierher gelaufen sein. Am frühen Abend wird sie eingetroffen sein, doch niemand erinnert sich an sie.«

»Die Leiche lag im Wald. Möglicherweise hat sie das Dorf nie betreten.«

»Es war aber ihr erklärtes Ziel. Das hat uns der Mann am Schalter gesagt, der ihr die Fahrkarte verkauft hat.«

»Sie könnte trotzdem vorher ermordet worden sein.«

Dieber nickte und zuckte die Achseln. »Die deutlichste Spur fanden wir in Cassies Smartphone. Sie hatte erst kürzlich eine Karte unseres Dorfes und das örtliche Telefonbuch aufgerufen. Sie hatte ein festes Ziel.«

»Hat sie mit jemandem aus dem Dorf telefoniert?«

Dieber lachte. »So einfach hat sie es uns nicht gemacht. Und jetzt bin ich dran: Wo, wie und was haben Jasper, Norma und Sie ermittelt?«

Jetzt lachte Colin. »Das wird eine sehr lange und sehr seltsame Geschichte. Möchten Sie noch eine Tasse Kaffee?«

»Wäre wohl besser, mir fallen nämlich gleich die Augen zu.«

Colin nahm Dieber die Tasse ab und kümmerte sich um Nachschub. Da erinnerte er sich an die halbierten Fotos in seiner Hemdtasche. »Mike, bevor ich Ihnen alles lückenlos schildere, habe ich noch eine Frage an Sie, die nichts mit dem Fall zu tun hat. Zumindest glaube ich das. Sie sind doch hier aufgewachsen. Kennen Sie diese Männer?« Er hielt dem Polizisten die halbierten Fotos hin.

Der zog die Brauen hoch. »Schon wieder Fotos? Und das soll nichts mit unserem Fall zu tun haben? Schwer zu glauben.«

»Ich hoffe, dass dies hier nicht mehr mit dem Fall zu tun hat als Ihre oder Julians sexuelle Ausrichtung. Können Sie mir helfen?«

Dieber ergriff die Fotoreste und besah sie sich genau. Dann sagte er: »Den Blonden kenne ich nicht. Der hier hieß Frank Soundso. Hat hier mal für eine Weile an der Tankstelle gejobbt. Der klassische Herumtreiber. Ist längst weitergezogen. Der dritte ist Rufus Dimbridge. Seinen Eltern gehört der Bauernhof am Ortsausgang. Netter Kerl. Ich gehe manchmal mit ihm joggen. Worum geht es denn eigentlich?«

Colin nahm ihm die Fotos ab und verstaute sie wieder in seiner Brusttasche. »Eine Lappalie. Nichts von Bedeutung. Jetzt erzähle ich erst einmal alles, was wir herausgekriegt haben.«

TWIST

WILDES, KOLLEKTIVES HERUMGEZAPPEL OHNE SINN

»Huhu! Jemand Zuhause? Es gibt wichtige Entscheidungen zu treffen!«

Als Colin, vom Rufen geweckt, träge die Augen öffnete, stand Norma wie angewurzelt mitten im Zimmer, einen großen Umzugskarton in den Händen. Mit offenem Mund starrte sie den im Sessel schlafenden Dieber an, den Colin notdürftig mit einem Handtuch zugedeckt hatte.

»Es ist nicht, wonach es aussieht«, erklärte Colin gähnend und rollte sich von seinem Bett, auf dem er vollständig angezogen geschlafen hatte.

»Ach«, machte Norma verunsichert. »Und wonach sieht es aus?« Ohne es zu wissen, wählte sie die gleichen Worte wie Una Porter, nachdem sie Colin in ihrer Speisekammer gefunden hatte. In diesem Moment fiel ihr Blick auf den grünen Karton auf dem Fußboden und sie stieß einen überraschten Laut aus.

Dieber fuhr hoch, blinzelte und rieb sich die Augen. »Wie spät ist es?«

»Es schlägt gerade dreizehn!«, fauchte Norma und ließ den Umzugskarton geräuschvoll auf den Boden knallen.

Colin verfolgte gespannt, wie sich die Überraschung in ihrem Gesicht in Ärger verwandelte. Jeden Augenblick würde der kleine Vulkan Norma anfangen zu qualmen und ausbrechen.

»Colin Duffot!« Er hatte es ja gewusst. »Was macht der selbstgerechte Hanswurst in deinem Sessel und wie kommt Mrs Summers' Fotokarton hierher?«

»Selbstgerechter Hanswurst? Und das von einer Frau in lila Overall mit Clownsfrisur? Ich glaube, es hackt«, nuschelte Dieber.

Colin konnte sich ein Grinsen nicht verkneifen und bereute es augenblicklich, als ein in Folie geschweißtes Paket Papierservietten ihn am Kopf traf.

»Grins nicht so dämlich! Ich habe dir vertraut! Jasper hat dir vertraut! Das war unser Fall! Unsere Aufgabe! Und du beziehst einfach diese Pappnase mit ein, ohne mit uns darüber zu reden! Oder war das etwa mit Jasper abgesprochen? Bin ich vielleicht die Einzige hier, die von nichts eine Ahnung hat?«

»Was war mit mir abgesprochen?«, fragte eine vertraute Stimme von der Tür her, und Jasper steckte seinen Kopf herein. In der Hand schwenkte er eine Tüte Backwaren wie eine Friedensfahne.

Colin stöhnte auf. »Ich weiß gar nicht, warum sich Mrs Grey überhaupt um einen Schlüsseldienst bemüht. Hier geht es sowieso zu wie in einem Taubenschlag, da würde eine geschlossene Tür wirklich nur stören.«

Jasper trat ein, ohne auf Colins Worte einzugehen, legte den Kopf schief wie ein Wellensittich im Käfig und ließ die Szenerie auf sich wirken. Colin beobachtete ihn dabei, wie er die beiden schmutzigen Kaffeetassen neben Dieber auf dem Tisch und Dieber selbst studierte. Dann wandte sich Jasper um und untersuchte mit flinken Fingern die aufgebrochene Tür.

»Das ist schon vor ein paar Tagen passiert. Ich wollte dir davon erzählen, aber irgendwie bin ich nicht dazu gekommen.«

Norma schnaubte. »Ach ja? Na, das ist ja wohl nicht das Einzige, was du uns nicht erzählt hast! Ich möchte mal wissen…«

»Wurde etwas gestohlen?«, fiel Jasper ihr ins Wort.

»Nein. Ich wurde nur durchsucht. Vielmehr meine Habseligkeiten. Außerdem wurden Erkundigungen über mich in London eingezogen. Bei einem alten Freund von mir.«

»Damit habe ich nichts zu schaffen«, sagte Dieber mit Nachdruck und frisierte seinen Bürstenschnitt mit den Fingern.

»Ich weiß. Ferner wurde ich auch noch nachts auf offener Straße überfallen, aber dank Huey ging es glimpflich ab.«

»Von wem?«, brach es gleichzeitig aus Dieber und Norma hervor.

»Keine Ahnung. Ein Kerl mit Schultern wie ein Preisboxer, eher klein geraten. Haare mit einer Farbe wie Strandsand. Letzteres trifft auch auf den Typ zu, der Erkundigungen über mich eingezogen hat.«

Norma und Dieber sahen sich ratlos an und zuckten die Achseln.

Jasper glich mehr denn je einem neugierigen Wellensittich und sagte: »Ich hatte dich doch ausdrücklich gebeten, mich zu informieren, wenn… ach, egal. Ich koche uns jetzt erst einmal allen einen Kaffee. Dieber, wann müssen Sie zum Dienst? Wir wollen nicht, dass Sie unseretwegen Ärger mit ihrem Vorgesetzten bekommen.«

»Das regele ich schon selbst. Ohne eine Tasse Kaffee gehe ich hier nicht weg«, antwortete der Sergeant, erhob sich aus dem Sessel und gesellte sich zu Jasper in die Küche. Gemeinsam durchforsteten sie die Schränke nach ausreichend Tassen und Tellern für alle Anwesenden.

Norma griff in den Umzugskarton zu ihren Füßen, fischte eine Pappschachtel heraus und trat dicht an Colin heran. »Eigentlich wollte ich mit dir die Saaldekoration für den Ball heute Abend besprechen.«

»Der ist schon heute Abend? Die Zeit rast. Aber, es ist doch nur ein Tanzabend mit Essen in schicker Garderobe, Norma.«

»Sage ich doch. Ein Ball. Ich habe alle meine Einkäufe in diesem Karton, und ich werde hier nicht weggehen, bevor du dich zu allem geäußert hast, auch hierzu.« Sie öffnete die Schachtel und hielt sie Colin unter die Nase. Schwarze Klumpen in rosa Papierförmchen verströmten einen Geruch nach Schokolade und heißen Autoreifen.

»Was ist das?«

»Muffins. Nach einem Rezept meiner Tante. Ich will doch mal sehen, ob ich die eingebildete Una nicht doch ausstechen kann. Los, probier! Und sag mir deine ehrliche Meinung.«

Colin war sich nicht sicher, was riskanter war: Das Äußern der ehrlichen Meinung oder das Probieren dieser dunklen Brocken. Er sah Norma kurz an, nahm eines ihrer Gebilde aus dem Karton und wog es in der Hand.

»Fühlt sich massiv an.«

»Ab–bei–ßen.«

»Norma, die Zahnkronen haben mich ein Vermögen gekostet, ich bin mir nicht sicher, ob…«

»Ab–bei–ßen!«

Er gehorchte. Versuchte es zumindest. Unter Normas scharfem Blick verlegte er sich rasch aufs Lutschen.

»Schmeckt genauso wie es riecht«, murmelte er und zog instinktiv den Kopf ein.

Aus Normas Richtung erklang ein empörtes Schnauben. Dann hörte er Normas Stimme. »Jasper! Komm sofort hier herüber und probiere meine Muffins!«

»Ich bin doch nicht lebensmüde, Norma. Den Hefekranz, den du zum Erntedankfest letztes Jahr gespendet hast, habe ich als Christbaumständer benutzen können. Wahrscheinlich kann man mit diesen Muffins den Kirchhof neu pflastern. Übrigens keine schlechte Idee.«

Colin wagte es, den Blick zu heben, und durfte beobachten, wie sich Norma auf den breit grinsenden Jasper stürzte. Er begriff, dass Jasper sich freiwillig in die Schusslinie begeben hatte, um ihn zu retten. Dankbar zeigte Colin ihm einen emporgereckten Daumen und warf den angelutschten Muffin schwungvoll unter sein Bett. Huey würde sich später darum kümmern, so hoffte er zumindest. Dann erhob er sich und klatschte in die Hände. Es wirkte. Wie immer. Alle wandten sich ihm zu.

»Es ist an der Zeit, ein paar Dinge zu klären. Mike Dieber und ich hatten vergangene Nacht ein sehr aufschlussreiches Gespräch. Zudem ein sehr langes, aber wir werden euch bei unserem gemeinsamen Frühstück eine Zusammenfassung aller Informationen geben.

Norma, es tut mir leid, dass ich eigenmächtig gehandelt habe, aber die Ereignisse haben sich überschlagen und ich konnte nicht länger dasitzen und warten. Wir brauchen Mike mit in unserem Boot, sonst kommen wir nicht weiter, und er braucht uns. Gemeinsam können wir den Mörder überführen, nur gemeinsam. Und das ist es doch, worauf es ankommt, oder? Nicht auf kindische Eifersüchteleien, sondern auf den Dorffrieden. Jasper, sag, dass du mir zustimmst.«

Jasper, der gerade den Inhalt des Kühlschranks inspizierte, um der noch immer wütenden Norma nicht ins Gesicht sehen zu müssen, antwortete: »Voll und ganz, teurer Freund. Nimmt jemand Käse auf sein Croissant?«

Das Frühstück glich mehr einem Picknick, da Colin weder genug Stühle noch einen ausreichend großen Tisch sein Eigen nennen durfte. Huey umschlich die Runde und wurde von allen mit Kleinigkeiten versorgt.

Als der Hund und alle zweibeinigen Anwesenden gesättigt waren, hatten Dieber und Colin die anderen beiden ins Bild gesetzt. Nur ihr kleines Gespräch über Diebers Karriere und seine sonstigen Neigungen ließen sie diskret unter den Tisch fallen.

»Und Deliza Norton hat Agatha Summers tatsächlich den Karton entrissen? Unfassbar.« Jasper sah regelrecht begeistert aus. Die Vorstellung, wie Deliza ihrer Peinigerin zugesetzt hatte, schien ihm sehr zu gefallen.

»Viel wichtiger erscheint mir, was sie danach bemerkt hat«, warf Norma ein. »Die klappernden Absätze auf dem Asphalt. Es verdichten sich die Anzeichen, dass wir nach einer Mörderin suchen.«

»Wie wäre es denn mit Mary Bittner? Sie reist doch so viel durch die Weltgeschichte. Hat ihr Weg sie in letzter Zeit mal nach Schottland geführt?«, fragte Colin in die Runde.

»Wir wissen nicht, ob sich Cassie Lund überhaupt in Schottland aufgehalten hat«, gab Dieber zu bedenken.

»Na, ihre Eltern werden sie ja wohl in den richtigen Zug gesetzt haben. Selbst, wenn sie das Hotel, in dem ihre Eltern sie vermuteten, nie betreten hat, denke ich, dass sie sich dort in der Nähe herumgetrieben hat«, erwiderte Colin.

»Das ist eine Theorie, aber wir können ihre Richtigkeit derzeit nicht bestätigen. Meine Kollegen sind an der Sache dran. Sie drehen jeden Stein dort oben in Schottland um und quetschen die Freunde der Kleinen in ihrem Heimatort aus.«

»Dieber, Sie informieren uns doch, sobald Sie etwas Neues über Cassie Lund erfahren?«, fragte Jasper.

»Ich verspreche es. Ich informiere Sie sofort. Im Gegenzug werden Sie drei mir haarklein berichten, was sich heute Abend auf diesem Ball tut.«

»Das ist kein Ball, das ist nur ein Abend mit Tanz, Essen und schicker Kleidung«, knurrte Colin.

»Also ein Ball. Sag ich doch.« Dieber stand auf. »Ich muss mich jetzt mal auf der Wache sehen lassen. Wie werden Sie weiter vorgehen?«

»Ich besuche Mary Bittner und erkundige mich mal beiläufig bei ihr nach Schottland. Vielleicht hat sie ein paar Reisetipps für mich«, sagte Norma und klimperte mit den Wimpern. »Anschließend werde ich das Gemeindehaus in Grün und Weiß dekorieren. Ganz wie der Herr Tanzlehrer entschieden hat.«

»Du hast doch nur grüne und weiße Tischdeko gekauft«, erwiderte Colin und wies auf den Umzugskarton, dessen weiteren Inhalt Norma im Schnellverfahren mit ihm durchgegangen war.

»Ja, zur Entscheidungshilfe. Wenn der Herr Tanzlehrer allerdings meint, ich müsste alles nochmal neu einkaufen…« Colin stöhnte. Sie hatte ihm seinen Alleingang noch immer nicht ganz verziehen.

»Ich muss mich um ein Schäfchen meiner Gemeinde kümmern, leider. Aber natürlich halte ich Ohren und Augen jederzeit offen«, sagte Jasper und erhob sich ebenfalls.

Auch Colin kam mühsam in den Stand und rieb sich den schmerzenden Rücken. »Ich habe noch etwas zu erledigen, bevor heute Abend die Tanzveranstaltung losgeht. Ich sehe euch dann dort.«

Norma funkelte ihn aus ihren Trollaugen heraus an. »Schon wieder Geheimnisse, Colin? Das nimmt langsam überhand.«

»Rein private Sachen. Nichts, was mit diesem Fall zusammenhängt.« Das hoffte Colin zumindest.

»Was hast du vor, Colin?«, fragte nun auch Jasper, und Dieber ließ Colin nicht aus den Augen.

»Ich mache nur einen Besuch. Längst überfällig. Wirklich, es hat keine Bedeutung.« Colin konnte ihnen ansehen, dass sie ihm nicht glaubten, doch sie bohrten nicht weiter nach, was er allen dreien hoch anrechnete.

Als sie alle gemeinsam Colins Zimmer und einen dösenden Huey verließen, zog Jasper Colin im Flur kurz beiseite und raunte ihm ins Ohr. »Wir müssen reden, Colin. Diese Überfälle und der Einbruch, ich denke ich sollte dich über ein paar wichtige Details aufklären.«

»Jetzt nicht«, antwortete Colin steif. In Gedanken war er schon bei seinem nächsten Vorhaben. »Wir sehen uns ja heute Abend im Gemeindehaus. Nach der Tanzstunde finden wir beide sicher Zeit zum Reden.«

»Wie du meinst, aber pass auf dich auf. Wenn du es bisher schon nicht getan und meine Warnungen in den Wind geschlagen hast, dann sei wenigstens jetzt vorsichtig. Wir brauchen dich heute Abend nämlich mit heilen Knochen.«

»Mir wird nichts geschehen.«

»…sagte der Mann mit der kaputten Zimmertür und irrte.«

»Was habt ihr zwei denn noch zu flüstern?« Norma hatte sich auf dem Treppenabsatz umgedreht und warf ihnen einen bösen Blick zu.

»Wir besprechen unsere Abendgarderobe«, antwortete Jasper spontan.

»Pfft. Wer es glaubt.« Mit kurzen Schritten stampfte Norma die Treppe hinunter. Sie war noch immer eingeschnappt. Ob wegen Dieber oder der Kritik an ihren Backsteinmuffins, wusste Colin nicht zu sagen.

MAMBO

KLARE ANSAGEN, KLARE LINIEN

Mit drei großen Schritten hechtete Colin den Misthaufen hinauf und riss die Forke aus dem weichen Untergrund, in dem seine Schuhe augenblicklich versanken.

»Kusch! Kusch!«, brüllte er und schwang drohend die Mistgabel von links nach rechts. Ob es seine Waffe oder der Misthaufen selbst war, eines von beidem hielt das Untier davon ab, ihn bis hier hinauf zu verfolgen.

»Ruhig, Pony. Alles in Ordnung, ich bin ja da.«

Ein seltsames Gefährt, ein dreirädriger Rollstuhl mit langer Sitzfläche und großen Hebeln zum Bewegen der Räder, steuerte über den Hof des Anwesens auf ihn zu. Darin saß ein Wesen undefinierbaren Alters und Geschlechts mit einem flachen Gesicht und einem runden Schädel mit kurzen, grauen Haaren.

»Pony tut nichts. Die will nur spielen!«

»Mit Essen spielt man aber nicht«, antwortete Colin und hielt die Mistgabel weiter gegen die riesige Bulldogge gerichtet, die sich nicht entscheiden konnte zwischen weiterem Ankläffen des Eindringlings und freudigem Begrüßen des Besitzers. »Sind Sie Mr Dimbridge?«, fragte er, ohne die Dogge namens Pony aus den Augen zu lassen.

»Ich bin Mrs Dimbridge, aber das ist dicht dran.«

»Tut mir leid.«

»Macht nichts. Kommt häufiger vor. Habe wohl vergessen aufzuzeigen, als der weibliche Charme verteilt wurde. Was kann ich für Sie tun? Wollen Sie mir was verkaufen? Dann drehe ich jetzt gleich um und lasse Sie da oben stehen. Pony hat Ralph Porter da oben mal einen ganzen Tag festgehalten, als der es wagte, hierherzukommen, um mir eine Versicherung anzudrehen. Als ob die einen Krüppel wie mich haben wollten. Lächerlich.«

»Ich verkaufe nichts! Ich bin auf der Suche nach Ihrem Sohn! Rufus Dimbridge.«

Pony war näher gekommen und hob nun drohend die Lefzen. Geifer troff von seinen langen Zähnen.

»Pony! Jetzt hör aber auf! Der Mann ist ein Freund von Rufus!«

Das hatte Colin so zwar nicht behauptet, aber er widersprach nicht, denn Pony wandte sich nun wirklich der Hausherrin zu und näherte sich schwanzwedelnd ihrem Vehikel.

Den Hund nicht aus den Augen lassend, zog Colin vorsichtig den linken Fuß aus dem stinkenden Mist und machte einen ersten Schritt vom Haufen herab. Pony drehte sich nicht zu ihm um. Sie hatte das Interesse an ihm gänzlich verloren, denn Mrs Dimbridge, deren Beine von einer karierten Wolldecke verhüllt wurden, versorgte sie gerade mit Leckerlis, die sie aus ihrer Jackentasche hervorzauberte.

Entschlossen wagte Colin einen zweiten Schritt, doch sein rechter Fuß steckte tiefer im Morast als er vermutet hatte. Er geriet ins Taumeln, fühlte den weichen Mist unter sich nachgeben, streckte die Arme vor und stürzte neben dem Misthaufen aufs harte Pflaster. Ein Schmerz wie ein Blitzeinschlag durchzuckte sein rechtes Handgelenk. Er verbiss sich einen Schmerzenslaut und kam mühsam auf die Füße.

»Haben Sie sich was getan?«

»Hand verstaucht, Kleinigkeit. Das wird schon wieder. Bin nur froh, dass Pony mich nicht gefressen hat.«

Die Doggendame hatte sein Kunststück mit schräg gelegtem Kopf bewundert und schien zu lächeln.

»Wir haben nicht oft Besuch hier draußen. Und meine Männer lassen mich oft allein. Eine wehrlose Frau wie ich es bin, braucht ein gutes Tier wie Pony zu ihrem Schutz.«

»Ihr Hof liegt wirklich sehr abgelegen. Schon eine Meile bevor ich ihn sehen konnte, hatte ich das Gefühl, den Arsch der Welt erreicht zu haben«, sagte Colin ehrlich und schüttelte sich, verstimmt durch die schmerzende Hand, den Mist von den Schuhen.

Mrs Dimbridge reagierte auf seine Worte mit einer gewaltigen Lachsalve. »Sie gefallen mir, Mister! Menschen die sagen, was sie denken, sind selten geworden.«

»In England waren sie schon immer eine Rarität«, erwiderte Colin, was sein Gegenüber nur noch mehr anstachelte. Mrs Dimbridge prustete los, bis sich ihr Lachen in ein trockenes Husten verwandelte und Colin schon fürchtete, die Frau würde vor seinen Augen ersticken. Doch so schnell wie er gekommen war, war der Anfall vorüber.

Mrs Dimbridge wischte sich ein paar Tränen aus den Augenwinkeln und fragte: »Trinken Sie eine Tasse Tee mit mir? Ich spendiere auch einen Eisbeutel für Ihr Handgelenk.«

In der Küche des Gutshauses sah es aus wie noch vor hundert Jahren. Im Herd brannte ein Feuer, neben dem Spülstein standen blank gescheuerte Töpfe, in Regalen an den weiß verputzten Wänden standen Krüge und Kummen aus bemaltem Ton. An einem Holztisch, dessen Arbeitsplatte vom vielen Scheuern schon fast weiß war, nahm Colin auf einem Holzstuhl Platz.

»Genau, setzen Sie sich nur. Ich sitze ja schon. Milch und Zucker?«

»Sehr gern. Was ist mit Ihren Beinen passiert?«

»Darf ich Ihnen einen Rat geben, Mister? Springen Sie niemals kopfüber in unbekannte Gewässer. Das ist ungesund.«

»Das wusste ich schon.«

»Wissen bedeutet gar nichts. Wir wissen so viele Dinge. Dinge, die wir tun oder lassen sollten. Doch immer wieder bringt uns das Leben in seltsame Situationen und plötzlich werfen wir all unser Wissen in den hintersten Winkel unseres Gehirns und tun etwas, was völlig dämlich ist. Merken Sie sich meine Worte, junger Mann: Springen Sie niemals kopfüber in unbekannte Gewässer.«

»Ich werd's mir merken. Mein Name ist übrigens Duffot. Colin Duffot.«

»Hallo Colin, ich bin Ruth, und ich halte nicht viel von Förmlichkeiten. Besonders nicht gegenüber Leuten, die schon mit meinem Misthaufen Bekanntschaft gemacht haben. Außerdem scheint Pony dich zu mögen, und das ist ein gutes Zeichen.«

Tatsächlich hatte die Dogge ihren gewaltigen Schädel auf Colins Oberschenkeln abgelegt und sabberte ihm freundlich in den Schritt. Colin blickte zweifelnd in die triefenden Hundeaugen und wagte nicht, sich zu rühren.

Ruth zauberte derweil aus einem monströsen Eisschrank ein blaues Kühlpad hervor und drapierte es auf Colins bereits anschwellendem Handgelenk. Der klopfende Schmerz und der Mistgeruch, der von seinen Schuhen ausging, drückten noch immer auf Colins Stimmung, doch die Kühle war angenehm und der Tee duftete verführerisch nach Vanille.

»Was willst du denn von meinem kleinen Rufus?«

»Ehrlich gesagt kenne ich Rufus gar nicht persönlich. Wir haben eine gemeinsame Bekannte. Meine Nachbarin Lucy. Sie ist gestern zu ihrer Familie gefahren und prompt kam heute ein wichtiger Brief für sie bei Mrs Grey, unserer Zimmerwirtin an. Ich würde ihn Lucy gern bringen, aber ich weiß nicht, wo ihre Familie lebt.« Während Colin seine hübsche kleine Geschichte vortrug, hatte sich Ruths Miene verfinstert.

»Lucy? *Die* Lucy? Mit der hat mein Junge nichts zu tun! Und wenn du klug bist, mein neuer Freund Colin, dann lässt auch du die Finger von dieser Lucy. Es lebt sich gesünder in dieser Gegend, wenn man ein oder zwei Personen strikt meidet. Eine dieser beiden Personen hat gerade das Zeitliche gesegnet, und die andere heißt Lucy. Kekse zum Tee?«

Colin schüttelte den Kopf und versuchte, den Faden nicht zu verlieren. »Sprichst du etwa von Agatha Summers?«

»Natürlich spreche ich von Agatha Summers. Die war schon immer ein Biest. Ich bin mit ihr zur Schule gegangen, Colin. Ich habe gesehen, wie sie meinem Mann jeden Morgen sein Pausenbrot abpresste! Tom Dimbridge ist ein guter Ehemann, aber ein bisschen schwach auf der Brust. Wäre ich damals nicht eingeschritten, wäre Agatha immer fetter und Tom immer schwächer geworden.«

»Was hast du gemacht?«, wollte Colin wissen.

»Ich habe Agatha verhauen. Das war die einzige Sprache, die sie verstand.«

Colin dachte an Deliza Norton und applaudierte ihr in Gedanken nachträglich für ihre Entschlossenheit.

»Später, als wir älter wurden, war ich eines der wenigen Mädchen, die von Agatha in Ruhe gelassen wurden. Vor mir hatte sie Respekt. Doch sie spähte um alle Ecken, lauschte an jeder Tür und fand immer wieder neue Opfer. Menschen wie Agatha sind eine Zumutung für jede Gemeinschaft, ich kann ihrem Mörder nur auf Knien dafür danken, dass er das Dorf von diesem Teufel befreit hat.«

»Und, ähm, du stellst Lucy mit ihr auf eine Stufe?«

Ruth wog ihren runden Kopf nachdenklich hin und her. »Das klingt unfair, nicht wahr? Wo die Kleine doch eigentlich ein Engel ist. Aber ihr sitzen eben die Teufel im Nacken und deswegen muss man sich von ihr fernhalten. Mein Rufus weiß das sehr genau. Er würde keinen Umgang mit Lucy pflegen, ganz egal bei wem sie wohnt und wo sie lebt. Das ist viel zu gefährlich.«

Colin wusste es zwar besser, dachte aber nicht daran, Ruth von dem Foto der beiden zu erzählen. »Wo ist Rufus eigentlich?«

»Er ist verreist und kommt erst heute Abend zurück. Der gute Junge schuftet tagaus, tagein auf diesem Hof, er hatte einen Urlaub verdient.«

»Ich muss ihn dringend sprechen. Kannst du Rufus bitten, mich noch heute Abend im Gemeindehaus zu besuchen? Ich gebe dort eine Tanzstunde, aber ich werde mich extra für ihn freimachen, es ist mir wirklich wichtig.«

»Eine Tanzstunde! Was würde ich dafür geben, um noch einmal tanzen zu können.«

»Wenn du mir Rufus noch heute Abend schickst, dann komme ich zurück und tanze mit dir. Ich verspreche es.«

»Wie sollte das wohl zugehen?«

»Vertrau mir, Ruth. Du wirst tanzen. Aber schick mir Rufus!«

»Versprochen und abgemacht!«

»Gut.« Colin stürzte seinen Tee hinunter. »Nur noch eine Frage: Was macht Lucy so gefährlich?«

Ruth grinste breit. »Weißt du, was die Menschen alle falsch machen? Sie trauen sich nicht, schlecht von Toten zu sprechen, doch über ihre lebenden Mitmenschen ziehen sie her wie die Saatkrähen über ein Maisfeld. Ich halte es andersherum. Frag mich über Agatha, was immer du magst, Colin, doch über die kleine Lucy habe ich schon viel zu viel gesagt.«

»Und wie wäre es mit einer kombinierten Frage?«

»Einer was?«

»Könnte Lucy einen Grund haben, Agatha Summers zu ermorden?«

»Wie um Himmels willen kommst du denn darauf?«

Ja, wie um Himmels willen kam er darauf? Wie konnte er nur glauben, dass seine Lucy, seine süße, zarte Lucy, eine heimtückische Mörderin war? Lag es an all den seltsamen Dingen, die ihm in den letzten Tagen zugestoßen waren? Oder lag es doch eher an den Schritten, die Deliza Norton gehört hatte? An den klackernden Absätzen. Oder lag es an beidem?

So sehr sich Colin auch bemühte, Ruth sprach kein weiteres Wort über Lucy. Und so blieb ihm nur die Hoffnung, dass Rufus ihm gegenüber aufgeschlossener sein würde. Colin beschloss, das Foto von Agatha Summers, das Rufus Dimbridge und Lucy in trauter Zweisamkeit gezeigt hatte, wieder zusammenzukleben und es in die Innentasche seines Fracks zu stecken. Sollte Rufus sich dumm stellen, würde er ihm einen farbigen Beweis unter die Nase halten können.

Auf seinem langen Rückweg ins Dorf pochte es schmerzhaft in seinem Handgelenk. Colin kannte diese Art von Schmerz. Das glatte Parkett, auf dem er sein Leben zugebracht hatte, hatte sich schon so manches Mal als heimtückisch erwiesen. Und auch, wenn es für einen Tänzer nichts Peinlicheres gab, als die Balance zu verlieren, hatte Colin sich mit einigen Fehltritten arrangieren und ihre Folgen erdulden müssen, den Spott seiner Kollegen ebenso wie den Schmerz. Dies war nicht die Art Schmerz, die einen Arztbesuch nötig machte. Er hatte kein Band reißen und keinen Knochen knacken hören, und beides war ihm vertraut. Er würde die Hand schonen müssen und in ein paar Wochen würde alles vergessen sein.

Glücklicherweise war es nur die rechte. So würde er die Ladys heute Abend eben mit Tuchfühlung und höchstens zwei Fingern führen. Hätte er sich die linke Hand verstaucht, hätte ihn Una bei jedem Damensolo garantiert zum Weinen gebracht, so wie sie zupackte. Er lächelte grimmig und wanderte weiter. In der Ferne konnte er die Dächer des Dorfes sehen. Ein Ort, der ihm mehr und mehr ans Herz wuchs.

POLONAISE

DER TANZ BEGINNT!

»Können Sie mir mal mit den Manschettenknöpfen helfen, Mrs Grey?«

Nachdem Colin eingesehen hatte, dass sein schmerzendes Handgelenk ihm noch wesentlich mehr Grenzen steckte als das Führen einer Dame, hatte er zunächst mit der gesunden Hand an Lucys Tür getrommelt. Vergeblich. Seine liebenswerte, rätselhafte Nachbarin blieb weiterhin unsichtbar. So war er zu Mrs Grey ins Erdgeschoss gegangen, um sich von ihr helfen zu lassen. Mrs Grey, wie immer trotz der Wärme akkurat in ein kariertes Wollkostüm gekleidet, stieß bei seinem Anblick einen überraschten Ausruf aus und ordnete fast reflexartig ihre grauen Locken.

»Mr Duffot! Haben wir heute einen Feiertag? Oder steht ein großes Ereignis an?«

Der Frack saß zwar ein wenig enger als vor seinem Ausstieg aus der Branche, passte aber noch ganz gut. Das gute Stück, welches ihm vor über zwanzig Jahren auf den Leib geschneidert worden war, war eine Art Dienstkleidung und gleichzeitig eine seelische Krücke.

In dieser Aufmachung lief Colin selbst dann zu Hochform auf, wenn ihm eigentlich nicht danach war. Nicht einmal ein schmerzendes Handgelenk konnte ihn jetzt noch davon abhalten, für den Rest des Abends freundlich, charmant und amüsant zu sein. Es war eine Art Reflex geworden, auf den Colin sich verlassen konnte.

»Ein Tanzabend mit gemeinsamem Essen im Gemeindehaus, Mrs Grey. Ich werde durch den Abend führen. Nicht ganz leicht ohne Showprogramm, aber auch das kriege ich hin. Ich bekomme nur meine Manschettenknöpfe nicht selbst zu.« Er hielt ihr als Erklärung sein schlecht bandagiertes Handgelenk hin. Colins Verband war eine wenig erfolgversprechende Konstruktion aus Papiertaschentüchern und Klebestreifen. Zuvor hatte er eine Salbe aufgetragen und hoffte nun einfach das Beste.

Mrs Grey begutachtete seine Bastelarbeit mit einiger Geringschätzung und bedeutete ihm dann, ihr zu folgen. In ihrer peinlich sauberen Küche forderte sie ihn auf, Platz zu nehmen und zauberte aus einer ihrer Schubladen Verbandsmaterial hervor.

»Das habe ich immer in Reichweite, schließlich weiß man nie, wie es kommt.«

Colin dankte ihr höflich, ließ sich von ihr verbinden, und auch um die Manschettenknöpfe wurde sich bei dieser Gelegenheit gekümmert.

»Ich würde auch gern einmal wieder tanzen. Geben Sie auch Privatstunden, Mr Duffot?«

»Ich würde ja gern, Mrs Grey, aber mein Gesundheitszustand erlaubt es mir nicht. Ich habe doch dieses Rückenleiden.«

»Immer noch? Ich höre Sie nachts gar nicht mehr herumwandern! Wissen Sie, als Sie hier einzogen, sind Sie nachts oft stundenlang auf und ab gelaufen. Ich weiß das, weil Ihr Zimmer über meinem liegt. Doch seit einigen Nächten sind diese unruhigen Wanderungen verstummt. Gut, sie sind anderen Geräuschen gewichen, aber wandern, nein, wandern tun sie jetzt nicht mehr.«

Colin hatte zunächst erstaunt Mrs Greys Worten gelauscht und horchte jetzt genauso erstaunt in sich hinein. Es stimmte. Seinem Rücken ging es besser als noch vor einigen Wochen. Zwar hatte er ihn gelegentlich in den vergangenen Tagen gespürt, doch schienen die Schmerzen an Intensität verloren zu haben.

»Wie ist das möglich?«, murmelte er und richtete diese Frage weniger an Mrs Grey als vielmehr an sich selbst.

Sie antwortete ihm trotzdem. »Bei meinem verstorbenen Mann war es genauso. Er spielte in seiner Freizeit Fußball. Jahrelang. Irgendwann begannen diese Rückenschmerzen. Immer vor einem wichtigen Spiel seiner Mannschaft. Unser Hausarzt erklärte ihm, dass viele Rückenleiden psychosomatisch sind und abklingen, wenn die Ursache beseitigt wird.«

»Ich kann mich nicht erinnern, etwas beseitigt zu haben«, antwortete Colin verwirrt.

»Nun, möglicherweise haben Sie auch etwas Fehlendes hinzugefügt. Bei meinem Gatten lag es an der Mannschaft. Er wechselte das Team und schon bekam er keine Rückenschmerzen mehr vor dem Spiel. Wie dem auch sei, wenn Ihre gute Verfassung anhält, würden Sie mir dann ein paar Stunden geben?«

»Selbstverständlich, Mrs Grey.« Mit einer leichten Verbeugung empfahl er sich und eilte zurück auf sein Zimmer, um letzte Vorbereitungen für den Abend zu treffen.

Während er sich frisierte und parfümierte, überlegte er angestrengt, wann er zum letzten Mal Rückenschmerzen gehabt hatte. Er wusste es nicht mehr.

Der Gemeindesaal war nicht wiederzuerkennen. Während Colin auf einem Misthaufen herumgestanden hatte, waren Norma und Jasper durch das Gebälk geturnt und hatten Lichterketten und durchscheinende Tücher zeltartig unter der Decke aufgespannt. Irgendwo hatten sie Discokugeln und Strahler aufgetrieben, die ihr gebrochenes Licht jetzt kreisförmig auf den Boden warfen. Einige Tische waren liebevoll eingedeckt und mit Blumengestecken und Kerzen dekoriert. Ein langer, noch leerer Tisch, gedeckt mit weißem Leinen, wartete noch auf die Köstlichkeiten, die da kommen sollten.

»Norma, du hättest Dekorateurin werden sollen«, rief Colin und strahlte sie an.

»Und du Model für Abendgarderobe. Ungewöhnlich finde ich nur deinen Armschmuck. Eine Bandage? Ist schon wieder etwas geschehen?«

»Nicht der Rede wert. Lästige kleine Verstauchung.«

Jasper, der gerade einen Sektempfang vorbereitete und sich selbst bereits ein Glas eingeschenkt hatte, kam zu ihnen auf die Mitte der Tanzfläche und besah sich

Colins Bandage eher misstrauisch. »Hat dir jemand den Arm umgedreht?«

»Wer sollte so etwas machen?«

»Derselbe, der dich nachts überfällt oder in dein Zimmer einbricht. Vergiss nicht, dass wir zwei diesbezüglich heute noch etwas zu bereden haben.«

»Vergesse ich nicht. Doch jetzt will ich alles herrichten, um unsere potentiellen Mörder gut zu unterhalten.«

Die Musik war kaum sortiert, das Programm für den Abend schlampig auf einer Serviette notiert, da hörte Colin auch schon Unas laute Stimme von der Eingangstür her. Schnell drehte er den Regler hoch und *Love Is in the Air* untermalte stimmungsvoll die Szenerie.

Una Porter, gekleidet in eine rote Wolke aus Chiffon, die weder mit ihrer Haarfarbe harmonierte, noch ihrer Figur schmeicheln konnte, balancierte ein Tablett voller Muffins vor sich her.

»Entzückend!«, rief sie aus. »Wirklich wundervoll! Ich fühle mich wie eine Debütantin auf einem richtigen Ball!«

Ralph Porter, vornehm gekleidet in einen dunkelroten Smoking, schenkte seine ganze Aufmerksamkeit augenblicklich Jasper und dem Sektangebot und würdigte seine Frau keines Blickes mehr.

Colin erinnerte sich, dass sie auf Ralph ebenfalls ein Auge werfen wollten, dies aber im Strudel der Ereignisse untergegangen war. Höchstwahrscheinlich war auch er von Agatha Summers erpresst worden. Einige der Fotos im grünen Karton hatten eine deutliche Sprache gesprochen. »Aber ich glaube nicht, dass er nachts in Damenschuhen durch die Straßen stöckelt«, murmelte Colin.

»Was hast du gesagt?« Norma war zu ihm getreten und reichte ihm eine Sektflöte. Colin nahm sie entgegen, beugte sich zu ihr hinunter und stieß mit ihr an.

»Du siehst heute zauberhaft aus, Norma.«

Das stimmte. Sie trug das leuchtende rosa Haar mit frischen lila Strähnen in einer raffinierten Hochsteckfrisur, die ihr Haar voller und länger erscheinen ließ und ihren schlanken Nacken und ihre hübsche Gesichtsform hervorhob. Sie trug ein violettes Trägerkleid, das weich fiel und in verspielten Zipfeln über Kniehöhe endete.

»Danke für die Blumen. Ich könnte mir ja jetzt wer weiß was dabei denken, aber diese Front haben wir zwei ja bereits geklärt.«

Colin öffnete den Mund, ohne zu wissen was er eigentlich erwidern sollte, doch Norma stieß ihr Sektglas noch einmal energisch gegen seines und winkte ab.

»Cheers, Kumpel. Alles in Butter.«

Er trank erleichtert den perlenden Sekt.

»Jasper meint, dass du was mit der zuckersüßen Lucy hast. Wenn blond und leicht verdaulich deinem Typ entspricht, kann ich natürlich nicht mithalten.«

Colin widersprach nicht. Leicht verdaulich. Was für ein Etikett. Und möglicherweise völlig unpassend.

»Ich bin natürlich eine ganz andere Art Frau. Weniger attraktiv, weniger einfach, ich habe meine Abgründe«, fuhr Norma fort.

»Wir haben alle unsere Abgründe, Norma. Licht erzeugt auch immer Schatten und je mehr Licht, desto intensiver der Schatten«, antwortete Colin und drückte Norma kurz und freundschaftlich. Dann heftete er seinen Blick wieder auf die Ankommenden. In ihren festlichen Roben und mit ihren strahlenden Gesichtern waren sie an diesem Abend reines Licht. Konnte er auch ihre Schatten sehen?

Mary Bittner hatte sich in eine griechisch anmutende Robe geworfen, deren Farben Weiß und Gold wohl ihre Bräune betonen sollten. Das sonnengebleichte Haar, war zu kleinen Löckchen aufgedreht worden. Sie hatte sich alle Mühe gegeben, heute schön und verführerisch auszusehen, und ihr Partner Garett im schlichten Smoking an ihrer Seite schien sehr angetan von ihr. Colin hoffte, dass er auch über genügend Kleingeld verfügte, um Marys Wünschen eine Weile entsprechen zu können. An dem Tag, an dem er sie sich nicht mehr leisten konnte, würde sie weiterflattern zu einem neuen Gönner, so viel war gewiss.

Alice Carson erschien im kleinen Schwarzen, ihr Gatte in einem unsagbar hässlichen silbernen Anzug. Colin verkniff sich ein Grinsen. Zu Jaspers Freude führte Alice plattenweise Canapés mit sich. Jasper konnte sich das Naschen nicht verkneifen und lobte Alice für ihre Häppchenkreation in den höchsten Tönen. Colin sah, wie ein zartes Rosa auf ihren bleichen Wangen erschien und ihre dunklen Augen zu leuchten begannen.

Die Nortons erschienen in recht schlichter Aufmachung, brachten aber Schüsseln voller Salat und einen Brotkorb.

Jacob Gregory und Carmen Escribano, die ihrem Namen heute Abend in ihrer spanisch angehauchten Garderobe alle Ehre machte, brachten Lachshäppchen und ein Paket Salzstangen. Colin war sofort klar, wer von den beiden was gestiftet hatte.

Jasper reichte jedem Neuankömmling ein Glas Sekt und schenkte sich selbst oft und reichlich nach. Augenblicklich begannen die Bewohner der Carlton Street eine ungezwungene Unterhaltung miteinander. Colin hielt sich ein wenig abseits und betrachtete das Bild. Glückliche Menschen vertieft in belanglose Gespräche. Das Bild hätte friedlich wirken können, doch Colin fühlte, wie eine seltsame Unruhe von ihm Besitz ergriff, die nichts mit seiner üblichen Anspannung vor einer Unterrichtsstunde gemein hatte. Es war eine Vorahnung, die ihn überfiel. Es gab nichts Konkretes, nichts Greifbares, aber er konnte es spüren.

»Wir wissen genug«, entfuhr es ihm.

»Was hast du gesagt?« Norma wiederholte sich, doch Colin wies sie nicht daraufhin.

»Wir haben die Informationen noch nicht richtig zusammengesetzt, aber sie sind da. Ich fühle es. Ich kann nur einfach nicht richtig denken.«

An Normas Gesicht konnte er erkennen, dass sie verstanden hatte. Ihre Augen weiteten sich und sie sah zu dem lachenden und scherzenden Grüppchen hinüber. »Du meinst, wir wissen, wer der Täter ist, merken nur nicht, dass wir es längst wissen?«

»Ja. Genau.« Colin rieb sich die Augen und zwang sich zur Konzentration. Dann starrte er wieder auf das Grüppchen. »Gehen wir einmal kurz davon aus, dass Deliza uns nicht angelogen hat. Gehen wir weiter davon aus, dass die Stöckelschuhschritte, die sie in jener Nacht hörte, wirklich die der Mörderin waren.«

»Und unsere Tatwaffen passen ja auch zu einer Frau. Jetzt mal überspitzt betrachtet, würde ein Mann nicht eher zu Hammer und Rohrzange greifen? Oder denke ich gerade in Schubladen?«, fragte Norma.

»Nehmen wir einmal für einen kurzen Moment an, dass das Denken in Schubladen manchmal durchaus sinnvoll sein kann. Dann dürfen wir uns ganz auf die Frauen konzentrieren.«

»Una, Mary und Alice. Carmen scheidet aus, wenn wir nur die Carlton Street im Blick haben. Zudem gab es kein Bild von ihr in Mrs Summers' Sammlung, nicht wahr?«, spann Norma den Faden weiter.

Colin nickte gedankenverloren. Ja, zumindest als Denkansatz konnte man den Kreis der Verdächtigen auf diese Frauen einengen. Colin dachte an die Schatten, die ein jeder Mensch ebenso in seiner Seele mit sich trug wie sein eigenes Licht. Er sah zu Deliza Norton, die ihm zuprostete. Er nickte ihr zu. Delizas Schatten hatte er gesehen. Ihren Schmerz, ihren Zorn. Er ging jetzt einfach mal mutig davon aus, dass er tief genug in ihren Abgrund geblickt hatte und dass sie dort keinen Mord vor ihm verbarg. Und Una? Reichte der Neid auf ein hübsches Cottage aus als Mordmotiv? Oder hatte sie von den Liebschaften ihres Mannes und einer Erpressung durch Agatha Summers erfahren und zunächst letzterem ein Ende bereitet? Colin fiel es schwer, das zu glauben. Eine Frau wie Una hätte dem treulosen Ehemann zumindest für eine Weile die Tür gewiesen. Und sei es auch nur, um ihm eine Lektion zu erteilen.

Und Mary Bittner. Stets bedacht auf den eigenen Vorteil. Eine Frau, die wusste, was sie wollte. Was würde sie zu einem Mord veranlassen? Hätte sie nicht andere, subtilere Wege gefunden, um eine Agatha Summers auszuschalten? Colin traute Mary eine ganze Menge zu, aber sein Gefühl sagte ihm, dass Mary einen Mord schlichtweg nicht nötig hatte.

Colin hörte Alice Carson glockenhell lachen, als Jasper einen Scherz machte. Alice Carson. Jung, hübsch, glückliche Mutter, verheiratet mit einem eher oberflächlichen Mann, den Agatha Summers vermutlich als Spinner abgetan hatte. Wo waren ihre Schatten?

Während er sie dabei beobachtete, wie sie mit dem Pfarrer scherzte, rief er sich den Besuch in ihrem Heim ins Gedächtnis, ihr kurzes Gespräch im Garten. Er fand nichts, und das war erstaunlich. Alice Carson hatte ihr erstes Kind verloren, trug seelische Narben mit sich, und da stand sie, über das ganze Gesicht strahlend und war reines Licht. Colin schloss die Augen und rief sich ihren Tanzstil in Erinnerung. Er erinnerte sich an ihre Nervosität während der gemeinsamen Rumba. Nicht ungewöhnlich, wenn eine noch junge Mutter zum ersten Mal ihr Kind über Stunden in die Obhut anderer gibt. Er versuchte sich an weitere Details zu erinnern. Nichts. Da war nichts. Wie war das möglich?

»Ich habe ihre Schatten nicht gesehen.«

»Was hast du gesagt?« Normas Kommentare waren nicht nur wenig abwechslungsreich, sie waren auch störend. Colin spürte, wie er den Faden verlor, wollte ihn wieder aufnehmen, doch Jasper machte dem ein Ende, indem er laut rief: »Wir wollen doch tanzen, Herr Kapellmeister! Legen Sie mal los!«

Mit einem Blick in das rote, runde Gesicht, stellte Colin fest, dass Jasper bereits mehr Sekt getrunken hatte, als gut für ihn war. Es war wirklich an der Zeit, den

Empfang zu beenden und mit dem eigentlichen Abendprogramm zu beginnen. Als ersten Tanz spielte er einen Discofox und forderte die Anwesenden auf, alles auszuprobieren, was sie dazu bei ihm gelernt hatten oder noch von früher kannten. Die Tanzfläche füllte sich augenblicklich. Sogar Jasper schnappte sich Norma und hopste ausgelassen über die Fläche. Wie ein Discofox sah es zwar nicht aus, aber die beiden schienen Spaß zu haben. Colin beobachtete derweil Alice Carson. Aufrecht und in eleganten fließenden Bewegungen tanzte sie lächelnd in den Armen ihres Mannes. Es wäre einem Laien niemals aufgefallen, doch Colin bemerkte, dass sie führte.

Prinzipiell war das nichts Ungewöhnliches. Viele Frauen taten das. Doch Alice gelang es, fast unbemerkt die Führung zu übernehmen und dann auch zu behalten. Das war neu für Colin. Für gewöhnlich verrieten sich führende Frauen durch ihre Körperhaltung und ihre linke Hand, die den Herrn dirigieren wollte und ihm meist die Schulter nach vorn drückte. Alice Carsons Führung war dezent, fast unmerklich, und doch tat Peter, was sie wollte, und nicht umgekehrt. Colin erschien dieses zarte Persönchen wie jemand, den man leicht unterschätzen konnte.

Kurz nachdem er den Walzer noch einmal aufgefrischt hatte, die Musik wieder spielte und alle Paare sich friedlich auf der Fläche drehten, erschien ein junger Mann auf der Türschwelle des Gemeindesaales und blickte sich suchend um. Colin erkannte in ihm augenblicklich Rufus Dimbridge, Lucys Begleiter auf dem Foto. Ein Blick auf die Anzeige der Musikanlage verriet ihm, dass der Walzer noch gut drei Minuten spielen würde und sich danach ein weiterer anschloss. Es blieben ihm gute acht Minuten für ein wichtiges Gespräch.

Er steuerte gekonnt durch die tanzenden Paare hindurch und ging mit ausgestreckter Hand auf Rufus Dimbridge zu.

Dieser streckte ebenfalls die Hand aus und sagte statt einer Begrüßung: »Meine Mutter hat mir erzählt, dass Sie mich sprechen wollen?«

Sehr gut. Sie hatten keine Zeit zu verschwenden, auch wenn das Dimbridge weit weniger bewusst war als Colin.

»Danke, dass Sie gekommen sind, Rufus. Ich komme gleich zur Sache. Ich weiß, dass Sie ein guter Freund von Lucy waren oder sind. Können Sie sich irgendeinen Grund vorstellen, warum man Sie oder Lucy mit dieser Information erpressen könnte?«

Im ersten Augenblick wirkte der junge Mann perplex und starrte Colin an, als vermute er in dem Frack einen entflohenen Irren. Doch dann verwandelte sich sein Gesichtsausdruck in den eines Menschen, der gerade einen Witz verstanden hatte.

»Sie sind wohl Lucys neue Flamme. Herzlichen Glückwunsch! Lucy ist ein wundervolles Mädchen. Wenn sie nur nicht diese völlig durchgeknallte Verwandtschaft am Hacken hätte. Mir wurde das auf jeden Fall zu viel. So lange wir unsere Beziehung geheim hielten, war alles in Ordnung. Aber sie haben es natürlich herausgekriegt. Sie kriegen immer alles heraus. Sie lassen Lucy nie aus den Augen. Daran hat auch nichts geändert, dass sie nicht mehr zu Hause lebt.«

»Wer sind *sie*? Ihre Eltern?«, fragte Colin spitz und hörte, wie hinter ihm der erste Walzer ausklang. Er wandte sein Gesicht kurz den Tänzern zu und rief laut: »Sehr schön. Das machen wir gleich nochmal. Könnte ja Zufall gewesen sein.«

Gelächter und Protest hallten durch den Raum. Das nächste Lied begann und die Paare setzten sich wieder in Bewegung.

Colin drehte sich wieder zu Rufus Dimbridge um. »Also? Wer sind sie?«

»Lucys Brüder natürlich! Sie haben Lucy aufgezogen. Lucys Mutter starb bei der Geburt. Ihre Brüder haben sich um sie gekümmert, vom ersten Tage an. Haben ihr kleines Nesthäkchen verwöhnt und gehätschelt und dabei völlig übersehen, dass Lucy inzwischen längst erwachsen ist. Denen wird niemals ein Mann an Lucys Seite gut genug sein. Aber die meisten ergreifen sowieso von alleine die Flucht, wenn sie merken, worauf sie sich da einlassen. So wie ich.«

In Colins Kopf suchten die neuen Informationen ihren Platz und fügten sich in das Puzzle ein.

»Lucy hat Brüder? Wie viele?«

»Fünf sind es. Aber nicht alle benehmen sich wie eifersüchtige Terrier. Nur die jüngsten drei werden zu Ihrem Problem, wenn Sie sich mit Lucy treffen.«

»Haben die rein zufällig sandfarbene Haare?«

Dimbridge lachte. »Haben sie. Allesamt. Lucy ist die einzige in ihrer Familie, die richtig blond ist.«

Colin griff sich an die Stirn. Alles ergab plötzlich einen Sinn. Der Mann, der sich in London nach ihm erkundigt hatte, die Durchsuchung seines Zimmers, ja selbst der

Überfall auf nächtlicher Straße. Er wurde geprüft. Und Lucy war natürlich völlig klar gewesen, wer da nachts in seinem Zimmer gewesen war. Deswegen hatte sie all diesen Lärm auf der Suche nach ihrem Telefon veranstaltet. Sie hatte einen ihrer Brüder gewarnt.

»Lucy geht das Theater ihrer Brüder natürlich auf die Nerven. Deswegen ist sie auch ausgezogen. Das hat dem Kontrollzwang der Kerle aber keinen Abbruch getan. Die kriegen immer raus, mit wem sich ihr Schwesterchen gerade trifft.«

Ganz offensichtlich, dachte Colin und verstand auch die kleine Fotogalerie in Agatha Summers Sammlung. Nicht die Herren an ihrer Seite, sondern Lucy war erpressbar gewesen. Wollte sie einen Mann vor ihren penetranten Brüdern bewahren, konnte sie sich mit ihm nur im Geheimen treffen. Agatha Summers hatte versucht, diesen Umstand auszunutzen.

»Vielen Dank, Mr Dimbridge. Sie haben mir sehr geholfen.«

»Wenn Sie es sagen. Grüßen Sie Lucy von mir. Sie ist ein feines Mädchen.«

Als die letzten Takte des Walzers verklangen, trat Colin in die Mitte der Tanzfläche und demonstrierte rasch die Grundzüge des Wiener Walzers. Während er die Paare ohne Musik und nur zu seinen Worten üben ließ, war er nicht wirklich bei der Sache. Dimbridges Informationen hatten nicht das gebracht, was er sich von ihnen erhofft hatte. Er konnte Lucy nicht von der Liste der Verdächtigen streichen. Dabei hatte er so gehofft, dass die Fotos sich auf die Männer an ihrer Seite bezogen hatten.

Er legte einen Wiener Walzer mit gemäßigtem Tempo auf und verfiel in dumpfes Brüten. Er versuchte sich vorzustellen, wie Lucy mit einem Bratenthermometer mitten in der Nacht durch das Dorf schlich. Es gelang.

»Na gut. Aber was soll sie mit diesem Mädchen zu tun haben?«, entfuhr es ihm und Norma, die gerade in Jaspers Arm an ihm vorbeitanzte rief: »Was hast du gesagt?«

Colin schaffte es gerade noch, sich abzuwenden, bevor er genervt mit den Augen rollen musste.

PASO DOBLE

EIN TORERO, SEINE CAPA UND VIELE STIERE

Der Abend schritt voran und das Buffet leerte sich ebenso schnell wie die Wein- und Sektflaschen. Stimmung und Geräuschpegel stiegen parallel dazu an. Nur Colin schien zu spüren, dass etwas in der Luft lag, doch noch immer konnte er es nicht benennen.

Da öffnete sich, von den meisten unbemerkt, die Tür des Gemeindesaales erneut, und Mike Dieber, wieder in Freizeithemd und Jeans, trat ein.

Colin sah, wie Norma kritisch die Brauen hob. Rasch legte er eine Rumba, *La Paloma*, ein. Diese schlechte und nervtötende Orchesterfassung hatte nur einen Vorteil: Sie dauerte elf Minuten.

Während Ralph die überraschte Norma in seine Arme riss und sie auf die Tanzfläche schleifte, hechtete Colin zur Tür und riss Dieber am Ärmel mit sich nach draußen. Die kühle Abendluft roch nach Lavendel. Dieber machte sich los und sah Colin empört an.

»Was soll denn das?«

»Ich verhindere nur, dass Sie von Norma zerfleischt werden. Dies ist eine Abendveranstaltung mit dazugehöriger Abendgarderobe. Haben Sie denn gar keine Kinderstube, Dieber?«

Dieber lief zartrosa an und fingerte ein Stück Papier aus seiner Jeans, das er Colin reichte. »Ich wollte Ihnen nur schnell den Abzug bringen. Den mit dem Gesicht von Cassie Lund. Den wollten Sie doch haben. Und Neuigkeiten gibt es auch. Ihre beste Freundin hat endlich die Zähne auseinander bekommen.«

»Und was hat sie gesagt?«, fragte Colin und nahm die Fotografie ohne ein Wort des Dankes an sich.

»Cassie Lund war schwanger. Von einem Jungen aus dem Dorf. Sie war völlig verzweifelt darüber, meinte, ihre Eltern würden sie deswegen umbringen. Kurz vor ihrer Abfahrt nach Schottland erledigte sich das Problem dann allerdings von allein.«

»Wie das?«

»Fehlgeburt. Soll ja vorkommen.«

»Hm.«

»Seltsam fand die Freundin nur, dass Cassie über diesen Umstand nicht erleichtert zu sein schien. Sie blieb angespannt und unruhig. Und als sie aus Schottland zurückkehrte, wurde es laut Aussage der Freundin noch schlimmer. Sie nahm nicht mehr an den Aktivitäten ihrer Freunde teil und zog sich mehr und mehr zurück. Die Freundin hatte erwartet, dass sie erholt und glücklich heimkehren würde, doch das war nicht der Fall.«

»Und den Eltern war diese Veränderung nicht aufgefallen?«

»Eltern sind doch immer die letzten, die irgendetwas merken.«

»Na, Sie müssen es ja wissen.« Colin sah auf das Bild in seinen Händen. Die perlgrauen Augen des Mädchens faszinierten ihn erneut. Er kannte sie und doch gleichzeitig nicht.

Drinnen im Saal orgelte noch immer *La Paloma*, doch Colin wusste, dass ihm die Zeit davonlief. Er schlug Dieber so kräftig auf die Schulter, dass der junge Polizist einknickte.

»Danke für das Foto. Ich rufe Sie an, wenn mir einfällt, woher ich die Augen kenne.«

»Aber bitte nicht wieder mitten in der Nacht.«

Der Abend schritt voran und keiner der Gäste im Gemeindehaus machte Anstalten, nach Hause zu gehen. Nicht einmal Alice Carson wurde von ihren Mutterinstinkten hinaus in die Nacht getrieben. Sie unterhielt sich großartig mit Norma, die Colin schnitt, weil er sich geweigert hatte, ihr bei seiner Rückkehr in den Saal augenblicklich alles zu erzählen, was er von Dieber erfahren hatte.

Jasper hatte im Laufe des Abends Unmengen an Wein und Sekt konsumiert, und sein rundes Gesicht leuchtete wie eine Positionslaterne, während er versuchte, Jacob Gregory die Regeln für Cricket zu erklären. Der alte Mann wollte einfach nicht einsehen, dass es ein Dartspiel mit eben diesem Namen gab, schüttelte hartnäckig den Kopf und sprach von Mannschaften und Schlägern, während Jasper ungerührt weiter fachsimpelte. Colin erwog gerade, ein paar Rausschmeißerlieder zu spielen, als die Tür des Gemeindehauses erneut aufschwang und eine zarte Person in einem bodenlangen Kleid aus dunkelgrünem Samt erschien. Mit ihrem blonden Haar, hoch auf den Kopf getürmt, und der schlichten Perlenkette um den zarten Hals sah sie aus wie Cinderella persönlich, die gekommen war, um ihren Prinzen zu erobern. Auf einen Hut hatte sie dabei ausnahmsweise verzichtet.

Colins Herz machte einen Satz, während sie lächelnd auf ihn zukam. »Lucy.«

»Darf ich um diesen Tanz bitten, Herr Lehrer? Ich hoffe, ich komme nicht zu spät.«

»Aber nein. Auf meiner Tanzkarte ist noch viel Platz.«

»Da bin ich aber beruhigt. Ich tanze nämlich nur mit Ihnen. Sie müssen wissen, Herr Lehrer, ich kann gar nicht tanzen. Sie müssen mich führen.«

»Es wird mir eine Ehre sein.«

Zu den Klängen eines Slowfoxes im langsamen Viervierteltakt führte Colin Lucy souverän über die Fläche und blickte verträumt in ihr glückliches Gesicht. Die Fläche um sie herum leerte sich, weil keines der anderen Paare mit der Musik zurechtkam. Irgendjemand applaudierte. Colin ignorierte es. Dann räusperte er sich.

»Warum hast du mir nicht von deinen eifersüchtigen Brüdern erzählt? Der Einbruch in meinem Zimmer, der Überfall und all die anderen kleinen Ärgernisse… Ich hätte mich wohler gefühlt, wenn ich den Grund dafür gekannt hätte.«

»Und hättest mich dann schnellstmöglichst verlassen, wie all die anderen Männer vor dir? Das wollte ich nicht riskieren.«

»Da hast du lieber mein Leben riskiert.«

»Die Jungs haben noch niemanden getötet.«

»Gut zu wissen.«

Sie sah ihn fast beschwörend an. »Du musst dir keine Sorgen mehr machen. Ich habe alles geregelt. Deswegen war ich ja zu Hause. Dieses Mal wird alles anders. Sie werden uns in Ruhe lassen. Sie können gar nicht anders. Sie wollen doch dem Vater meines Kindes nichts Böses.«

Colin trat sich selbst auf den Fuß und konnte einen Sturz gerade noch verhindern. Fassungslos starrte er sie an. »Du bist schwanger?«

Lucy lachte glockenhell und schmiegte sich an ihn. »Dummerchen. Natürlich nicht. Ich habe gelogen. Damit wir unsere Ruhe vor meinen furchtbaren Brüdern haben. Wer hat dich eigentlich über sie aufgeklärt?«

In Colins Hirn klickte es. »Du hast gelogen?«

»Aber ja. Ich weiß gar nicht, warum ich erst jetzt darauf gekommen bin. Das hätte ich schon vor Jahren tun sollen. Es war so einfach. Jeden Jungen, der etwas von mir wollte, haben sie verschreckt. Aber sie würden nie jemanden verschrecken, der die Alimente zahlen muss.« Sie stutzte und sah ihn prüfend an. »Ist alles in Ordnung mit dir, Colin?«

Colin gab keine Antwort. In seinem Kopf rasten die Gedanken. Gelogen. Natürlich. So einfach war das. Die eine log ein Kind herbei, die andere log ein Kind weg. Warum auch nicht? Der Zweck heiligte die Mittel.

Colin hörte die Musik nicht mehr. Er spürte Lucy nicht mehr. Er wusste, dass er soeben die Lösung gefunden hatte, und nichts hatte ihn auf diesen Moment vorbereitet. Was sollte er jetzt tun? Da hörte er über das Brausen in seinem Kopf hinweg Jaspers Stimme.

»Er ist brilliant. Er sieht es in den Bewegungen. Er kann sogar erkennen, ob jemand ein Mörder ist oder nicht.«

Colins Kopf ruckte herum. Er sah den betrunkenen Jasper, die glasigen Augen noch immer auf Gregory gerichtet, sah Norma neben ihm, die Jasper entsetzt anstarrte und bemerkte, dass sie damit nicht alleine war. Auch Alice Carson, die schräg hinter dem betrunkenen Jasper stand, sah entsetzt auf dessen Hinterkopf. Dank seines Alkoholpegels hatte Jasper die Katze aus dem Sack gelassen. Im denkbar ungünstigstem Augenblick. Jetzt drehte Alice sich halb herum und starrte ihn mit ihren braunen Augen an. Ihn, Colin! Und noch immer war da Entsetzen in ihrem Blick, der seinem jetzt begegnete.

Einen Moment lang sahen sie sich in die Augen. Und erkannten einander. Jäger und Gejagter. Das Spiel war aus.

»Verdammt«, zischte Colin.

Und im gleichen Moment drehte sich Alice Carson abrupt um und ging mit staksenden Schritten, die Hand fest auf ihre kleine schwarze Handtasche gepresst, auf eine unscheinbare Holztür zu, an die ein an Geschmacksverirrung leidender Mensch einen pinkelnden Jungen aus Messing geschraubt hatte. Die Toilette. Reflexartig wollte Colin ihr nachlaufen, übersah dabei Lucy, die noch immer in seinen Armen lag, stolperte, verlor das Gleichgewicht, hörte Lucys überraschten Aufschrei und spürte, wie sein malträtiertes Handgelenk wegrutschte, als er ihren gemeinsamen Sturz abfedern wollte. Ein

Schmerzensschrei entfuhr ihm. In seinem Handgelenk pochte und wummerte es. Lucy, die mit dem Hinterkopf auf dem Boden aufgeschlagen war, gab mit geschlossenen Augen ein leichtes Stöhnen von sich.

»Um Himmels willen! Ist euch etwas passiert?«

Im Nu umringten sie blankgeputzte Schuhe, und helfende Händen reckten sich ihnen entgegen. Colin ergriff eine, ohne zu wissen welche, und stand einen heftigen Ruck später vor Peter Carson, der noch immer seine Hand hielt und süffisant grinste.

»Nanu, Herr Tanzlehrer. Wie ist Ihnen denn das passiert?«

Colin antwortete nicht. Er vergewisserte sich kurz, dass auch Lucy aufgeholfen wurde und stürmte dann an Peter vorbei zur Toilettentür, riss sie auf und sah sofort, dass er zu spät gekommen war.

Vor einem offenen, sich in Kopfhöhe befindendem schmalen Fenster standen neben einem umgestülpten Mülleimer zwei schwarze Damenschuhe, einsam und verlassen.

»Verdammt!«, brach es aus ihm heraus.

Hinter ihm stieß Peter Carson, der Colin offensichtlich neugierig gefolgt war, einen überraschten Laut aus. »Was hat das zu bedeuten? Wo ist Alice?«

Colin fuhr herum und packte den verwunderten Mann bei den Schultern. »Sind Sie mit dem Wagen gekommen?«

»Nein, nein natürlich nicht. Es ist ja nicht weit bis zu unserem Haus. Wir sind zu Fuß gekommen.«

Colin ließ Peter los und versuchte, sich zu konzentrieren. Alice Carson hatte das Gemeindehaus verlassen. Vermutlich in einem Anflug von Panik. Was würde sie jetzt tun? Colin kannte die Antwort oder zumindest ihren Großteil. Alice Carson würde so schnell wie möglich zu ihrer Tochter Georgia laufen, um dann mit dem Baby die Flucht anzutreten.

»Colin! Colin was ist passiert? Wo ist Alice hin?« Normas aufgeregte Stimme riss Colin aus seinen Gedanken. Statt einer Erklärung reichte er ihr das Foto von Cassie Lund aus seiner Innentasche.

»Oh!«, machte Norma, und Colin konnte sehen, wie es in ihrem Kopf zu arbeiten begann.

»Was ist überhaupt los hier?«, lallte Jasper und blickte verständnislos in die Runde, die sich um Colin versammelt hatte.

»Wir brauchen einen Wagen. Jasper, hast du einen Wagen?«, stieß Colin aufgeregt hervor.

»Natürlich habe ich einen Wagen. Den Gemeindebus! Die Dicke Bertha! Aber den kann ich nicht mehr fahren, ich bin total betrunken!«

»Der Gemeindewagen wurde nach einem deutschen Mörsergeschütz benannt?«

»Wenn du ihn erst einmal siehst, wundert dich das nicht mehr.« Jasper blinzelte angestrengt, als ob ihm das helfen könnte, seinen Kopf klarzukriegen.

Prüfend besah sich Colin sein schmerzendes Handgelenk. Er traute sich schon zu, einen Wagen einhändig zu lenken, aber einen Bus?

»Norma, kannst du den Bus fahren?«

»Ich habe ja noch nicht einmal einen Führerschein«, wehrte diese ab.

»Ich kann den Bus fahren«, rief Lucy und rieb sich dabei mit schmerzverzerrtem Gesicht den Hinterkopf.

»In Ordnung. Wir müssen schnell zu den Carsons!«, rief Colin und wollte losmarschieren, wurde aber von Peter zurückgehalten.

»Zu mir? Was wollen Sie denn dort? Und überhaupt, ich kann doch den Bus zu mir nach Hause fahren.«

»Nein, Peter. Sie bleiben hier und erzählen Sergeant Dieber die Geschichte, wie Sie zu Ihrer Tochter Georgia gekommen sind.«

»Wie bitte? Ich… ich… wieso?«

Colin sah an dem verwirrten Peter vorbei und betrachtete die Umstehenden. Wem konnte er trauen? »Mary! Hast du dein Handy dabei?«

Mary Bittner durchwühlte ihre riesige Handtasche und förderte schließlich ein modernes Handy zutage. Aufgeregt rief sie: »Ja! Und der Akku ist auch noch geladen. Ich habe sogar noch zwei Balken!«

Colin sah sie erleichtert an. Mary würde die Dinge schon managen.

»Ausgezeichnet. Mike Dieber muss herkommen und Peter Carsons Aussage zu Protokoll nehmen. Kannst du dafür sorgen, Mary?«

Über Mary Bittners Gesicht ging ein Strahlen.

»Selbstverständlich, Colin. Alles, was du sagst.«

»Gut. Jasper, gib Lucy die Schlüssel zur Dicken Bertha und dann los. Sie ist zwar zu Fuß unterwegs, aber ich wette, sie ist schnell!«

Colin stürmte aus dem Gemeindehaus. Neben ihm, völlig ahnungslos, aber mit Augen, die vor Begeisterung sprühten, lief Lucy.

»Bertha parkt gleich da vorne. Ich hole schnell die Schlüssel«, rief Jasper und lief dem Pfarrhaus entgegen, während Colin den Bus vor sich am Straßenrand entdeckte.

Die Dicke Bertha entpuppte sich als ausgedientes Armeefahrzeug von enormen Ausmaßen. Während Lucy unerschrocken ins Führerhaus kletterte, machten Norma und Jasper Anstalten, die erste Rückbank zu erklimmen. Colin wollte angesichts Jaspers Zustand protestieren, doch ein Blick in Normas Gesicht ließ ihn verstummen. Sie würden sich den Showdown nicht entgehen lassen. Mit lautem Knallen schlossen sich die Türen der Dicken Bertha und Lucy legte den ersten Gang ein.

QUICKSTEP

WENN DER RHYTHMUS DICH JAGT

Das hell erleuchtete Haus der Carsons funkelte wie ein Juwel zwischen den dunklen und verlassenen Häusern der Carlton Street. Auf der Auffahrt parkte der ihnen schon bekannte nagelneue *Pajero.*

»Sie ist noch hier. Wir haben Glück!«, rief Colin.

»Wohin sollte sie auch gehen?«, nuschelte Jasper und sprang aus der Dicken Bertha, noch bevor Lucy den Motor abgestellt hatte.

»Keine Ahnung, egal wohin. Nur weg von hier«, murmelte Colin und sah zu Lucy hinüber. Diese erstaunliche Frau hatte nicht nur einen gewaltigen, rauchenden und stinkenden Bus hierher kutschiert, sondern es auch vermieden, auch nur eine einzige Frage zu stellen. Colin konnte sich an keine Frau erinnern, der er das zugetraut hätte.

Norma war derweil schon durch die weit offenstehende Haustür ins Innere gelaufen und rief mit sich überschlagender Stimme nach Alice Carson, doch sie erhielt keine Antwort. Auch Colin und die anderen rannten jetzt ins Haus.

»Alice? Alice, es hat doch keinen Sinn mehr, komm raus!«, rief Colin.

Keine Antwort.

Jasper riss Tür um Tür auf, Lucy lief die Treppe in den ersten Stock hinauf und Norma marschierte an Colin vorbei in die ebenfalls hell erleuchtete Küche und zog probehalber an ein paar Schubladen.

»Die lassen sich nicht öffnen!«, rief sie triumphierend.

»Kindersicherungen«, flüsterte Colin und begriff, dass er des Rätsels Lösung schon sehr nahe gewesen, aber daran vorbeigelaufen war. »Die kriegt man nur auf, wenn man ganz ruhig und konzentriert zu Werke geht! Mit der einen Hand muss man den Bügel ziehen und mit der anderen die Klammer zusammendrücken. Damit wäre so mancher Erwachsener überfordert!« Norma rüttelte noch immer an den Laden. »Auf jeden Fall wäre ein aufgeregter Erwachsener damit überfordert«, murmelte Colin.

Er sah es deutlich vor sich. Sah die völlig aufgelöste Alice, wie sie panisch an den Schubladen rüttelte. Zuerst an der Messerschublade und dann wahllos an allen anderen. Und dann erinnerte sie sich an den Plastikkasten oben in ihrem Regal. Den, in dem jetzt ein nagelneues Bratenthermometer lag, weil sie ihr altes in jener Nacht eingebüßt hatte, als es bis in das Hirn von Agatha Summers vordrang und dort eine tödliche Blutung verursachte.

»Das Kind ist nicht im Bettchen!«, rief Lucy von oben herunter.

»Arme Alice«, entfuhr es Colin. Draußen heulte ein Motor auf. Ein Knacken und Bersten schallte durch die Nacht.

Alle rannten zur Vordertür. Nur Colin hatte das seltsame Gefühl, als würden seine Füße in zähem Sirup festsitzen.

»Sie hat uns reingelegt!«, rief er. »Sie muss schon im Jeep gewesen sein, als wir ins Haus liefen!«

Alice Carson war einfach durch den Vorgarten und die Kirschlorbeerhecke gefahren, um an der Dicken Bertha vorbeizukommen.

Die Meute hetzte zurück zur Dicken Bertha, und Colin zwang sich, die Bilder, die in seinem Kopf herumgeisterten und ihn lähmten, zu vertreiben. Dies hier war der letzte Akt. Und der beinhaltete, dass der Verbrecher festgenommen wurde. Auch, wenn es ihn insgeheim schmerzte.

»Warum kann sie denn nicht einfach durch und durch böse sein und aus niederen Motiven gehandelt haben?«, fauchte er, während er sich erneut auf den Beifahrersitz des Gemeindebusses schwang.

»So ist es nie«, orakelte Lucy neben ihm und rührte energisch durch das Schaltgetriebe.

»Nein, den Gefallen tun einem die armen Sünder nicht, ich kann ein Lied davon singen!«, hörte er Jasper vom Rücksitz her brüllen.

Colin hoffte inständig, dass Jasper seefest war, denn die Dicke Bertha schaukelte bedenklich in den Kurven, und der Gedanke, dass ein betrunkener Jasper sich von hinten über ihm erbrach, war nicht sehr erfreulich.

»Wie konnte sie nur? Das arme Mädchen!« Normas Mitgefühl für Alice Carson hielt sich offensichtlich in Grenzen. »Ich meine, um die alte Hexe auf dem Berg war es nicht schade. Aber das Mädchen! So was geht doch nicht!«

Doch. Das ging. Wenn der Mutterinstinkt ins Spiel kam, geschahen zuweilen die seltsamsten Dinge. Ein Baby konnte sogar eine Wölfin dazu bringen, sich seiner anzunehmen – zumindest die Literatur bot eine Fülle an entsprechenden Beispielen.

Vor ihnen glühten die roten Rücklichter des Geländewagens in der Dunkelheit. Alice Carson jagte wie von tausend Furien getrieben durch die Nacht.

»Dabei wird sie lediglich von einem Pfarrer, einem Tanzlehrer, einer Krankenschwester und einer Kindergärtnerin verfolgt. Verrückte Welt«, murmelte Colin gerade, als Jasper hinter ihnen aufschrie.

»Achtung! Sie biegt auf den Feldweg ab!«

»Was für ein Feldweg? Ach, egal!«, schrie Lucy zurück und riss das Steuer hart nach rechts. Die Dicke Bertha ächzte und Colin schlug mit dem Kopf gegen einen Holm. Im Scheinwerferlicht des Busses sah er gelbe Halme zwischen dunklen Erdklumpen vor der Motorhaube. Lucy steuerte die Dicke Bertha über freies Feld. Schräg vor ihnen raste Alice über einen matschigen Feldweg, der auch nicht besser aussah als der Acker vor ihnen.

»Festhalten!«, brüllte Lucy zu seiner Rechten.

Colin knallte erneut gegen den Seitenholm der Fahrerkabine.

»Ich habe dich gewarnt!«, rief Lucy ihm zu und strahlte dabei über das ganze Gesicht. So langsam bekam er Angst vor dieser Frau.

Die Dicke Bertha bockte wie eine Ziege und ließ alle Insassen von ihren Sitzen hüpfen. Jasper, der mit dem

Kopf an die Decke stieß, wimmerte verhalten. Colin drehte sich zu ihm um und stellte fest, dass Norma kreideweiß nach vorn starrte.

»Alles gut, Norma. Wir überleben das hier!«, rief Colin ihr zu, doch Norma reagierte nicht. Sie starrte weiter geradeaus.

»Sie muss bremsen«, wisperte sie plötzlich unvermittelt, und etwas lauter wiederholte sie: »Mein Gott, sie muss bremsen, da vorn kommt die Kiesgrube!«

Mit dem Schrei der Erkenntnis ging Lucy vom Gas, während Alice Carsons Geländewagen ungerührt weiterbretterte.

»Sie bringt sich und das Baby um, wenn sie nicht bremst! Hier geht es gleich senkrecht runter!« Norma hielt es nicht mehr auf dem Sitz. Sie umkrallte Lucys Kopfstütze und schob sich zwischen den beiden vorderen Sitzen immer weiter nach vorn. »Sie bremst! Oh Gott sei Dank, sie bremst. Sie muss ganz dicht am Abgrund sein!«

Lucy näherte sich dem Wagen mit den jetzt verlöschenden Bremslichtern langsam und mit gehörigem Respekt. Als die Lichtkegel der Dicken Bertha das Fahrzeug vor ihnen erfassten, wurde die Fahrertür aufgestoßen und Alice Carson rutschte vom hohen Sitz und landete mit den nackten Füßen im Acker. Sie war noch immer barfuß. In ihrem Arm hielt sie ein bunt gemustertes Bündel. Die Kuscheldecke eines Kindes, unter der sich der winzige Körper eines Babys abzeichnete.

»Was genau befindet sich da vor uns?«, fragte Colin in die Runde.

Lucy antwortete, ohne den Blick von Alice zu abzuwenden: »Hier wurde Kies abgebaut. Der Boden der Grube hat sich im Laufe der Zeit mit Wasser gefüllt. Es ist ein natürlicher Badesee entstanden. Doch er liegt sehr tief unten und ist ziemlich flach.«

Langsam ruckelte die Dicke Bertha näher und Colin konnte die Verzweiflung im Gesicht der jungen Frau sehen.

Kurz bevor der Bus sie erreichte, streckte Alice Carson warnend und energisch die erhobene Handfläche in ihre Richtung aus. Lucy trat die Bremse durch und würgte den Motor der Dicken Bertha ab. Während Colin noch wie erstarrt auf dem Beifahrersitz saß, öffnete Lucy die Tür und sprang in den Acker. Colin konnte hören, dass Jasper und Norma es ihr gleichtaten. Langsam, fast schuldbewusst, stieg auch er aus dem Wagen.

»Ich habe mich die ganze Zeit gefragt, was es mit diesen Gratistanzstunden wohl auf sich hat, denn auf dieser Welt gibt es nichts umsonst«, sagte Alice. Ihre Stimme klang bitter. »Wer wüsste das wohl besser als ich? Mir wollte dein lieber Gott nicht mal ein Kind schenken, Jasper! Dabei kriegt doch jede Frau Kinder, nicht wahr?«

»Öhm«, machte Norma.

»Naja«, brummelte Lucy, doch Alice ignorierte die beiden.

»Ist doch so! Wenigstens Kinder schenkt einem der Herrgott! Nur mir nicht! Also habe ich mir eine Tochter gekauft, jawohl! Ich habe für sie bezahlt und nicht gerade wenig, sie hatte kein Recht, das Kind zurückzufordern!« Vorwurfsvoll, fast trotzig, sah sie auf ihre Jäger. Colin fühlte Mitleid mit ihr.

»Cassie Lund also? Wirklich?«, rief Norma, die ebenfalls alle Puzzleteile zusammengesetzt hatte. Sie warf Colin einen fragenden Blick zu, während ihr rosa Haar von einer Sturmböe aus den Haarnadeln gelöst wurde. Colin nickte kurz und hob dann unwillkürlich den Kopf. Schwarze Wolken brauten sich über ihnen zusammen. Das Wetter schlug um. »Verdammt, hätte es da nicht irgendeine andere Lösung geben können, anstatt das Mädchen umzubringen?«, schrie Norma.

»Nein, du kleine Schlaumeierin, die gab es nicht! Sie wollte das Kind nämlich zurückhaben und mitnehmen! In ihr jämmerliches Leben wollte sie sie mitnehmen! Aber Georgia gehört mir, mir allein, ich bin ihre Mutter!« Jetzt wurde die zunehmende Aggressivität in ihrer Stimme unüberhörbar. Alice Carson wurde von ihren Gefühlen nahezu durchgeschüttelt.

»Das bist du, Alice, und wir alle wissen das«, versuchte Jasper in salbungsvollem Ton auf die immer hysterischer werdende Alice Einfluss zu nehmen.

»Warum darf ich sie dann nicht einfach behalten? Warum müsst ihr es mir denn alle so schwer machen? Erst diese blöde alte Kuh und jetzt ihr! Wieso musste sie ihre Nase auch in Sachen stecken, die sie überhaupt nichts angehen? Wieso?«

»Agatha Summers wusste, dass Georgia nicht dein Kind ist?«, fragte Lucy und wurde dafür von Alice Carson, die immer weiter rückwärtsging und sich dabei unweigerlich dem Abgrund zur Kiesgrube näherte, fast mit Blicken erdolcht.

»Sie ist mein Kind! Aber diese alte Schnepfe machte immer wieder seltsame Andeutungen, wenn sie uns über den Weg lief. Wann ich denn wohl wieder schwanger gewesen sein wolle, hat sie gefragt!«

Colin erinnerte sich an die Fotos im grünen Giftkasten. Zweimal Alice Carson in ihrem eigenen Garten, einmal mit, einmal ohne Babybauch. Georgia war erst ein paar Monate alt. Alice hätte auf beiden Winterbildern schwanger sein müssen. Doch die zweite Schwangerschaft hatte es nie gegeben. Alice Carson hatte sie angeblich liegend verbracht, um nicht am Dorfleben teilhaben zu müssen. Offenbar hatte sie sich aber in ihren eigenen Garten gewagt – sehr zur Freude von Mrs Summers.

»Sie hätte auf dem zweiten Bild wieder schwanger sein müssen«, entfuhr es ihm, doch niemand beachtete ihn. Alice Carsons nackte Füße näherten sich dem dichten Grasbewuchs der Böschung, während sie, Georgia noch immer an sich gepresst, auf die kleine Gruppe neben dem Bus starrte.

»Ich konnte sie nicht am Leben lassen. Nicht, nachdem das kleine Flittchen es gewagt hatte, in meinem Garten aufzutauchen und ihr Kind zurückzufordern. Ihr Kind! Was, wenn die Alte wieder auf der Lauer gelegen hätte? Was, wenn das Mädchen, das in meinem Garten gestanden hatte, dann gefunden worden wäre? Was, wenn die Alte wieder einmal eins und eins zusammengezählt hätte?«

Georgia quiekte leise und Alice senkte instinktiv den Blick. Jasper sah seine Chance, einen Schritt auf die Verzweifelte zuzugehen, doch schon hob sich ihr Kopf wieder und sie schrie auf.

»Stopp! Kommt nicht näher! Nicht näherkommen, verstanden?«

Ein Donner grollte über ihren Köpfen und alle vier nickten gehorsam.

Alice' Stimme bekam einen weinerlichen Unterton. »Und nun ist alles aus! Alles! Weil ihr herumschnüffeln musstet! Und der Herr Tanzlehrer hat die Bosheit in meinen Bewegungen gelesen! Meine ganze Niedertracht und Schuld!« Sie schluchzte laut auf.

»Ich habe es in Cassie Lunds Augen gesehen«, rief Colin ihr zu und bemühte sich, seiner Stimme einen sanften Klang zu geben. »Sie hat sie ihrem Kind vererbt! Georgias perlgraue Augen. Ganz anders als deine und Peters. Die Ähnlichkeit musste jedem auffallen, der beiden Mädchen einmal in die Augen blickte! Cassie und Georgia.«

»Und die Kindersicherungen vor den Schubladen!« rief nun Norma. »Sie erklärten die seltsame Wahl der Mordwaffen!«

»Und die Tatsache, dass du heute Abend davongelaufen bist!«, rief Jasper und klang fast entschuldigend. Plötzlich wirkte er auf Colin gar nicht mehr betrunken. Hatte er die Katze etwa absichtlich am heutigen Abend aus dem Sack gelassen? War es Jaspers Plan gewesen, dass einer oder eine heute Nacht die Nerven verlor? Colin zog innerlich den Hut vor diesem Mann Gottes.

»Und dass alle hinter dir hergerannt sind! Da war mir klar, dass du irgendwas angestellt hast«, ergänzte Lucy und warf einen entschuldigenden Blick in die Runde, als sie merkte, dass ihre drei Begleiter sie ungläubig anstarrten.

Ihre Worte erzielten einen eigenartigen Effekt in Alice Carsons Gesichtszügen. Sie wurden weich. Fast sah es aus, als wollte sie lächeln.

»Dann war es nicht mein Tanz? Ich tanze nicht wie eine abgrundtief böse Mörderin?«

»Nein«, rief Colin und musste nun gegen den Wind anschreien, der Alice Kleid aufbauschte wie die Röcke der Marilyn Monroe auf dem U-Bahn-Lüftungsschacht, und ihr Haar zerzauste. »Es war nicht dein Tanz. Du hast wundervoll getanzt, Alice. Du führst nur ein wenig zu stark!«

Jetzt lächelte sie tatsächlich. »Ja. Das war schon immer so.«

Und in einer einzigen Bewegung ließ sie das quäkende Bündel in ihren Armen zu Boden gleiten, trat einen weiteren Schritt zurück und war verschwunden.

Der Aufschrei der vier Zurückgebliebenen hallte durch die Nacht, doch Colin fing sich am schnellsten. Er spurtete über den Acker, ignorierte das nun protestierend brüllende Kind am Rande des Abgrunds und sprang ins Dunkel. Die Schreie hinter ihm wurden noch gellender, und noch in der Luft war ihm, als hörte er die Stimme von Ruth Dimbridge. »Springen Sie niemals kopfüber in unbekannte Gewässer.«

ROCK 'N' ROLL

WENN ALLES AUS DEN FUGEN GERÄT

Colin wusste nicht, wie er bei einem Sprung in untiefes Wasser Verletzungen am besten vermeiden konnte. Instinktiv zog er die Beine an den Körper und drückte den Kopf nach vorn. Wie eine Katze tauchte er in das kalte Wasser der Kiesgrube ein, spürte die Härte der Wasseroberfläche auf den Unterschenkeln und im Gesicht. Dann war da auch schon der Grund unter seinen Handflächen. Er schrammte über scharfe Steine, spürte wie seine Wange aufriss, drückte sich nach vorn weg, stieß sich mit den Füßen ab und schoss wie ein mit Luft gefüllter Ball erneut an die Wasseroberfläche, zurück in die Kühle der Nacht.

»Colin! Colin! Alice!«

Hoch über ihm, am Rande der Kiesgrube, zeichneten sich die Silhouetten von vier Personen ab. Colin wollte ihnen etwas zurufen, doch in seinen Lungen schien keine Luft zu sein, und sein Brustkorb fühlte sich an, als ob ihn jemand in eine Zwangsjacke gesteckt hätte. So hob er nur einen Arm und winkte, während seine Füße den Grund ertasteten. Er konnte stehen. Er schätzte die Tiefe des Sees an dieser Stelle auf etwa anderthalb Meter. Vielleicht zehn Zentimeter mehr. Viel zu wenig jedenfalls für einen Sprung aus dieser Höhe. Er hatte unglaubliches Glück gehabt.

»Da ist etwas! Da winkt jemand! Colin? Colin, bist du das?« Das war Lucys Stimme.

Colin konzentrierte sich auf seine Atmung und pumpte Luft in seinen Körper. Sein Brustkorb weitete sich. »Ich bin in Ordnung!«

Ausrufe der Erleichterung drangen zu ihm herunter. Doch Colin hatte sich bereits um die eigene Achse gedreht. Wo war Alice?

»Alice? Alice, wo bist du?«

Keine Antwort. Es war viel zu dunkel, um einen Körper über oder unter der Wasseroberfläche auszumachen.

»Lucy, fahr den Jeep näher an den Rand! Ich brauche Licht hier unten!«, rief er nach oben.

Am oberen Rand der Kiesgrube entfernten sich zwei der Silhouetten. Nur die größte und rundeste blieb zurück. Jasper.

»Colin? Norma fährt zurück ins Dorf und holt Hilfe. Ich werde jetzt zu dir herunterklettern!«

Schon näherten sich die Scheinwerfer des Geländewagens, während sich das Motorengeräusch des Busses entfernte.

Das Licht der Autoscheinwerfer fiel auf die gegenüberliegende Uferböschung und ließ das Wasser, in dem Colin noch immer stand und Ausschau hielt, silbrig glitzern. Von Alice gab es keine Spur. Sie war ohne Anlauf in die Tiefe gesprungen. War sie überhaupt im Wasser gelandet? Lag sie auf einem Vorsprung der Böschung?

Schnaufend und fluchend arbeitete sich Jasper gerade die besagte Böschung herunter, während Colin durchs Wasser watete und betete, nicht gleich gegen einen leblosen Körper zu stoßen. Minuten später pflügte der Pfarrer durch das kalte Wasser direkt auf ihn zu.

»Das war bodenlos leichtsinnig, Colin! Du hättest tot sein können!«

Colin konnte sich ein Grinsen nicht verkneifen. »Ach, aber Norma ohne Führerschein mit der Dicken Bertha ins Dorf zu schicken, ist nicht leichtsinnig, oder was?«

Der Regen hatte eingesetzt, und eine trübe, graue Dämmerung kündigte einen trüben, grauen Tag an. Colin und Jasper saßen, in die dicken Decken der Rettungssanitäter gehüllt, am Rand der Wasserlinie, die steile Wand aus Erde und Grasbüscheln im Rücken, und sahen den freiwilligen Helfern der örtlichen Feuerwehr bei der Arbeit zu. Das immer noch eingeschaltete Blaulicht des Rettungswagens ließ die Szenerie fast unwirklich erscheinen. Colins verstauchte Hand war von einem Ersthelfer fachmännisch bandagiert worden und pochte nur noch dumpf. Seine Schrammen, die er sich auf dem Grund des Sees geholt hatte, waren notdürftig verpflastert worden.

»Sie werden sie finden. Irgendwo muss sie ja sein«, murmelte Jasper und wärmte sich die Hände an einem Pappbecher mit Kaffee, den ihm eine umsichtige Seele gebracht hatte.

Colin unterdrückte ein Zähneklappern.

»Vielleicht hat sie uns ja auch reingelegt. Ist durch den See ans andere Ufer geschwommen, dort an Land geklettert und sitzt jetzt im ersten Frühzug nach London. Mit etwas Glück geht noch heute ein Flieger nach Südamerika und schwupp, weg ist sie.«

Colin brachte ein trauriges Lächeln zustande. »Sie hat Georgia zurückgelassen. Sie wollte gar nicht entkommen, Jasper.«

Der Pfarrer neben ihm stieß einen Seufzer aus. »Verdammt, ich weiß ja, dass du recht hast, aber die Hoffnung stirbt zuletzt, nicht wahr?«

Eine kurze Pause entstand, die Colin mit den Worten beendete: »Weißt du, was das Seltsamste ist? Die ganze Zeit haben wir uns keine Sorgen gemacht. Höchstens mal um uns, dass wir einem heimtückischen Anschlag zum Opfer fallen könnten. Aber dass wir das Leben des Mörders gefährden könnten, daran haben wir nicht einen Augenblick gedacht.«

»Stimmt. Dabei war deine kleine Affäre mit Lucy gefährlicher für dich als die Jagd nach einem Mörder.«

Jetzt wandte sich Colin zu Jasper um. »Warum hast du mir nicht gleich gesagt, dass Lucys Problem ihre durchgeknallten Brüder sind? Ich hatte sie schon in Verdacht, die Täterin zu sein.«

»Ich wollte mit dir reden, erinnerst du dich? Du hattest nie Zeit! Hast mich ja nicht einmal über die Notwendigkeit dieser Information in Kenntnis gesetzt, Herr Tanzlehrer!«

Colin wusste, dass Jasper recht hatte, und schwieg. Über ihm erklang ein Geräusch. Er blickte die steile Böschung hinauf und sah Peter Carson, der sich wachsbleich und mit todernster Miene einen Weg zu ihnen herunter bahnte. Ihm auf dem Fuße folgte Sergeant Dieber, der auch nicht gerade glücklich auf Colin wirkte.

»Ihr habt meine Frau wie ein Tier über die Klippe gehetzt! Ihr habt sie in den sicheren Tod getrieben!«, begann Peter auf halber Höhe zu schreien und sein Blick war auf Colin und Jasper geheftet.

»Na großartig. Das hat mir noch gefehlt«, brummelte Colin, während Jasper dem Herannahenden ruhig entgegenblickte.

Peter hatte sie kaum erreicht, als Jasper das Wort ergriff und sich dafür zu voller Größe vor ihm aufbaute. »Deine Frau hatte schwere Schuld auf sich geladen, indem sie erst Cassie Lund und dann Agatha Summers ermordete. *Ihr Gewissen* hat sie über den Rand hinaus in den Abgrund getrieben. Colin hier hat nur versucht, sie zu retten.«

Colin fand das eine sehr gewagte Darstellung der Geschehnisse, sagte aber nichts und sah Peter nur schweigend an, der sichtlich um Fassung rang.

Nachdem Peter den Mund ein paar Mal geöffnet und geschlossen hatte, ohne etwas zu sagen, war es erneut Jasper, der das Wort ergriff. »Wie seid ihr eigentlich an Cassie Lund geraten?«

»An wen?« Peter sah verwirrt drein. Dann schien sein Verstand ihm einen Tritt vors Schienbein zu versetzen. »Ach, das Mädchen. In einem Internetforum haben wir sie gefunden. ›Mummygirls‹ oder so ähnlich nennt sich die Plattform. Alice hatte sie entdeckt. Sie war sich sehr schnell sicher, dass diese Cassie genau das zu viel hatte, was uns fehlte. In einem separaten Chatroom kam der Deal zustande. Das Mädchen war glücklich, dass wir ihr aus der Patsche helfen wollten! Sie wollte das Kind nicht, sie glaubte, ihre Eltern würden sie umbringen, wenn sie von der Schwangerschaft erführen.«

»Der Brief des Hotels, den hattet ihr beide gefälscht. Cassie Lund hatte nie einen vielversprechenden Praktikumsplatz in einem Hotel in Schottland«, stellte Colin in sachlichem Ton fest und Peter nickte.

»Wir haben der Kleinen sogar eine bezahlte Fahrkarte nach Edinburgh zugeschickt, damit ihre Eltern auch ja nicht auf die Idee kämen, sie persönlich vor dem Hotel abzuliefern. Dann wären wir ja aufgeflogen.«

»Und ihr habt sie in Edinburgh in Empfang genommen und bis zur Geburt des Kindes irgendwo in einem schottischen Kaff versteckt.«

»Was heißt versteckt? Wir haben sie in einer Pension in einem kleinen Dorf untergebracht. Die Kleine hat dort gut gelebt. Wir haben ihr sogar ein regelmäßiges Taschengeld gegeben! Nach Georgias Geburt blieb sie noch zwei Wochen, um sich auszuruhen, wir zahlten ihr eine großzügige Summe, und sie fuhr glücklich heim.«

»Nicht übermäßig glücklich. Sonst wäre sie wohl nicht hier aufgetaucht, um ihr Baby zurückzufordern.«

»Ich wusste nichts davon. Ich war nicht zu Hause, als sie hier auftauchte!«

»Dann möchten Sie mir vielleicht ihr Alibi nennen?«, mischte sich ein ernster Dieber ein. »Cassie ist per Anhalter, mit dem Bus und mit dem Zug bis hierher gelangt und vermutlich am Dienstagabend, dem Abend, an dem sie auch ermordet wurde, hier angekommen.«

»Dienstags bin ich mit Georgia immer beim Babyschwimmen«, wimmerte Peter Carson und wischte sich heftig über die Augen.

»Alice wird Cassie mit dem Versprechen, sie zu ihrem Kind zu bringen, ins Auto gelockt und dann in den Wald gefahren haben. Dort erschlug sie das Mädchen mit einem mitgebrachten Fleischklopfer und warf sie danach einfach aus dem Auto«, beendete Dieber seine Ausführungen.

Peter Carsons Schultern begannen zu beben. »Ich verstehe gar nicht, wie sie uns überhaupt finden konnte! Wir haben ihr nie unsere richtigen Namen genannt, nie den Ort, an dem wir leben!«

Dieber rollte die Augen. »Haben Sie vielleicht das Pensionszimmer des Mädchens mit Kreditkarte bezahlt?«

Peter Carson schniefte und warf Dieber einen verständnislosen Blick zu. »Ja. Na und?«

»Dann war es für Cassie Lund sicher ein Leichtes, die Besitzer der Pension zu überreden, ihr den richtigen Namen zu nennen. Oder was glauben Sie?«

Peter Carson rang verzweifelt die Hände, stotterte etwas Unverständliches und sah auf den See hinaus, als hoffte er, seine Frau würde aus den Fluten auftauchen, als sei nichts gewesen.

Erneut rollten Sand und Steine die Böschung herunter, und als Colin den Kopf hob, sah er seinen kompletten Tanzkurs, noch immer in Abendgarderobe, am Rand der Kiesgrube stehen und hinunter aufs Wasser blicken. Colin stieß Jasper in die Rippen und der blickte ebenfalls hinauf.

»Lass uns zu ihnen hinaufgehen, Colin. Sie erwarten sicher eine Erklärung.«

Als Colin und Jasper, noch immer eingehüllt in ihre wärmenden Decken, den oberen Rand der Kiesgrube erklommen hatten, waren alle Augenpaare auf sie gerichtet. Niemand sprach ein Wort. Sie alle standen in ihrer unpassenden Garderobe im frischen Wind, die Absätze der Damen bohrten sich in den weichen Acker, die Herren zupften ratlos an ihren Jacketts. Feine Regentropfen glitzerten in ihren Haaren und auf ihrer Kleidung.

Jacob Gregory sprach als erster. Der kleine Mann ließ den Blick seiner listigen Augen zwischen Jasper und Colin hin und her wandern. »Dann ist die Tanzstunde jetzt wohl aus, hm? Denn darum ging es doch die ganze Zeit. Um den Mörder von Agatha Summers. Ihr braucht gar nicht herumzustottern, wir haben uns die halbe Nacht miteinander unterhalten und eins und eins zusammengezählt. Wir waren alle eure Verdächtigen.«

Jasper nickte wie ein Wackeldackel und war nicht im Geringsten peinlich berührt.

Colin hingegen hatte das Gefühl, sich für irgendetwas entschuldigen zu müssen. Doch stattdessen sagte er: »Ja. Die Tanzstunde ist aus. Ich hoffe, es hat euch Spaß gemacht.« Und aus reiner Gewohnheit deutete er eine Verbeugung an und trat einen Schritt zurück, dabei wohlbedacht, der Böschung nicht zu nahe zu kommen. Seine Schüler tauschten einen Augenblick lang verdutzt Blicke miteinander. Dann fing Mary Bittner an zu klatschen, und nach und nach fielen alle mit ein. Jasper grinste über das ganze Gesicht.

Nachdem der Applaus verklungen und der bizarre Moment vorbei war, ergriff Mary das Wort. »Wenn Du planst, hier im Ort ein Detektivbüro zu eröffnen, Colin, ich würde mich um den Job der Sekretärin bewerben. Ich brauche was Seriöses.«

»Dummerchen!«, fuhr Carmen sie an. »Den Job kriegt doch die kleine Lucy!«

Ein paar Umstehende lachten verhalten, verstummten jedoch rasch wieder und warfen schuldbewusste Blicke in Richtung See. Eine von ihnen fehlte. War einfach nicht wieder aufgetaucht. Und ob sie nun eine Mörderin gewesen war oder nicht, man würde ihr den gebührenden Respekt nicht schuldig bleiben.

Colin schüttelte ein paar Hände, versprach, den einen oder anderen bald zu besuchen, um ihm alles haarklein zu erzählen und ging dann mit Jasper an seiner Seite der soeben heranruckelnden Dicken Berta entgegen. Am Steuer saß noch immer Norma, die ihnen durch das offene Seitenfenster zubrüllte: »Ich kann fahren, ist das nicht unglaublich?«

LANGSAMER WALZER

WENN ALLES SICH ANMUTIG INEINANDER FÜGT

»Voilà! Frische Devonshire Dreams. Was gibt es Besseres als ein Picknick im Bett?«

Lucy, nur mit einem von Colins Shirts bekleidet, biss in den lockeren Biskuitteig und reichte Colin gleichzeitig ein eigenes Gebäckstück. Huey, der am unteren Ende des Bettes lag, winselte neidisch.

»Und nun, mein geliebter Meisterdetektiv, will ich wissen, wie es mit uns weitergeht. Wirst du weiter ermitteln? Undercover? Als Tanzlehrer? Reisen wir gemeinsam um die ganze Welt?«

Colin musste lachen und verschluckte sich fast an seinem Dream. Er schluckte energisch und schüttelte dann den Kopf. »Ich bin kein Detektiv, ich bin Tanzlehrer.«

»Ein Tanzlehrer mit einem kaputten Rücken.«

»Nicht mehr. Seit entweder du oder Huey des Nachts eure warmen Körper in mein Kreuz drücken, geht es mir viel besser. Ich denke, ich werde wieder arbeiten können. Auch wenn ich mir absolut nicht erklären kann, wie das geschehen konnte. Die Ärzte hielten mich für austherapiert.«

»Hat dir denn nie jemand gesagt, dass die meisten Rückenleiden eine seelische Ursache haben?«

»Doch. Mrs Grey. Gestern.«

»Huey und ich haben dir einfach in deinem Leben gefehlt. Wir sind die beste Therapie.« Sie wischte sich Sahne und Himbeermarmelade von den Lippen und verteilte sie dabei in ihrem Gesicht. »Dann eben Tanzlehrer. Auch gut. Gehen wir nach London und eröffnen eine Schule?«

»Nein«, sagte Colin mit Bestimmtheit und küsste ihr die Marmelade von der Wange. »Wir bleiben hier. Es gefällt mir hier.«

»Großartig! Wir gründen eine Tanzschule und kaufen uns ein schickes Wohnhaus in der Carlton Street. Dort kennst du ja schon viele Nachbarn.«

Colin lachte noch lauter. »Ein Haus kaufen? Ich glaube, du hast falsche Vorstellungen vom Einkommen eines Tanzlehrers.«

Lucy lächelte sanft und setzte sich auf ihre Fersen. »Dann bleiben wir eben hier. Mrs Grey hat bestimmt nichts dagegen. Und wenn ich wirklich mal schwanger werden sollte, kann sie sich um unser Kind kümmern, während du mir zeigst, wie man Tango tanzt und ich deine Sekretärin bin.«

»Da musst du dich mit Mary Bittner prügeln, die will den Job als meine Sekretärin nämlich auch.«

»Ach ja? Weiß die Arme etwa nicht, aus welcher Familie ich komme? Scheint mir ein wenig lebensmüde zu sein, die Gute.«

Als Colin bei Anbruch der Dämmerung alleine Mrs Greys Haus verließ, um seine Freunde im *Lost Anchor* zu treffen, wurde er von drei Gestalten erwartet, die am Gartenzaun lehnten. Lucys Brüder. Colin fühlte, wie sich sein Magen zusammenkrampfte, doch er widerstand der Versuchung, sich auf dem Absatz umzudrehen und zurück ins Haus zu laufen, wo Lucy in der Badewanne lag und sang. Stattdessen schlenderte er betont langsam zur Gartenpforte hinaus und ging auf die drei Männer zu.

Sie alle waren von gedrungener Statur, hatten sandfarbenes Haar und helle Augen. Jetzt, wo er sie alle vor sich sah, den Mann, der ihn nachts auf offener Straße angegriffen hatte, den Bruder mit der Brille, der in London über ihn Erkundigungen eingezogen hatte, und den dritten, zartesten und jüngsten, mit dem er noch nicht das Vergnügen gehabt hatte, fand er, dass die Familienähnlichkeit mit Lucy deutlich zutage trat.

Colin stand da und wartete ab, dass einer der drei zuerst das Wort an ihn richtete. Schließlich lungerten *sie* vor *seinem* Gartentor herum.

Der Brillenträger räusperte sich hörbar. »Lucy sagt, dass sie dich liebt und ein Kind von dir bekommt.«

Colin sah, wie der Bruder neben ihm bei dem Wort Kind seine Muskeln spannte und Anstalten machte, auf ihn zuzuspringen. Er trat instinktiv einen Schritt zurück.

»Nein!«, rief jetzt der Brillenträger und hob beschwörend die Hände. »Nein, wir werden dem Vater unseres Neffen nichts antun, natürlich nicht.«

Neffen? Jetzt war Lucy nicht nur angeblich schwanger, sondern auch noch mit einem Jungen? Was hatte sie den dreien denn noch für Flöhe ins Ohr gesetzt?

»Wir wollen nur sichergehen, dass du weißt, was wir mit dir machen, wenn du unsere kleine Schwester nicht gut behandelst«, knurrte sein nächtlicher Angreifer und drehte dabei ein Papiertaschentuch zwischen seinen Fingern zu einem Strick, bevor er es in der Mitte durchriss.

Colin zog die Brauen hoch. »Ich denke, ich habe bereits verstanden, vielen Dank.«

»Gar nichts hast du verstanden, Lackäffchen! Du meinst, dieser Lappen hier war dein Hals, aber weit gefehlt! Das war das, was ich mit jedem einzelnen deiner Muskeln mache, nachdem ich sie dir vom Knochen gerissen habe, wenn mir auch nur einmal, nur ein einziges Mal, ein Wort der Klage kommt! Hast du mich jetzt verstanden?«

Der Mann war mit jedem Wort näher gekommen und stand nun Nasenspitze an Nasenspitze mit Colin auf dem Bürgersteig, dem der Schweiß über den Rücken floss. Trotzdem konnte er die Worte, die jetzt aus seinem Mund purzelten nicht zurückhalten.

»Jedes Wort, teurer Schwager. Jedes Wort.«

»Colin! Wo hast du das blaue Auge her? Soll ich mir das mal angucken?«

»Schon gut, Norma. Halb so wild. Bin nur gegen eine Tür gelaufen.«

Um Jaspers Mundwinkel zuckte es. »Muss Liebe schön sein. Colin, ist sie das wirklich wert? Wir haben noch andere hübsche Mädchen im Dorf. Einzelkinder, wenn du verstehst, was ich meine.«

Colin rückte seinen Kiefer zurecht und versuchte ein Grinsen.

»Glaub mir, Lucy ist jeden einzelnen Fausthieb wert.«

Da entdeckte er zu seiner Überraschung eine vertraute Gestalt, die soeben durch die Tür des *Lost Anchor* trat.

»Sergeant Dieber!«

»Mike. Der Anzug hängt zu Hause im Schrank.«

»Großartig. Mike. Dann können wir ja ganz unverkrampft reden. Was gibt es Neues?«

»Wir haben Alice Carson gefunden.« Eine kurze Stille trat ein, in der Dieber sich setzte und fortfuhr. »Sie hatte weniger Glück als ein gewisser Tanzlehrer, als sie in den See sprang. Dort, wo sie aufkam, recht weit vorn, vermuten unsere Spezialisten, lagen ein paar wirklich fiese Brocken am Grund, und das Wasser war recht flach. Hat sich den Schädel gespalten, die Arme. War vermutlich sofort tot. Der Gerichtsmediziner ist noch bei der Arbeit.«

Colin seufzte, und Jasper begann damit, einen Bierdeckel zu zerpflücken.

»Wie hat Peter es aufgenommen?«

»Wie schon? Er ist verzweifelt. Aber ich kenne Peter Carson. Der fängt sich wieder. Menschen wie Peter Carson blicken rasch wieder nach vorn.«

»Und die kleine Georgia? Was wird nun aus ihr werden?«, wollte Norma wissen und drehte ihr Weinglas in den Händen. Der Wirt trat an den Tisch und brachte

Colin unaufgefordert ein Bier, was dieser mit einem Lächeln quittierte.

»Ich gehe nicht davon aus, dass Peter Carson die Kleine behalten darf. In England darf man Kinder nicht käuflich erwerben, und dabei bleibt es. Das beschert ihm vermutlich ein paar Jahre Knast. Mal sehen, was sein Anwalt da noch für ihn reißen kann. Selbst wenn er der Kleinen das bessere Leben zu bieten hätte, wenn er auf freiem Fuß bleibt, wird man sie vermutlich ihren nächsten Verwandten, ihren Großeltern, unterstellen. Möglicherweise hilft es ihnen über den Verlust ihrer Tochter hinweg.«

»Und du, Mike?«, warf Colin ein. »Wie geht es jetzt für dich weiter?«

Mike Dieber grinste schmallippig. »Mein Vorgesetzter ist sich nicht ganz sicher, welche Rolle ich bei der Aufklärung dieses Falles wirklich gespielt habe, aber er denkt darüber nach, mich in seinem Bericht lobend zu erwähnen.«

»Na, das ist doch schon was. Und wenn du dann bald nach London gehst, um dort eine große Karriere zu starten, dann sag mir Bescheid. Ich habe da ein paar gute Freunde, die dir bei deinem Start in der Großstadt behilflich sein können«, antwortete Colin.

Mikes Gesichtsfarbe wechselte zu einem Zartrosa, und er prostete Colin rasch zu, um sich danach hinter seinem Bierglas zu verstecken.

»Gute Idee. Worauf wollen wir trinken?«, rief Jasper und erhob seinerseits sein Wasserglas. Er litt wohl noch unter den Nachwirkungen seines Alkoholkonsums am Vorabend. »Auf uns vielleicht? Das beste Ermittlerteam seit Holmes und Watson und… ihrer Zimmerwirtin?«

Norma zeigte Jasper einen Vogel und erhob ihrerseits das Glas. »Auf Georgia! Wünschen wir der Kleinen jede Menge Glück für ihren Lebensweg.«

»Und auf Alice«, sagte Colin und hob sein Bierglas. »Möge sie sich selbst verzeihen. Wo immer sie jetzt ist.«

Als Colin das kühle Bier durch seine Kehle rinnen ließ, drehte der Wirt sein Radio auf, und ein flotter Quickstep ließ seine Zehen zucken. Ja. Das Leben war voller Herausforderungen. Es war an der Zeit, sich der nächsten zuzuwenden.

»Hey Colin! Wie wäre es mit einer Partie Dart? Ich brauche dringend jemanden, der gegen mich verliert und als Gegenleistung der armen Ruth Dimbridge ein wenig zur Hand geht. Da fällt mir ein: Kennst du dich auch mit Rollstuhltanzen aus?«

Wieder einmal widerstand Colin der Versuchung, seinen Kopf auf die Tischplatte zu schlagen. »Vergiss es, Jasper. Mit dir spiele ich nie wieder.«

Eine halbe Stunde später hatte er drei Partien Cricket haushoch verloren. Tatsächlich. Es war an der Zeit, sich neuen Herausforderungen zu stellen. Jasper würde dafür sorgen, dass er es tat.

DEVONSHIRE DREAMS

...heißen eigentlich Devonshire Creams, aber wer sie probiert, wird diese Umbenennung verstehen.

2 Eier
1 Prise Salz
90 g Zucker
90 g Mehl
½ TL Backpulver
Margarine zum Einfetten des Backblechs
Zucker zum Bestreuen
Mehl zum Bestäuben des Backblechs

Für die Füllung: Himbeermarmelade und Sahne in ausreichender Menge (für die hier angegebene Menge etwa ⅛ l Schlagsahne und 3 EL Himbeermarmelade. Beides kann zu einer Himbeersahnecreme vermischt oder einzeln verwendet werden)

Alle Zutaten vermischen und den Teig mit einem Löffel portionsweise mit viel Abstand aufs Backblech setzen. Teig mit Zucker bestreuen. Auf mittlerer Schiene im vorgeheizten Backofen bei 220 °C Umluft 8-10 Minuten backen. Jeweils zwei Hälften großzügig mit geschlagener Sahne und Himbeermarmelade füllen.

Die hier angegebene Menge reicht für vier große oder acht kleine Dreams.